NOAM
Ein Junge, zwei Welten.

Märchenroman.

1. Auflage 2018

Gestaltung: Robert Bilz, Berlin
Satz: Dagmar Hofmann-Kahlke, Gießen
Druck und Bindung: CPI books GmbH, Leck
Printed in Germany

ISBN 978-3-9819860-0-6

FSC
www.fsc.org
MIX
Papier aus verantwortungsvollen Quellen
FSC® C083411

www.loveisallyouread.de

Christian Schröder

NOAM

Ein Junge, zwei Welten.

Kapitelübersicht

„Auch wenn man das Buch zumacht,
muss die Geschichte noch nicht zu Ende sein.“

Der Sommer geht zur Neige

Die letzten wenigen warmen Sonnenstrahlen kürzer werdender Tage schickten sich an, hinter einem der unzähligen höheren Gebäudedächer der Innenstadt zu verschwinden und der Dämmerung Platz zu machen. Frischer und immer stärker blies der Wind und die Luft roch bereits anders als noch vor drei Wochen, als man in sämtlichen Bürogebäuden tagsüber die Klimaanlage auf Höchststufe laufen ließ.

Obwohl die Uhr schon fast acht anzeigte, saß Jacob noch in seinem Büro. Noch immer wartete er auf seinen Kollegen, der ihm einen Auftrag näher erläutern und Informationen darüber bringen wollte. Die Stunden zogen sich den gesamten Tag schon wie Kaugummi ohne Geschmack. Langeweile. Fast nichts zu tun, Zeit absitzen. Er sehnte sich nach seiner liebsten Mona, dem überfälligen Feierabend, einer belebenden Dusche, den bequemen Freizeitklamotten und seinem warmen Zuhause.

Eine weitere leere halbe Stunde später sollte es dann endlich so weit sein. Der ehrenwerte Kollege kam durch die Tür geweht und ließ wortlos ein paar zerknickte Zettel auf Jacobs Schreibtisch fallen.

Während er kehrtmachte und wieder aus dem Büro hetzte, nuschelte er noch kurz: „Schönen Feierabend auch!"

Dann flog laut knallend die Tür ins Schloss und der Mensch entfernte sich eiligst.

„Das soll es gewesen sein?“

Jacobs Laune war auf dem Tiefpunkt für diesen Tag. „Dafür bin ich ernsthaft so lange geblieben?“

Wütend schaltete er den Computer aus, legte Ordner und Unterlagen ins Regal, rollte den Stuhl an den Schreibtisch und nahm seine Jacke vom Kleiderständer.

„Schönen Feierabend“, äffte er seinen Kollegen nach, „wünsche ich dir auch, du ... Hast doch dabei sowieso nur an dich selbst gedacht! Vielen Dank auch für deine kostbare Zeit! Das gibt‘s doch nicht, schon wieder als Letzter hier in der Abteilung. Bin ich denn der inoffizielle Hausmeister, der hier das Licht ausmacht, oder wie?“

Er merkte, dass er begann, sich in seine Wut hineinzusteigern. Eigentlich gab es nicht allzu viel, worüber man sich hätte aufregen müssen.

„Worüber beschwere ich mich eigentlich? Der andere Kollege kommt auch nicht vor mir nach Hause. Bin ich einfach generell mit mir selbst unzufrieden, dem Job, meiner Lebensweise?“

Als er rückwärts die Tür seines Büroraumes zuzog und auf dem Flur stand, war schon alles dunkel und, wie es den Anschein hatte, auch keine Seele mehr in der ganzen Agentur.

„Hättest ja auch schon längst gegangen sein können!“, hörte er sich selbst murmeln.

Kurz darauf stand er auf der Korridorkreuzung seines Stockwerks und drückte auf den Aufzugsknopf. Er wartete. Aus den tieferen Etagen hörte er den Lift zu sich nach oben fahren. Jacob drückte auf den Schalter an der Ecke hinter sich, um das Licht im Flur auszuschalten. Kurz bevor sein Finger den Knopf berührte, ging das Licht auf der gesamten Ebene von alleine aus. Er lachte überrascht und drückte erneut auf den Schalter – nichts passierte.

Hinter ihm machte es „Bing!", der Aufzug war da. Leicht erschrocken drehte er sich um und ging zwei Schritte darauf zu – alle Flurlampen leuchteten wieder auf. Die Aufzugstüren aber blieben geschlossen. Jetzt war Jacob verwirrt. Erlaubte sich da jemand einen Scherz mit ihm? Er drückte wie wild auf dem Türöffner herum, bloß brachte es nichts.

„Das ist doch jetzt nicht ..." Dann stand er wieder im Dunkeln. Knurrend tastete er sich um die Ecke zum Treppenhaus.

„Verflixte Technik!"

Auch dort herrschte stille Dunkelheit. An der Wand entlangtappend erspürte er das Geländer und machte sich vorsichtig an den Abstieg.

„Treppensteigen im Finsteren, es gibt ja auch sonst nichts Schöneres zum Feierabend!"

Bevor der erste Fuß die nächsttiefere Treppenstufe berührte machte es Klack und es brannte hinter ihm das Licht, aber nur auf seinem Abschnitt des Stockwerks. Ihm wurde leicht mulmig in der Magengegend.

„Was geht hier ab? Hallo? Ist da noch jemand?"

Jacob beeilte sich nach unten zu kommen, über ihm erlosch gerade eine Treppenhausleuchte. Dafür brannte nun plötzlich direkt neben ihm die nächste. Sein Blut geriet in Wallung.

„Okay ... das ist jetzt nicht mehr witzig! Hallooo?“

Jacob fand es jetzt sehr sinnvoll, mehrere Stufen auf einmal auszulassen. Er hastete, unten angekommen, durch die Empfangshalle, von direkt über ihm aufleuchtenden Deckenflutern gejagt. Das Ganze hatte etwas von einem Theaterstück, in dem der Hauptdarsteller von einem großen Spotlight verfolgt wird, während er spielt und singt. Jacob war aber überhaupt nicht zum Singen zumute, er rannte. Neben ihm, auf dem Pult des Empfangspersonals, begann wie von alleine und viel zu laut ein Radio zu plärren. Begleitet wurde es von mindestens einem Dutzend Telefonen, die über die gesamte untere Etage verteilt schrecklich asynchron um die Wette klingelten. Das waren nun aber entschieden zu viele merkwürdige Zufälle, die man der Technik zuschreiben konnte.

Weiter hinten in der Finsternis des Gebäudes erwachte gerade hochtourig ein Industriestaubsauger wie von Geisterhand zum Leben. Jacob hechtete fast durch die Eingangspforte, um ein Haar wäre er gestolpert. Draußen verlangsamte er seine Flucht und blieb in sicherer Entfernung auf dem freien Platz stehen. Hinter ihm stand still und friedlich das hohe Gebäude. Die letzten Minuten dort drinnen hatten ihm einen bleibenden Schrecken eingejagt.

Was war denn das gewesen? Einbildung? Wohl kaum!

Er drehte sich noch einmal um und musterte ungläubig und misstrauisch den großen Bau, der ihn vor wenigen Augenblicken so unsanft ausgespien hatte.

Der Lärm der Stadt war wie immer allgegenwärtig, ein böiger und recht kalter Wind pfiff ihm um die Ohren. Jacob schüttelte sich wie ein nasser Hund und beschloss, fürs Erste das lähmende Angstgefühl aus seinen Knochen zu verdrängen. Er zog die Wollmütze, die ihm Mona bereits während des Sommers gehäkelt hatte, tiefer ins Gesicht und stapfte eiligen Schrittes in die Innenstadt Richtung S-Bahn-Haltestelle. Es begann leicht zu tröpfeln.

Eine ereignisarme Dreiviertelstunde später bog er um die letzte Ecke des Wohnviertels, seines allabendlichen Ziels, vorbei an der Dönerbude, den kleinen Geschäften und dem Kiosk.

Erleichtert die Haustür aufschließend, überprüfte er noch einmal den kleinen Blumenstrauß auf welke Blüten oder Blätter, den er eben noch schnell besorgt und sich unter den Arm geklemmt hatte. Der Hausflur der Frankfurter Altbauwohnung roch leicht muffig, obwohl man hier erst vor einem Jahr renoviert und gestrichen hatte. Je höher er die knarrenden Treppen stieg, desto weniger wurde die miese Laune, die ihm noch beim Verlassen seines Arbeitsplatzes im Genick hing und leichte Kopfschmerzen vorbereitete. Das Gefühl, nach Hause zu kommen, in Sicherheit und gleich bei seiner Frau zu sein, half ihm, das unschöne Erlebnis von vorhin zu vergessen.

Als er im vierten Stock vor der heimischen Appartementtür ankam, konnte er schon den blumigen Duft der Kerzen und Öle, die seine Frau so liebte, durch die Tür wittern. Aufatmend lächelnd betrat er die Wohnung.

Während er sich aus seinen warmen Kleidern schälte, hörte Jacob am linken Ende des langen Flurs leise Musik aus der

Küche und eine ihm allzu vertraute helle Stimme, die begleitend dazu lieblich mitsummte.

Inzwischen war es draußen völlig dunkel geworden und strömender Regen zog in Fäden am Fenster vorbei. Jacob schlich auf Zehenspitzen durch den dunklen Gang. Das Licht ließ er ausgeschaltet – er spähte langsam um die Ecke in die offene Wohnküche. Da stand sie – die seiner Meinung nach süßeste kleine Person des Universums, vor allem aber die liebste und erfrischend lustigste Frau schlechthin. Seine Frau. Seine erste, einzige und ganz sicher letzte Liebe. Sein Herz begann dieselben Sprünge zu machen wie damals, als ein dürrer pickeliger Junge das schüchterne Mädchen mit den pechschwarzen Haaren, dem schmalen Engelsgesicht und der Zahnspange in der achten Klasse des örtlichen Gymnasiums zum ersten Mal gesehen hatte.

Mit dem Geschick und der Lautlosigkeit eines Apachenkriegers auf der Pirsch – so dachte er – tastete er sich zur Anrichte vor. Leise und vorsichtig legte er den kleinen Blumenstrauß neben den Herd. Auf dem standen blubbernd mehrere Töpfe, aus denen herrlich verlockende Düfte strömten. In dem Moment salutierte sein Magen mit einem lauten Grölen, wenig zaghaft Hunger artikulierend. Erschrocken versuchte er, hinter die Ecke zurück zu flüchten, aber Mona hatte das Gehör eines Luchses.

An der Art und Weise, wie sie sich zu ihm umdrehte, sah er, dass er schon lange ertappt worden war. Immer noch zurückweichend fiel ihm etwas in ihrem Gesicht auf: Sie hatte sich einen vornehm geschnörkelten Schnurrbart mit Kajal, oder was auch immer es war, über die Oberlippe gemalt.

„Güten Abönd, der 'Err!"

So herrlich lächerlich übertrieben sie das sagte und dabei aussah und grinste, konnte Jacob nicht anders als laut lachend die Flucht nach vorn anzutreten.

„Ich wollte doch DICH überraschen, verrückte Maus!"

Sie schnappte sich die Blumen, drehte eine elegante Pirouette und schlang die Arme um seinen Hals.

„Wenn man so schreckhaft ist wie ich, müssen die Sinne geschärft sein. Und wenn so ein zu meinem Glück laut schleichendes Trampeltier wie du mich ständig überrumpeln will, erst recht!"

Jetzt war er endlich ganz zu Hause. Job, Stress, Schreck, Lärm, nasskaltes Wetter – all das lag nun in weiter Ferne.

Während er sie hochhob, küsste er sie zart und fragte zwinkernd: „Riecht ja wirklich lecker hier, aber ist das etwa schon wieder dein … Veggie-Kram, den du hier kochst?"

Schon war er mit eingezogenem Kopf fast ins angeschlossene Wohnzimmer geflüchtet, als auf Höhe des Esstisches ein Topflappen knapp an seinem Ohr vorbeisauste.

„Jaaa, der ‚Veggie-Kram', von dem du immer sagst: ‚Daran könnte ich mich tatsächlich gewöhnen …' Immer am Mosern, der Kerl!", lächelte sie, die Hände gebieterisch und streng in die Hüften gestemmt.

Wenn er ganz ehrlich war, so schätzte er die Kochkunst seiner Liebsten doch sehr. Manchmal ertappte er sich sogar dabei, wie er spät am Abend die Reste aus dem Topf naschte. Aber er nahm sie viel zu gerne damit auf den Arm, ihre teilweise gespielte Entrüstung war einfach jedes Mal zu süß.

Er hob den Topflappen auf und schlurfte, ihr zugewandt, demonstrativ langsam zurück in den Flur.

„So, bin kurz duschen."

Kopfschüttelnd machte sie sich daran, das Abendessen zu vollenden.

Wie üblich saßen sich Mona und Jacob am Esstisch gegenüber und zelebrierten die wenige Zeit, die sie unter der Woche zusammen verbringen konnten.

„Na, hat euch der Big Boss heute wieder schlimm gequält?" Jacob füllte mit der Kelle beide Teller bis zum Rand mit nach Zimt und anderen erlesenen Gewürzen duftender Suppe.

Mona zuckte mit den Schultern.

„Ein paar aus der Buchhaltung haben mal wieder eins drüber bekommen, aber ich kann nicht wirklich klagen. Außerdem müsste er sich zweimal überlegen, ob er eine Sekretärin und Empfangsdame wie mich so mir nichts dir nichts ersetzen will."

„Stimmt. Du und deine Engelsgeduld. Ich glaube ja, er weiß gar nicht wirklich, was er da für einen stillen Schatz in seinem Vorzimmer hat."

„Du alter Schleimer!"

Mona mochte es nicht sonderlich gerne, für ihre aufgeschlossene und liebenswerte Art gerühmt zu werden. Außer bei Jacob war es ihr sogar eigentlich unangenehm und ein bisschen peinlich, von anderen mit hohem Lob bedacht zu werden. Außerdem bildete sie sich nichts darauf ein. Sie war eben bescheiden, aber wenn es sein musste, hatte sie das Selbstvertrauen einer Löwin.

Er erzählte ihr von heute, einem weiteren seiner vielen in letzter Zeit fast „freien“ Tage bei der Arbeit. Die letzten Minuten dort und seine Flucht aus dem Gebäude ließ er lieber erst einmal aus. Er wollte nur äußerst ungern ihr Sorgenkind sein und schon gar kein verrückt gewordenes!

Obwohl sich dieser Leerlauf in seinem Job schon einige Wochen so hinzog, hörte sie ihm doch jedes Mal voller Anteilnahme zu. Auf ihre Fragen, wie sich denn eine Besserung erzielen ließe, winkte er nach einer Weile meist genervt ab und lenkte das Thema auf erfreulichere Dinge, wie zum Beispiel die Wochenendplanung der beiden. Eigentlich ließ Mona sich nicht gerne einfach abspeisen, jedoch wollte sie ihm nicht unnötig auf die Nerven fallen, wusste sie doch, wie unangenehm ihm die ganze Situation war. Schließlich hatte Jacob damals in ihrem Fall mindestens ebenso viel Zurückhaltung und Einfühlsamkeit bewiesen und ein altes, leidvolles Thema ruhen gelassen. Es hatte nämlich auch in ihrem Leben eine schwere und schmerzvolle Zeit gegeben, die fast unheilbare Verletzungen in Monas Wesen und Gefühlswelt hinterlassen hatte. Dafür war sie ihm bis heute überaus dankbar.

Also machten sie aus, ein Wochenende im Grünen außerhalb der Stadt, mit gleichsam viel Bewegung wie auch genügend Ruhe zu verbringen.

Dennoch grübelte Jacob unentwegt über die Worte seiner Frau nach.

Wie kam es, dass er die meiste Zeit im Büro zur Tatenlosigkeit verdammt war? Das war doch früher nicht so gewesen.

An zu vielen Angestellten konnte es nicht liegen – im Gegenteil: Eigentlich war die Agentur seit anderthalb Jahren chronisch unterbesetzt. War seine Expertise oder Arbeitsauffassung nicht mehr gefragt? Hätte er an dem dreimonatigen Workshop, der letztes Jahr stattgefunden hatte, dringend teilnehmen sollen? Waren seine Methoden und Art der Führung etwa überholt? Er war schließlich Leiter eines Teams von fünf Mitarbeitern und bis jetzt hatten alle, zumindest seiner Meinung nach, auch immer vernünftig abgeliefert. Warum also kaum noch Aufträge, also richtig umfangreiche ...? Die Hälfte des Teams machte aufgrund der Flaute gefühlten Langzeiturlaub, irgendetwas stimmte da nicht.

Er beschloss, seinen Chef zur Rede zu stellen, gleich morgen früh. Nach und nach begannen seine Gedanken abzuschweifen, weg von Sorge, Ärger, Vergangenheit und Zukunft. Das JETZT war entscheidend und jetzt gerade war er einfach nur noch müde, aber überglücklich, seiner Liebsten nahe zu sein.

Es war schon spät am Abend, als die beiden zusammengekuschelt auf der Couch noch ein wenig waches Beisammensein auskosteten. Mona blätterte in einer Informationsbroschüre über Island, ein schon lang geträumter, aber leider immer wieder vertagter Urlaubswunsch. So gerne würden die beiden diese raue, hoch im Norden liegende Insel erkunden. Island, mit all den alten nordischen Mythen und Sagen, der schroffen Landschaft mit ihren Vulkanen und den Elfen – die es laut dortiger Auffassung tatsächlich gab. Mona musste grinsen. Auf Island musste man in manchen Fällen eine Erlaubnis einer Behörde einholen, bevor man auf einem bestimmten Areal zum Beispiel eine Straße bauen durfte. Es könnten ja dort schon Elfen wohnen, die dann wohl „not very amused" wären. Mona fand das irgendwie kauzig und auf eine leicht verschrobene Art liebenswert, dass so etwas überhaupt existierte. Sie hatte sowieso viel für Unerklärliches und Mystisches übrig.

Sie legte das Schriftstück auf den niedrigen Tisch vor sich und drehte sich um. Eingekuschelt lag ihr Mann hinter ihr und die Wärme der Decke geleitete ihn schon halb ins Traumland. Die Nähe zueinander tat ihr Übriges und so kam ein tiefer Frieden in Herz und Seele.

Als er sie kichern hörte, blinzelte er.

„Was ist? Hab' ich gerade eine Maus husten gehört?"

Mona stand auf und zog ihn an beiden Armen vom Sofa.

„Komm, lass uns schlafen gehen, mein armer überarbeiteter Grummelbär."

In dieser Nacht schlief Jacob sehr unruhig. Besser gesagt schlief er fast gar nicht, sondern wälzte sich von einer Seite zur anderen. Der vermaledeite Sandmann wollte ihm einfach nicht den Gefallen tun, mit einer Schippe Sand um die Ecke zu kommen, um ihn in tiefen Schlummer zu hüllen. Seine Gedanken kreisten immer noch um das am Abend Gesagte wie Geier um einen Kadaver in der Wüste. Das Erlebnis, das aus einem einfallslosen Horrorfilm hätte stammen können, nagte ebenfalls noch an seinem angeschlagenen Gemüt.

Irgendwann wurde es ihm zu bunt. Er drehte sich behutsam aus dem Bett, er wollte Monas friedlichen Schönheitsschlaf auf keinen Fall unterbrechen. In die Hausschuhe schlüpfend schlich er sich zur Tür, drückte leise die Klinke herunter und drehte sich im Halbdunkel noch einmal um. Er hörte ihren leisen, gleichmäßigen Atem, konnte einen Teil ihres Gesichts und unter der Bettdecke die Konturen ihres Körpers ausmachen.

„Was würde ich nur ohne dich machen ...“, sagte still seine innere Stimme, als er die Schlafzimmertür in Zeitlupe von außen schloss. Auf dem Weg zur Küche waren sie wieder da, die Fragen und Zweifel.

Ich führe doch ein halbwegs gutes, vernünftiges Leben. Ich habe die tollste Frau der Welt. So lieb, unkompliziert und frei von sämtlichen schlechten Eigenschaften, die immer hinter mir steht und mir vollkommen den Rücken stärkt. Finanziell sieht es nicht unbedingt düster aus, auch wenn wir keine großen Sprünge machen können, geht es uns nicht schlecht. Der Job ist auch nicht der übelste, trotz der momentanen Ebbe, oder was auch immer da los ist. Ja, das stört mich schon, aber das ist noch nicht alles. Was ist es dann? Ich werde das Gefühl nicht los, dass mir oder uns etwas fehlt. Monas Eltern zum Beispiel scheinen vollauf damit zufrieden zu sein, den Großteil des Jahres auf einem Kreuzfahrtdampfer um die Welt zu schippern. Macht das glücklich? Restlos? Kann ich mir für mich nicht vorstellen, aber vielleicht setzt man ja im Alter andere Prioritäten.

In der Küche setzte er einen Topf Wasser auf und machte sich daran, ein Stück Ingwer zu schälen. Das Wasser ließ er drei Minuten sprudelnd kochen, während er eine halbe Zitrone auspresste. Den Ingwer zerrieb er mit einer von Mona eigens für diesen Zweck gekauften Reibe zu einer Art Mus. Wie er es von ihr gezeigt bekommen hatte, schaltete er den Herd aus und wartete, bis das Wasser nicht mehr kochte. Auf der Anrichte fand er in einem Korb die Überreste eines Sträußchens frischer Minze, die, nachdem sie gewaschen war, zusammen mit dem Ingwerbrei in den Topf wanderte. Nach knapp zehn Minuten fischte er die Stängel und Blätter heraus und goss den Zitronensaft dazu. Schließlich gesellten sich noch drei Löffel Kokosblütenzucker in die Mixtur.

Wenn meine Kollegen mich jetzt sehen könnten, würden sie mich bestimmt einen Ökohippie oder Ähnliches nennen!

Aber er wusste, dass ein so zubereiteter Tee eine andere Wirkung hatte als ein einfach mit Wasserkocher und Teebeutel gebrühter. Außerdem lenkte ihn diese Tätigkeit eine Weile von der lästigen Grübelei ab. Durch die Einstellung seiner Frau zu Ernährung, Lebensmitteln und deren Wirkung hatte er doch schon den einen oder anderen Kniff in der Küche abgespeichert.

Die Uhr zeigte unbarmherzig halb vier, in knapp drei Stunden wäre er schon wieder unterwegs. Draußen, auf dem täglichen Weg durch die zunehmend feuchte Kälte der Stadt zur Arbeit, die zurzeit mit ARBEIT nicht viel zu tun hatte. Aber das war nicht das Einzige, was ihn so beschäftigte. Wenn er in sich ging und tiefer grub, stieß er auf viel gewichtigere Fragen. Durch die viele Untätigkeit im Büro hatte er ganz einfach mehr Gelegenheit und Zeit zum Nachdenken als früher gehabt. Dadurch war ihm wohl auch seine allgemeine Unzufriedenheit stärker als zuvor aufgefallen. Im Moment beschäftigten ihn eher die Fragen, was genau ihn störte oder was ihm fehlte.

Jeder fragt sich irgendwann und immer wieder nach dem Sinn in allem. Da sind sich alle Menschen ähnlich, wie Schüler des Lebens, ständig nach Antworten suchend.

Die mysteriösen Vorkommnisse vom Ende des Tages in der Agentur ließen Jacobs Gedanken weiterhin nicht zur Ruhe kommen.

Und nachher, wenn ich bei meinem Chef gewesen bin, werde ich versuchen, den Spaßvogel von gestern Abend ausfindig zu machen und mir dann vorknöpfen. Wenn ich den erwische! Mich derart übel zu erschrecken, da muss doch jemand ganz besonders Witziges seine Finger im Spiel gehabt haben!

Ihm wurde warm. Noch während Jacob seinen Vergeltungsplan schmiedete, begann der Teekessel auf dem Herd laut zu pfeifen.

Aber … was ist denn jetzt los? Der Tee ist doch im Topf! Der Herd ist aus, ich habe doch gar kein Wasser in den Kessel …

Er beeilte sich, Mona würde bestimmt gleich wach werden! Als er hastig den Kessel vom Herd nahm, wunderte er sich, dass er vollkommen kalt und tatsächlich leer war.

Verdammt, was geht hier ab!

Unschlüssig und leicht verängstigt stand er vor dem ausgeschalteten Gasherd und lauschte.

Ein Glück, alles ruhig, Mona hat wohl nichts gehört.

Über ihm flackerte bedrohlich die Küchenlampe. Er zuckte zusammen und wirbelte entsetzt herum.

Nicht schon wieder … Ich werde doch hier noch waahnsinnig!

Er hatte nun endgültig genug von Licht- und Stromschwankungen, von sadistischen Arbeitskollegen, Poltergeistern oder was auch immer ihn heimsuchte und jetzt auch noch bis in sein Zuhause verfolgte!

Reiß dich doch zusammen, Junge! Das kann nur eine logische Ursache ha…?

Als der Kessel erneut schrill zu pfeifen begann, obwohl Jacob ihn zuvor auf den Tisch gestellt hatte, fuhr ihm eiskalt der Schock direkt bis ins Mark. Wie gelähmt stand er paralysiert in der Mitte seiner Küche, kalter Angstschweiß brach durch alle seine Poren, die Augen schreckensweit aufgerissen. Ein Kurzschluss im Hirn, der Impuls entlud sich innerhalb eines Wimpernschlags.

Mit Grausen und der rechten Hand packte er das verfluchte Ding, riss mit der Linken das Küchenfenster auf und schleuderte den noch immer grell schreienden Kessel mit aller Kraft und so weit er konnte hinaus in die Dunkelheit. Kurz darauf schepperte es ein paar Stockwerke tiefer kläglich und ohrenbetäubend dröhnend von der Straße herauf. Schallend erhob sich erschrockenes Gekläffe sämtlicher Hunde im Umkreis. Im Nachbarhaus ging gerade in mehreren Wohnungen das Licht an.

Wiedererweckte Sehnsucht

Dösig und noch ein wenig wackelig auf den Beinen schlurfte Mona durch den Flur zur Küche. Der Wecker hatte höchst unsanft ihre Ruhe mit morgendlichen Radiomeldungen über Verkehrsstaus rund um den Ballungsraum Frankfurt gestört und ihre Blase beinahe zum Platzen gebracht. Dabei waren ihr die Verkehrsmeldungen völlig egal, da beide, sie wie Jacob, so gut wie nie mit dem Auto unterwegs waren, schon weil sie gar keines besaßen.

Es war kurz vor halb acht. Jacob musste schon längst unterwegs sein, auf dem Weg zu seinem „Ferienjob". Nein, das war gemein. Der liebe Kerl war schon in aller Frühe unterwegs gewesen, hatte verschiedenste Sorten Gebäck besorgt, den Tisch eingedeckt und auf dem Herd dampfte noch immer der Tee. Sie regelte den Thermostaten an der Wand nach oben, sodass die Fußbodenheizung in Gang kam.

Welch luxuriöse Annehmlichkeit, freute sie sich auf dem Weg ins Bad und zur Dusche.

Etwa dreißig Minuten später war das einsame Frühstück beendet und höchste Zeit für Mona, sich ihrerseits auf den Weg zu machen. Durch das Straßengewirr des Vorortes, eines von vielen rund um die Skyline der City, schlängelte sie sich auf ihrem Fahrrad zielsicher auf das Gewerbegebiet zu, welches der riesige Betonklotz des Konzerns – Wind und

Wetter trotzend – schon aus der Ferne gesehen dominierte. Die verglasten Seiten und die Metallgestänge zeugten davon, dass sich hier ein wohl übergeschnappter Architekt und ein Bauherr mit einer Unmenge Geld und Unternehmungsdrang, aber ohne jedwedes ästhetische Gespür komplett hatten gehenlassen. Von der wirren Gestaltung der Außenfassade abgesehen blieb auch so der vorherrschende Eindruck, es hier eher mit einer Festung als einer Zulieferfirma industrieller Bauteile für sämtliche Großkonzerne der ganzen Welt zu tun zu haben.

Wie immer war Mona rund zehn Minuten vor Arbeitsantritt zur Stelle. Eine Angewohnheit, für deren Anerziehung sie ihrem Vater im Nachhinein doch sehr dankbar war. Wie oft hatte der Oberstleutnant a.D. ihr als kleines Mädchen immer wieder eingebläut: „Fünf Minuten vor der Zeit ist des Soldaten Pünktlichkeit!"

Als ob sie auch nur einen Gedanken daran verschwendet hätte, jemals in seine Fußspuren zu treten. Aber die Neigung, überpünktlich zu sein, egal zu welchem Termin auch immer, hatte ihr schon des Öfteren den einen oder anderen Pluspunkt im Leben eingebracht. Generell konnte Mona Zeitdruck, Stress und daraus resultierende Hetze überhaupt nicht mit ihrer gelassenen, ruhigen Art vereinbaren. Da nahm sie lieber in Kauf, eine Viertelstunde früher unterwegs zu sein.

Nachdem sie ihr Fahrrad sicher an einer Laterne angekettet hatte, schlenderte sie dem ehrfurchtgebietenden, anscheinend für mehrere Riesen gebauten Personaleingang entgegen. Die eingesteckte Chipkarte ließ die in die Wand eingelassene Apparatur laut piepsen und die Doppeltüren, in entgegengesetzte Richtungen fahrend, machten den Weg in die Höhle des Löwen frei. Der Name dieses sehr speziellen Löwen lautete: Herr Rasch.

Der „Big Boss“, wie Jacob ihn gerne betitelte, saß schwer, breit und enorm wichtig in seiner Höhle, seinem Chefbüro, auf seinem ledernen Thron mit Kopfstütze, Leichtlaufrollen und integrierter Massagefunktion. Unablässig vor der Freisprechanlage wild gestikulierend und auf und ab fahrend, führte er wie immer ein enorm dringendes Gespräch.

Soweit Mona von ihrem Platz aus recht einfach erkennen konnte, ging es um eine „geschäftliche“ Verabredung zum Golfspiel. Einfach insofern, da Raschs Körpersprache für sie so einfach zu lesen war wie ein Kindermalbuch. Ebenso einfach fiel es ihr vorauszusagen, wann sich Herr Rasch zum Aufbruch rüstete. Er pflegte, da er schon aus Gewohnheit viel zu wenig Zeit hatte, nach einer, maximal zwei Stunden, in der Firma sein Büro zu verlassen, um sich weit kultivierterer Beschäftigung, nämlich der süßen Freizeitgestaltung hinzugeben. Warum sollte er auch länger als nötig seine wertvolle und knappe Zeit mit Arbeit verbringen, die ihn sowieso früher oder später so wütend machte, dass er mit rotem Haupt wie eine schnaufende Dampflokomotive seine Festung verließ? Unter Arbeit verstand er in erster Linie „die Angestellten auf Kurs halten“. Genauer: Druck und Tempo aufrechterhalten, Angestellte einschüchtern und bei selten guter Laune derbe

Witze reißen, über die jeder gefälligst zu lachen hatte. Eine angemessene und ausgeglichene Führungspolitik, wie er meinte. Als älteres Semester mit gewissen Wertevorstellungen war es nur logisch, ein wenig mit Disziplin einzuhaken, sollte seine gut geölte Maschine einmal stottern. Stagnation war ihm zuwider und innere Ruhe ein Fremdwort. Daran verschwendete er aber keinen Gedanken. Er war der festen Ansicht, dass ihm die ganze Welt mit all ihren Annehmlichkeiten dank seines gigantischen Vermögens unmittelbar zu Füßen ausgebreitet lag.

Nach dem Telefonat, das gegen Ende mehr und mehr an Lautstärke gewonnen hatte, rauschte Herr Rasch einer Sturmböe gleichend aus seinem Büro. Mona mit einer hochgezogenen Augenbraue, einem kaum sichtbaren Nicken und unartikuliertem Brummeln „grüßend“, wehte er an ihr vorbei und zur Tür hinaus.

„Auch Ihnen einen schönen guten Morgen, Chef“, hob sie den Kopf und kehrte gleichmütig wieder zu den vor ihr ausgebreiteten Akten und Unterlagen zurück.

Sie machte sich nichts weiter aus der kurzen, nicht gerade herzlichen Begegnung. Sie hatte mit der Zeit einen siebten Sinn für die Launen und Stimmungen ihres Vorgesetzten entwickelt, um über seine schnell wechselnden Aggregatzustände bestens Bescheid zu wissen.

Ein paar Kilometer weiter Richtung Stadtmitte stand Jacob auf dem Hauptflur im obersten Stockwerk der Werbeagentur. Bevor er anklopfte, tippte er noch einmal schnell sicherheitshalber auf den Schalter neben dem Türrahmen, um sich vom einwandfreien Zustand der Lichtinstallation im Hauptflur zu vergewissern.

Er betrat das Büro seines Arbeitgebers, eines aufgeschlossenen, stets zu Späßen aufgelegten Mittvierzigers. Seine Angestellten und Partner hatten eine hohe Meinung von ihm und er war mit jedermann per Du, auch dem Hausmeister und den Reinigungskräften.

Tom, so nannten ihn alle, saß gerade über seinen Kaffee weit nach vorn gebeugt an seinem Schreibtisch. Da er öfters seine Brille – einerseits aus Vergesslichkeit, andererseits aus Eitelkeit – im Auto auf dem Parkplatz liegen ließ, hätte nicht allzu viel gefehlt und seine Nasenspitze hätte den gigantischen Flachbildschirm seines Computers berührt. Mit Symbolen und einer eingestellten Schriftgröße, für die man auch ohne Sehschwäche genau hinsehen musste.

Kling' jetzt nicht, als würdest du dich beschweren. Aber zufrieden bist du auch nicht. Gesundes Mittelmaß, mit ihm konnte man ja immer vernünftig reden.

Jacob räusperte sich und klopfte langsam, aber energisch an die Tür. Als er eintrat, fiel ihm wie immer zuerst die beeindruckende Aussicht auf die nicht weit entfernte Wolkenkratzerfront der Innenstadt auf. Zwischen zwei schlanken Glas- und Stahlbetontürmen blitzte eben die Sonne hindurch.

„Morgen, Tom!"

Sein Gegenüber machte keine Anstalten, sich zu ihm umzudrehen. Für den Moment war er zu sehr damit beschäftigt, die perfekte Helligkeitsstufe für seinen Monitor einzustellen.

Ohne gesehen zu haben, wer sein Büro soeben betreten hatte, schickte er ein gut gelauntes „Hallöchen, mein Bester!“ in den Raum.

Nun drehte er sich in seinem Sessel dem Besucher zu, mit seinem sympathischen Grinsen, den dunklen, mit Lachfalten gesäumten Augen und den immer grauer werdenden Schläfen. Er bedeutete Jacob mit einer schnellen, fast schon sportlichen Geste, es sich auf einem der luxuriösen Sessel bequem zu machen.

„Na mein Lieber, was kann ich denn für dich tun?“
Blinzelnd lehnte er sich nach vorn, um auf Jacobs Gesicht scharfzustellen.

„Tom, du kennst mich. Rumeiern war noch nie mein Ding“, begann Jacob, „also komme ich direkt zum Punkt. Fällt es nur mir auf, oder kommen in letzter Zeit viel weniger Aufträge rein als – sagen wir mal, noch vor einem halben Jahr? Zumindest hab‘ ich den Eindruck, dass bei mir und den Jungs und Mädels viel weniger ankommt. Kurzum: Ich sitz‘ mir die meiste Zeit relativ untätig den Hintern breit. Manchmal habe ich das Gefühl, dass ich vor lauter Nichtstun langsam verrückt werde.“

Den Kopf schiefgelegt und mit einem belustigten Blick Jacob musternd, hörte Tom seelenruhig zu und schielte zwischendurch auf eine Ecke seines Schreibtischs.

Dann entgegnete er: „Hm, also DEN Eindruck teile ich eigentlich nicht. Zuerst einmal: Ich liebe deine direkte Art! Da weiß man doch gleich, woran man ist. Daran sollten sich einige Labertaschen hier im Haus mal ‘n Beispiel nehmen.

Nun, es geht mal auf und mal ab, aber soweit ich sehen kann, sind doch alle Abteilungen gut ausgelastet. Da die beiden freien Mitarbeiter, die vor drei Monaten gewechselt haben, auch raus sind, sollte ja auch eigentlich mehr zu tun sein als noch vor Kurzem. Dein Team schlägt sich wacker und macht solide Arbeit ... Hm, hm. Kann es vielleicht sein, dass du, mein Lieber, einfach zu schnell und ein klein wenig unterfordert bist?"

Siegessicher legte er die Unterarme auf die Lehnen seines Stuhls. Bevor Jacob darauf etwas antworten konnte, stand sein Chef auf und grabschte nach ein paar losen Blättern, eben jenen, die er zuvor aus den Augenwinkeln an der Ecke seines Tisches anvisiert hatte. Er reichte sie mit langgestrecktem Arm zu Jacob hinüber.

„Hier, das könnte doch was für dich sein. Handelt sich um eine Adoptionsagentur. Weltweit besondere Kinder vermitteln, oder so ähnlich, blablabla ... Hier irgendwo ums Eck in der Innenstadt. Noch nie davon gehört, außer dass die wohl einen zeitgemäßeren Webauftritt inklusive Logo, Visitenkarten und Internetseitendesign plus Programmierung wünschen. Alles neu – das volle Programm eben. Dazwischen ist auch irgendwo die jetzige Aufmachung von denen dabei; ziemlich letztes Jahrhundert, wenn du mich fragst. Ist doch eher so 'n Ding für eure Abteilung, oder? Wie wär's, könntest du dich dafür erwärmen?"

„Ja ... äh, schon, aber ..."

„Am besten gehste einfach mal persönlich da vorbei. Morgen, so nach dem Mittagessen würde ich sagen, dann kannste dir da 'n persönliches Bild vor Ort machen und sehen, wo es hapert. Ich glaub' ja, dass die moderne Technik bei denen noch nicht so richtig angekommen ist!"

Zurück auf dem Flur wusste Jacob erst einmal gar nicht so recht, wie er seine Gedanken ordnen sollte. So begann er, einen Fuß vor den anderen zu setzen, und bog zum Treppenhaus ab. Den Lift ließ er lieber in Ruhe. Er stieg zwei Stockwerke die Stufen hinab zur Gemeinschaftsküche.

Kein Mangel an Aufträgen? Gute Arbeit? Er zu schnell? Überqualifiziert!?

Quer durch den Pausenraum zwischen den Tischen hindurch umkurvte er schließlich die Küchentheke. Er schaltete den Wasserkocher ein und fischte einen Beutel Kräutertee aus der Dose in einem der oberen Hängeschränke. Er verglich seinen momentanen Eindruck mit dem, was Tom eben scheinbar beiläufig behauptet hatte. Vielleicht hatte sein Team ja auch einiges schnell und zuverlässig erledigt, ohne dass er immer über alle Kleinigkeiten informiert werden musste.

Bin ich am Ende zu faul geworden?

Erneut fingen die Gedanken an zu rotieren. Wie in einem Topf, in dem man rührt, kommen manchmal Dinge von unten an die Oberfläche. Was da langsam zutage gefördert wurde, war die Erkenntnis, dass der erste Grund und dessen Ursprung Jacob selbst war. Die Leidenschaft fehlte, hatte sich einfach irgendwann unbemerkt von Bord geschlichen. Es fehlte die Freude daran, etwas um des Schaffens selbst wegen zu tun und nicht ständig den Blick auf das Ziel fixiert zu haben, ungeduldig dem Abschluss entgegeneilend. Das

Bedürfnis, etwas aus dem Nichts zu erschaffen, womit man sich identifizierte. So wie er damals im Keller seines Elternhauses vor der Leinwand stehend stundenlang mit Ölfarbe und Pinsel hantiert hatte. Bis er endlich zufrieden mit dem Gemälde, seiner damit untrennbaren Leistung und zuletzt mit sich selbst war.

Moment, da war doch noch etwas gewesen. Adoption ... Adoptions… agentur ...?

Jetzt klingelte etwas leise, dann lauter und lauter in seinem Hinterkopf. Er ignorierte den Wasserkocher, drehte sich auf dem Absatz um und marschierte entschlossen aus der Küche mit dem Ziel Innenstadt.

Er holte die zusammengefalteten Zettel, die ihm sein Vorgesetzter vorhin in die Hand gedrückt hatte, aus der Innentasche seines Mantels und überflog die darauf gedruckten Informationen. Da stand ja die Adresse. Tom hatte recht, es war tatsächlich nicht sehr weit. Die Straße war Jacob bekannt, er sollte nicht länger als zwanzig Minuten brauchen, um sich vor Ort persönlich vorzustellen. Er sah keinen Sinn, noch einen Tag zu warten, also machte er sich unverzüglich auf den Weg.

Adoption. Immer wieder spukte dieses Wort in seinem Kopf herum. Ein Begriff und Gedanke, den er lange aus seinem Gedächtnis verbannt hatte, der nun aber umso mehr ein weiteres Mal mit neuer Kraft zurückstrebte. Ein großes Thema, von ihm und Mona vor längerer Zeit ausgiebig diskutiert. Es war nämlich so: Mona konnte keine Kinder bekommen.

In gleißendem Sonnenschein und auffrischendem Wind überquerte Jacob eine Hauptverkehrsstraße, zog den Kragen hoch und beschleunigte seine Schritte.

Ihm fielen die abendlichen Gespräche mit Mona von damals wieder ein, in denen beide das Für und Wider einer Adoption eines Kindes abgewägt hatten. Die Wunschvorstellungen und die Träumereien, wie schön es doch gewesen wäre, zu dritt, eine richtige kleine Familie zu sein. Er für seinen Teil wollte schon immer liebend gerne Nachwuchs. Jacob erinnerte sich, wie Mona und er vor langer Zeit erfahren mussten, dass ihnen das Glück verwehrt bleiben sollte, ein eigenes Kind auf die Welt bringen zu können.

Eigentlich war in Monas Leben so ziemlich alles problemlos gelaufen, dann erhielt sie nach einer Untersuchung die fürchterliche Mitteilung ihres Frauenarztes. Sie konnte einfach nicht schwanger werden. Nach dieser niederschmetternden Nachricht stürzte mehr als nur eine Welt über dem Paar zusammen. Niedergeschlagen und entmutigt stellte Mona sich etliche Fragen, begann an sich selbst zu zweifeln und quälte sich mit destruktiven Gedanken herum. Fragen wie „Warum gerade ich, bin ich krank, bin ich vielleicht selber schuld?“ beschäftigten sie lange Zeit.

Tiefe seelische Wunden hatte diese Schreckensmeldung geschlagen. Sie zog sich aus ihrem Freundeskreis zurück und von Freundinnen, die zu dieser Zeit selber Mütter geworden waren. Die hatten verständlicherweise versucht, sie zu trösten mit Aussagen wie: „Sieh‘ es doch mal positiv; dann hast du eben viel mehr Freizeit und bist viel ungebundener als wir. Du brauchst auf nichts zu verzichten und kannst das Leben in vollen Zügen genießen!“

Sie machten es mit ihrem Mitleid ungewollt aber nur noch schlimmer. Diese Einstellung empfand Mona als zutiefst egoistisch. So zu leben würde sie selbst niemals mit Glück erfüllen. Vielmehr wünschte sie sich Verantwortung anstelle von uneingeschränkter Freiheit. Sie wollte einem anderen Lebewesen – ihren Mann natürlich eingeschlossen –, einem Kind, IHREM Kind alle Zeit und Liebe schenken. Ihr fiel es schwer nachzuvollziehen, wie Frauen ihres Alters sich bewusst gegen Kinder entscheiden konnten. Trotzdem bewunderte sie solche, die das scheinbar mit Leichtigkeit konnten.

Das Gefühl der Unvollständigkeit aber blieb weiterhin bestehen, auch wenn Mona sich mit der Zeit mehr und mehr von dem Schock erholte.

Verständlicherweise nahm sie das alles extrem und um ein Vielfaches mehr mit als Jacob. Er hatte zwar damals auch des Öfteren mit den Tränen zu kämpfen gehabt, doch musste er für beide zusammen stark sein. Nachdem sich die sonst so lebenslustige junge Frau für längere Zeit in sich zurück-gezogen hatte, versuchte sie, gegen den Schmerz, die Depressionen und die Trauer anzukämpfen, indem sie begann, ihre Hobbys stärker zu kultivieren. Sie fing mit Yogaübungen an, studierte fernöstliche Naturheilkunde, nahm Ayurvedakurse und entwickelte ein spirituelles Interesse. Mit Mühe und enormem Kraftaufwand stürzte sie sich darauf, um diesen Tiefschlag zu verarbeiten, sich davon abzulenken und sich selbst besser kennenzulernen.

Mit der Zeit gelang es ihr, das Tal der Trauer hinter sich zu lassen und Schritt für Schritt dem Leben erneut seine schönen Seiten abzugewinnen. Das alles half ihr in den folgenden Jahren und auch noch bis heute, wie Jacob wusste. Aus Pietät ließ er das Adoptionsthema lange ruhen, er wollte nicht an alten Wunden rühren. Er konnte sich nicht einmal entfernt ausmalen, welchen Schaden dieses schreckliche Gefühl von Verlust in einer Frau auszulösen vermochte. Er wusste aber sehr wohl, wie sehr sie zu leiden hatte. Er tat alles in seiner Macht Stehende, um ihr das Leben auf sämtlichen anderen Ebenen zu erleichtern.

Erst viel später brachte er einmal vorsichtig die sensible Angelegenheit erneut zur Sprache und war überrascht, dass er damit auf fruchtbarem Boden landete. Tage- und wochenlang gab es sogar kaum ein anderes Gesprächsthema, alles wurde mit Ernsthaftigkeit besprochen und obendrein wurden konkrete Pläne geschmiedet. Die Sonne schien wieder aus Mona und er war mehr als erleichtert, seine über alles geliebte, aus sich heraus strahlende Frau wiederzuhaben, denn ihr Glück ging ihm über wirklich alles.

Dass man Pläne fürs Leben machen konnte, hieß aber noch lange nicht, dass diese auch sicher so wie geplant zu verwirklichen waren. Jacobs Vater wurde unvermittelt und plötzlich schwer krank. Da Jacob nicht einsah, ihn in „professionelle Behandlung“ zu geben, übernahm er die Bereitschaft und häusliche Pflege, um seine Mutter zu entlasten. Das brachte natürlich mit sich, dass er nur noch halbtags arbeiten konnte, was wiederum Mona zu einer Vierzigstundenwoche zwang, wollten sie sich ihren ohnehin wenig luxuriösen Lebensstandard bewahren. Wie sich die Situation gestaltet hatte, war also für wenig anderes, geschweige denn für eine Adoption, Platz und Zeit in ihrem Leben. Dieser Dämpfer ließ das Thema erneut einschlafen, bis es so gut wie vergessen war. Bis heute.

Dermaßen in Gedanken versunken und in Erinnerungen wühlend merkte Jacob zuerst gar nicht, dass er schon an seinem Ziel vorbei und zwei Straßen zu weit marschiert war.

Jetzt aber genug Vergangenheit!

Er machte kehrt, setzte sein „Businessgesicht" auf und schlüpfte in die Rolle eines professionellen Werbegrafikers auf Kundenakquise. Zwischen den im Schnitt vierstöckigen Häusern, die die schmale Seitenstraße säumten, in der er sich befand, fiel das im Vergleich geradezu winzige Haus zunächst nicht auf. An der Frontseite fehlte die Hausnummer und sowohl eine Klingel als auch ein Firmenbezeichnungsschild suchte Jacob vergeblich.

Komisches Häuschen. Da muss der Bulldozerfahrer entweder gnädig oder blind gewesen sein.

Es musste aber die gesuchte Adresse sein, also schluckte er den anfliegenden Ärger über diese Unprofessionalität herunter, stellte sich fest und breitbeinig vor die ebenfalls winzige Eingangstür und klopfte dreimal. Im Innern blieb alles still und dunkel. Eine halbe Ewigkeit stand er so da und lauschte. Aber außer dem Wind und dem Verkehrslärm war nichts zu hören. Er klopfte noch dreimal, diesmal mit Nachdruck. Die Tür schwang wie von selbst auf, war wohl nur angelehnt gewesen. Eigenartig. Irgendwie wusste Jacob nicht so recht, wie er sich verhalten sollte. Ein Schwall warme, aber frische Luft schwang ihm entgegen, voller geheimnisvoller lieblicher Duftnoten, die ihn irgendwie an Frühling erinnerten. Er wollte gerade die halb offen stehende Tür wieder schließen und den Rückweg antreten, als er eine hohe, doch auf unerklärlich subtile Art angenehme Frauenstimme innerhalb des Gebäudes vernehmen konnte.

„Gleich da! Gleich da! Momentchen bitte!"

Sämtliche Souveränität verabschiedete sich und seine zuvor angelegte professionelle Außenschale blätterte wie bei einer frisch geknackten Nuss von ihm ab.

Unschlüssig stand Jacob noch immer reglos auf der Türschwelle, in ratloser Starre gefangen. Hatte er sich etwa doch in der Örtlichkeit geirrt?

Ins untere Stockwerk kam Bewegung, Geräusche drangen nach außen. In dem Korridor, der von der Haustür aus ins Innere führte, flackerten antik aussehende Lampen an der Wand auf, eine nach der anderen. Die Stimme meldete sich wieder, diesmal näher: „Kommen Sie doch herein, junger Mann! Ist doch so windig und kühl draußen."

Wie, fragte er sich, *um alles in der Welt kann diese Person wissen, dass ein Mann vor ihrer Türe steht? Hat sie mich etwa von oben beobachtet?*

Mit einem flauen Gefühl im Magen betrat er den Flur.

„Hallo? Ähem ... guten Morgen?"

„Hinten liiinks, bitte!"

Das war nicht schwer zu orten. Um die Ecke sah er eine weitere offen stehende Tür und dahinter erstreckte sich ein geräumiger Saal, der an eine Art Lounge im altenglischen Landhotelstil erinnerte. Irritiert blickte sich Jacob um. Er konnte sich nicht erklären, wie ein solch großflächiger Raum in dieses von außen so winzig wirkende Häuschen passen konnte. Ebenso mysteriös war, dass von diesem Raum auch noch weitere, durch schmale Türen abgetrennte Räume zu beiden Seiten hin abzweigten. In der Mitte des Empfangsraumes stand auch tatsächlich eine Art Rezeptionstheke. Im Schein einer alten Bibliothekslampe saß eine leicht füllige, ältere Frau mit silbernem Haar zu einem Dutt hochgesteckt. Über den Rand ihrer schmalen, ebenfalls silbernen Lesebrille schaute sie ihn, wie er im Näherkommen erkennen konnte, freundlich blinzelnd an. Sie lächelte über das ganze Gesicht zu ihm herüber.

„Einen schönen guten Morgen! Wie darf ich Ihnen zu Diensten sein, werter Herr?“

Er hatte die Theke fast erreicht.

„Ich … äh … komme von der Werbeagentur, die sich um die Gestaltung für Ihr Adoptionsunternehmen und den Internet...“

Weiter kam er nicht, denn in diesem Moment klatschte die ältere Dame in einer kindlichen Art und Weise vor Freude glucksend in die Hände.

„Ach ja! Was für ein Glück! Da bin ich aber froh, dass das so schnell gegangen ist und mir ein solch netter und adretter junger Mann geschickt worden ist.“

Ihre stahlblauen Augen schienen direkt in ihn hineinzublicken. Jacob nahm sich zusammen und legte den kleinen Stapel mit den Zetteln, der wahrscheinlich aus diesem Haus stammte, vor sich auf den Tresen.

„Hier. Das hat mir mein Chef als Anhaltspunkt und Adressenbeschreibung gegeben. Er sagte, ich sollte mich am besten persönlich vorstellen, um Sie eventuell zu beraten. Das ginge natürlich auch telefonisch, ich war aber ehrlich gesagt ein wenig neugierig, also bin ich hier."

„Neugierig? Neugierde finde ich toll. Gier an sich hingegen ..."

Sie lachte wieder, ansteckend und herzerwärmend.

Jacobs analytischer Verstand kam langsam auf Touren. Wie alt mochte sie wohl sein? Das pausbäckige Gesicht mit den rosigen Wangen wies keinerlei Falten auf, aber die silber-grauen Haare, die kleinen runzligen Hände und die rundliche, gedrungene Statur vermittelten den Eindruck, es durchaus mit einer Person in mittlerem Seniorenalter zu tun zu haben. Dennoch war es ihm unmöglich, auch nur vage ihr Alter zu schätzen, ihre Stimme zum Beispiel klang wie die einer jungen Frau und auch ihre Augen hatten etwas unwirklich Jugendliches. Eigentlich war das ja auch egal.

Um nicht in peinliches Schweigen abzugleiten, fummelte er in seiner Manteltasche und sagte zeitgleich: „Hier, bitte. Meine Karte! Damit Sie auch wissen, dass ich nicht irgendein Schurke, sondern auch tatsächlich der Grafikmensch von der Agentur bin, die Sie beauftragt haben."

Er hoffte, so seinerseits das Eis gebrochen zu haben.

„Nein, nein! Ich hatte von Anfang an das sichere Gefühl, es hier mit genau dem richtigen Menschen, einem besonderen Menschen zu tun zu haben. Einem besonderen Menschen auf der Suche, ohne zu wissen ... Verzeihung, ich rede wieder zu viel! Wenn Sie möchten, Jacob, sehen Sie sich gerne ein wenig um, vielleicht hilft es Ihnen bei Ihrer Arbeit."

Sie machte eine ausladende Armbewegung, meinte damit wohl den großen Raum mit all den Fotos, Gemälden, Säulen und Nischen. Er bedankte sich höflich, was fröhlich nickend und zwinkernd quittiert wurde.

Was war denn das eben nun wieder gewesen? „Ein besonderer Mensch auf der Suche ..." War er jetzt etwa an eine Wahrsagerin geraten? Was sollte das? Redete ihn vertraulich mit Jacob an, klar – sie hatte ja die Karte gelesen. Nicht dass es ihm etwas ausmachte, aber ... Die ganze Angelegenheit kam ihm immer absurder vor. Schon wieder das Gefühl, als würde etwas nicht mit rechten Dingen zugehen. Trotzdem musste er in sich hineinlachen: Ihm kam diese schrullige alte Tante so selbstsicher, so vital, ein bisschen durchgeknallt und so lebensbejahend vor. An wen erinnerte sie ihn nur?

Er begann seinen Streifzug durch das Foyer an der Wand auf der linken Seite. Überall lagen Zeitungen, Zeitschriften und lose Blätter um die vielen Steh- und Wandleuchten herum. Das Ganze wirkte zwar leicht chaotisch, aber keineswegs schmuddelig oder dreckig. Im Gegenteil: Der ganze Raum, die Wände, die Wandbehänge, die Tische und auch die Lampen – nirgends auch nur eine Spur von Staub oder Spinnweben zu sehen. An den Wänden zwischen den Säulen und vereinzelten Wandteppichen hingen mit offensichtlich teuren Rahmen geschmackvoll eingefasste Gemälde und auch Fotografien. Sie sahen alt aus, aber hatten nicht diesen morbiden Ausdruck wie in den alten Gruselfilmen. Vielmehr waren, wie er später feststellen sollte, ausschließlich fröhlich lächelnde und freundliche Gesichter abgebildet worden. Bei einigen Fotografien war sich Jacob nicht ganz sicher.

„Darf man fragen, was es mit den Bildern und Fotos auf sich hat?“

Die Dame am Tresen hob den Kopf, stand auf und kam langsam zu ihm herüber. In dem riesenhaften Raum, der von hier aus gesehen sogar noch größer aussah, wirkte sie verschwindend klein, geradezu winzig. Jacob kam sich allmählich vor wie in einem Film, in einem Puppen- oder Hexenhaus, das Ganze begann ihm langsam Spaß zu machen.

„Viele Bekannte, einige Freunde. Manche nah, andere fern.“

Das Ganze klang fast nach einem Singsang, fand Jacob.

Als sie die unterdrückte Verwunderung in seinem Gesicht ablas, fuhr sie in weniger geheimnisvollem Ton fort: „Ach, ich werde immer ein wenig melancholisch, wenn ich mir die alten Schinken anschaue. Wissen Sie, viele davon sind nun schon wirklich, wirklich alt. Ich muss alles aufheben, kann mich schlecht von Personen und Dingen trennen, die einen emotionalen oder sentimentalen Wert für mich erlangt haben.“

So ernst hatte er sie bis jetzt noch nicht erlebt.

„Ist denn dann Ihr Beruf nicht furchtbar schwer für Sie?“, fragte Jacob. „Ich meine, Sie müssen sich ja früher oder später von den Kindern trennen, die Sie zeitweilig betreuen – mit der Vermittlung trennen Sie sich ja jedes Mal erneut von jemandem, oder?“

Sie drehte den Kopf und schaute zu ihm hoch.

„Ich sagte doch, Sie sind ein besonderer Mensch. Diese Frage haben mir die Wenigsten gestellt. Das braucht schon ein gewisses Maß an Empathie und Sensibilität, glauben Sie mir, Jacob. Ihre Frau muss sehr glücklich mit einem Partner wie Ihnen sein, hab‘ ich recht?“ Sie schien sowieso keine Antwort zu erwarten, strahlte über das ganze Gesicht und drehte sich wieder zur Wand. „Auf den Fotos hier sind viele der Kinder zu sehen, die schon vermittelt wurden. Manche haben auch das ein oder andere Bild im Erwachsenenalter von sich geschickt oder persönlich vorbeigebracht. Ich mache das hier schon ‘ne Weile, wissen Sie.“ Sie kicherte wieder glockenhell. „Es wird hier besonders dafür gesorgt, dass jedes Kind das passendste Zuhause bekommt, ohne Ausnahme.“

Jetzt fiel es ihm ein! Sie erinnerte ihn an die gute Fee aus einem der Zeichentrickfilme von früher, die er als Kind so gerne angeschaut hatte – sie sah genauso aus! Fehlte nur noch der Zauberstab ...

Beide gingen Seite an Seite in dem Raum herum. Er stellte Fragen, sie antwortete bereitwillig. Sie scherzte, er lachte. Eine schwer erklärbare Verbundenheit konnte Jacob spüren, es war sonderbar, aber nicht unangenehm. Sie unterhielten sich noch eine Weile ganz ungezwungen, und angesteckt von der guten Laune dieser zum Knuddeln netten alten Lady vergaß Jacob alle Zeit.

Nachdem er sich verabschiedet und einen weiteren Besuch bei der „Adoptionsfee“ hoch und heilig versprochen hatte, schaute Jacob auf die Uhr und stolperte fast über die Bordsteinkante. Es war früher Abend geworden. Die Stunden waren nur so verpufft. Einen so speziellen Tag hatte er selten erlebt.

Er war frisch, bestens aufgelegt und schlenderte pfeifend durch die Straßen in Richtung Haltestelle. Die Kälte spürte er nicht und den einsetzenden Regen nahm er mit Gleichmut zur Kenntnis. In Jacob begann ein Samenkorn zu keimen, eine Idee, eine Überzeugung, ein Plan. Ein Samenkorn, das lange in der Erde seiner Erinnerungen geschlafen hatte. Ein Samenkorn, das heute erneut und mit einem frischen Schluck Zuversicht gegossen worden war.

Als er in der Bahn saß, musste er unentwegt an die Gespräche mit der reizenden alten Dame denken. Auf eine unbestimmbare Art und Weise hatte sie etwas in ihm geweckt, eine vergessene Sehnsucht, ihn tief in seinem Selbst berührt, ihn zutiefst beeindruckt. Wie sie mit ihm geredet, ihm die Dinge dargelegt und erklärt hatte, mit welch gelassener Professionalität, Aufopferung und Hingabe diese Frau ihrer Berufung nachkam, beeindruckte ihn in allen Maßen. All das tat sie, ohne daran Gewinn machen zu wollen, seit vielen langen Jahren schon, ohne Bezahlung, wie er von ihr gegen Ende ihres ungewöhnlichen Zusammentreffens erfahren hatte. Ständig lächelnd, immer aufrichtig, in stetiger Freude über das, was sie darstellte und was sie tun konnte, fest verankert. Das wenige, was sie von sich preisgegeben hatte, war so ehrlich und ganz anders als das, was man heutzutage sonst so erzählt bekam. Sie hatte nicht einmal über irgendetwas geklagt, nicht ein einziges Mal. Was er nur immer wieder herausgehört hatte, war die unbedingte Wichtigkeit, die Notwendigkeit, die sie als ihre erste Pflicht verstand, den zu vermittelnden Kindern bestmöglich zu helfen. Ebenso wichtig war ihr sicherzustellen, alles, was damit zusammenhing, so schonend und reibungslos wie nur möglich handzuhaben.

Die Ansage aus dem Lautsprecher holte ihn zurück in den Zug, der sich durch die schwindende Dämmerung schnitt. An der nächsten Haltestelle musste er raus.

Der Wunsch nach einer eigenen kleinen Familie, Jacob hing wieder seinen Gedanken nach, *ein Kind zu haben, würde definitiv einen großen Teil der Leere füllen und mich bestimmt der Antwort auf die Frage nach meiner Unausgeglichenheit und Unzufriedenheit näherbringen. Natürlich ist ein Kind kein Objekt, um mich selbst aus Eigennutz zu therapieren. Das ist mir schon klar, aber ich bin mir sicher, dass es eine große Bereicherung für Monas und mein Leben wäre.*

Der Regen hatte aufgehört und Jacob lenkte seine leichten Schritte zielstrebig zwischen den zu Blöcken gestaffelten Häuserreihen auf das eine Gebäude zu, in dem Mona im vierten Stock bestimmt schon mit dem Essen auf ihn wartete. Er beeilte sich, nach Hause zu kommen. Wie er sich freute, ihr von diesem wundervoll sonderbaren Tag zu erzählen!

Zur gleichen Zeit hatte Mona es sich bereits gemütlich gemacht. Bevor sie am Nachmittag zu Hause angekommen war, hatte sie die Einkäufe für das Wochenende erledigt. Zwei volle Einkaufstaschen im Transportkorb auf dem Fahrrad balancierend, umkurvte sie geschickt und mit fliegendem schwarzem Haarzopf sämtliche Hindernisse auf ihrer Route durch die Vorstadt. Sie fuhr an dem kleinen Kiosk vorbei, der zur Straße hin im Erdgeschoss verzweifelt auf Kundschaft wartete. Die letzte Ecke schnitt sie rasant und ließ sich mit dem Schwung die übrigen Meter ausrollen. Sie stellte das Fahrrad im Gemeinschaftsflur ab und joggte die Treppen hinauf. Oben angekommen, schlüpfte sie aus den Stiefeletten, schloss die Wohnung auf, pfefferte Schal und Wollmütze auf den Kleiderständer und blätterte sich aus ihrer Jacke. Sie räumte die Lebensmittel in Vorratskammer und Kühlschrank und ging ins Schlafzimmer, um in Jogginghose und Schlabbershirt zu schlüpfen. Danach machte sie sich fröhlich ans Werk, das Abendessen vorzubereiten.

Wie immer lag sie gut in der Zeit, sodass sie mehr als genug davon übrig hatte, um noch ein paar Fitness- und Yogaübungen in ihrem eigens dafür eingerichteten Zimmer zu machen, ihr vorabendliches Ritual. Jacob zog sie immer gerne damit auf, aber im Grunde imponierte ihm ihr gesunder Lebenswandel. Außerdem war er heilfroh, dass sie durch ihr Hobby die schwere Zeit von damals gut verarbeitet hatte.

Auf dem Sofa im Schneidersitz in ihrem Buch lesend wartete sie darauf, dass sich das vorbereitete Abendessen selbst zu

Ende kochte und ihr lieber Schatz nach Hause kam. Sie füllte ihre Tasse mit heißem Tee auf und summte die Melodie mit, die von einer ihrer Entspannungs-CDs aus der Anlage ruhig und leise durch die kleine, aber feine Dachgeschosswohnung flutete.

Soeben vernahm Monas Raubtiergehör leises metallisches Klimpern an der Außenseite der Appartementtür. Kurz darauf stand ein Jacob zwischen Küche und Wohnzimmer, der äußerlich anders als sonst auf sie wirkte ... Außer dass er seltsamerweise die noch immer klatschnasse Jacke trug, war er grob betrachtet ihr gewohnter Jacob, der Mensch, den sie über alles liebte, der immer bestrebt war, alles Übel von ihr abzuschirmen und der sich miese Laune nie anmerken lassen wollte. Doch war er ein miserabler Schauspieler und sie merkte sofort, wenn etwas nicht stimmte. Er war schlichtweg eine grundehrliche Haut, zu gut für diese Welt. Auch dafür liebte sie ihn unsterblich, ihren „sanften Riesen".

Aber heute schien er verändert. Sie machte sich fast Sorgen, denn jetzt gerade konnte sie nicht erspüren, was in ihm vorging.

„Alles in Ordnung, Schätzchen?"

Ihr war, als hätte sein Gesicht einen helleren Teint angenommen, seit sie ihn am Vorabend zuletzt gesehen hatte. Die Sorgenfalte zwischen seinen Augen war wie ausradiert, außerdem umspielte seinen Mund ein leichtes Grinsen. Hatte er getrunken? – Nein, das konnte nicht sein.

Sie wollte gerade aufstehen, als er sich seinerseits in Bewegung setzte und sagte: „Monalein, du glaubst nicht, was das heute für ein Tag war!"

Langsam wurde ihr komisch zumute.

„Ich war bei Tom, der hat mir einen Auftrag verpasst. Er sagte, ich solle doch sofort persönlich vorstellig werden, also bin ich hin und – haha – war das verrückt ... Dieses Spielzeughäuschen, diese alte Frau, ich sag' dir, alles kam mir vor wie im Traum ...“

„Laaangsam, ruhig, mein Großer! Bist du sicher, dass auch alles in Ordnung ist und du nicht irgendwie ... berauscht bist?“

„Berauscht trifft es, ja! Aber nicht wie du denkst. Entschuldige, ich weiß gar nicht, wo ich anfangen soll ...“

Mona holte tief Luft: „Wie wär's denn mit ganz von vorne und schön langsam, damit ich vielleicht auch mal endlich kapier', worum es eigentlich geht?“

Gut, er war bester Laune, wie ausgewechselt. Nicht zu vergleichen mit dem Mann, der sich mit seiner Sorgenlast auf den Schultern die letzten Wochen abends zur Tür hereingeschleppt hatte. Er sprühte ja direkt vor Energie, überschlug sich fast vor Enthusiasmus, seine ganze Aura positiv strahlend. Langsam, aber sicher wurde sie neugierig und kribbelig.

Er ließ sich neben ihr auf dem Sofa nieder, nahm sie behutsam in den Arm und begann ganz langsam und ruhig von seinem Zusammentreffen mit der alten Dame in ihrem märchenhaften Haus zu berichten. Dabei ließ er keinen der gewonnenen Eindrücke, der Merkwürdigkeiten und der Einzelheiten des Tages aus. Besonders aber den Grund seiner geheimnisvollen Gemütswandlung versuchte er, so vorsichtig es ihm möglich war, zu erklären. Ein heikles Thema – die Adoption eines Kindes.

Obwohl in Mona die Alarmglocken bereits ab der Hälfte seines Vortrags zu schrillen begonnen hatten, ließ sie ihn doch zu Ende berichten, so voller freudiger Emotionen und Energie er ihr das Erlebte schilderte. Spätestens bei „Adoptionsagentur“ hatte sie eigentlich sofort wortlos den Raum verlassen wollen. Aber die Art und Weise, wie er mit Überzeugung und mit diesem Leuchten in den Augen versuchte, ihr alles nahezubringen, überraschte sie. Im Stillen freute sie sich aber schon sehr, ihren Liebsten so aufgekratzt und in einer solchen Hochstimmung wie in letzter Zeit selten nicht mehr zu erleben. Nichtsdestotrotz war zu dem Thema, in dessen Richtung der Vortrag sich mehr und mehr bewegte, das letzte Wort noch lange nicht gesprochen.

Nachdem er fertig war, sah sie ihn eindringlich an. Zu sagen wusste sie erst einmal nichts. Sie saßen eine Weile zusammen, einfach so.

Das alte und so schwer loszuwerdende Gefühl der Unvollständigkeit meldete sich zurück. Der Schmerz, der schon seit Jahren in der Tiefe des Lochs in ihrem Herzen begraben war, stieg erneut in ihr auf. Als ihr die Pause zu lang wurde und sie einigermaßen die Sprache wiederfand, schilderte sie ihm ihre Bedenken, Ängste und Gegenargumente. Das alles ging ihr eine Spur zu schnell. Sie war nicht völlig dagegen, doch fühlte sie sich etwas überrumpelt.

„Jacob, Schatz, ich weiß, du verstehst und kennst mich besser als jeder andere. Du weißt, wie schwierig das alles für mich war und ist. So eine lebensverändernde Entscheidung trifft man nicht einfach mal so nebenbei. Das braucht Zeit und ich glaube, ich bin noch nicht so weit."

Jacob nickte verständnisvoll, strich ihr zart über die Schulter, stand auf und ging ins Badezimmer. In Monas Kopf arbeitete es.

Als sie später beim Essen zusammensaßen, versuchte er es noch einmal mit besonnener Wortwahl. Er war ganz ruhig, sachlich und ernst.

„Schau mal, Süße: Wir beide werden älter, du bist neununddreißig, ich siebenunddreißig. Beide also schon bald vierzig. Wäre doch das beste Alter in unserem Fall. Irgendwann, sollten wir es weiter aufschieben, sind wir zu alt, ein Kind aufzuziehen, und werden vielleicht ewig bereuen, den Schritt nie gemacht zu haben. Ist es nicht das, was wir uns immer gewünscht haben? Besonders aber du? Eine kleine Familie. Hast du mir nicht schon zigmal gesagt, dass das JETZT entscheidend ist? Nicht die Vergangenheit, nicht die Zukunft? Bei dieser alten Frau hab' ich das felsenfeste Gefühl, an der besten Adresse zu sein. Wir werden nicht jünger. Du könntest wieder halbtags arbeiten, ich mache so weiter wie bisher. Ich werde mit dem Rasch reden, das wird schon alles werden. Ich glaube, das ist die letzte Chance und Gelegenheit, unseren Traum doch noch wahr werden zu lassen. Lass uns doch mal zusammen dort hingehen und schauen, was uns erwartet. Wir sind ja zu nichts gezwungen, einfach nur mal unverbindlich die Sache auf uns wirken lassen. Aber lass uns nicht den womöglich größten Fehler unseres Lebens begehen, indem wir gar nichts tun. Es ist okay, Mona. Das Letzte, was ich will, ist, dass wir etwas überstürzen oder du unglücklich bist. Nimm dir deine Zeit. Wir entscheiden uns dafür oder dagegen, aber zusammen. Ich halte immer zu dir, das weißt du genau. Ist okay, mein Engel."

Tränen, von denen sie nicht wusste, welcher Emotion sie entsprangen, stiegen ihr in die Augen.

„Ich liebe dich, Jacob."

„Gestatten? - Noam!“

Ein paar Tage waren mittlerweile seit dem Abend des Gesprächs vergangen und der Arbeitsalltag holte Mona und Jacob peu à peu wieder ein, jeden Tag ein wenig mehr.

Doch hatten sie sich darauf geeinigt, gegen Ende der Woche die nette alte Dame in ihrem Adoptionsbüro aufzusuchen, um ein zwangloses Gespräch mit ihr zu führen. Mona hatte eigentlich zuerst nur Jacob zuliebe eingewilligt mitzukommen.

Die Überzeugung und Begeisterung, mit der er ihr seine Eindrücke berichtet hatte, übten zugegebenermaßen eine gewisse Faszination auf sie aus. Da war aber noch mehr.

Sie konnte den Grund nicht benennen, doch sie hatte das Gefühl, dass sich etwas in ihr regte. Sie wurde regelrecht angezogen von dem Gedanken, der Sache eine reelle Chance zu geben.

Die alte, unter Bergen von Seelenmüll begrabene Sehnsucht war nie ganz verstummt und begann sich mit neuer Energie gegen Zweifel, Ängste und Ausflüchte zu stemmen. Da sie so gut wie gar nicht an Zufälle glaubte, fand sie den Zeitpunkt und die Art und Weise, wie die Thematik über ihren Mann erneut zu ihr gelangt war, ziemlich bemerkenswert. Das alles musste eine ganz bestimmte Ursache haben und der wollte sie auf den Grund gehen.

Es konnte gut sein, dass sie später bereuen würde, sich so lange davor gesperrt zu haben, bis es am Ende zu spät war. Sie hatte schon einmal verloren, jetzt konnte sie im Grunde nur gewinnen – und sei es nur eine Einsicht. Dann hatte sie zumindest alles versucht und nicht nur darüber nachgedacht oder geredet.

„Ich habe nichts zu verlieren!", sagte sie sich noch einmal und es machte Mut.

Mit jedem vergehenden Tag wurde sie ein klein wenig neugieriger, bis sie recht gespannt war auf diese – wie Jacob immer wieder betonte – außerordentlich und außergewöhnlich nette „urige Lady". Die musste ja nun schon sehr speziell sein, wenn sie bei ihrem logikliebenden, teils sehr skeptischen Mann einen dermaßen bleibenden Eindruck hinterlassen hatte. Auch das hatte ihr Interesse geweckt.

Normalerweise ließ sich Jacob von nichts und niemandem leicht einnehmen, das wusste sie nur zu gut. Ohne stichhaltige Argumentation war da wenig bis nichts zu machen. Zum Beispiel „Schatz, glaub' mir das einfach mal" zählte für ihn nicht.

Der Rest der Woche verging wenig spektakulär. Bis auf ein paar Highlights, für die sich Herr Rasch, Monas Chef, verantwortlich zeichnete, indem er bei einem Meeting die gesamte Belegschaft zusammenbrüllte und tags darauf zwei Angestellte feuerte.

Schließlich war Donnerstagabend. Der Freitagnachmittag war der vereinbarte Zeitpunkt, das kleine Haus in der Innenstadt zu besuchen.

Im Bett angelehnt sitzend blätterte Mona noch ein wenig in ihrem Buch, konnte sich aber kaum auf das Gelesene konzentrieren. Der morgige Tag spukte ihr ständig im Kopf herum. Sie blickte nach rechts zu ihrem Mann herüber, der schon eingekuschelt auf der Seite liegend am Eindösen war.

Wie kann er denn jetzt nicht so aufgeregt wie ich sein? Schließlich war doch ER es gewesen, der mich vor Kurzem mit einem fast nicht enden wollenden Wortschwall und einer Gefühlswelle überrollt hatte! Dieser Mann ist doch immer wieder für eine Überraschung gut …

Sie hauchte ihm einen Gutenachtkuss auf die Wange, legte das Buch auf den Nachtschrank und knipste die Leselampe aus. Es dauerte eine ganze Weile, doch dann legte sich langsam und sanft die angenehme Schwere der Müdigkeit auf ihre Glieder, die stille Vorbotin des Schlafs.

Am nächsten Morgen war Mona in aller Frühe auf den Beinen, die Nacht war kurz und nicht besonders erholsam gewesen. Die Aufregung hatte sich auf ein erträgliches Maß reduziert. Sie saß auf ihrem Fahrrad, war unterwegs zurück und mit frischem, noch warmem Backwerk beladen.

Es schien ein sehr sonniger Tag zu werden, ein mildes Lüftchen strich über die Straße und die Vögel boten noch einmal all ihr gesangliches Können auf.

Kurze Zeit später stand Mona zu Hause im Eingangsbereich neben den Jacken und Schuhen und konnte schon Jacob in der Küche werkeln hören, vermutlich schnippelte er Obst fürs Frühstücksmüsli.

Sie tapste auf Zehenspitzen den Flur hinunter, an der linken Wand entlang bis an die berühmt-berüchtigte Ecke: Sie schielte daran vorbei und fand ihn, konzentriert Äpfel schälend seitlich an der Küchenzeile stehen. Aus dem Handgelenk warf sie den kleineren der beiden Beutel mit den Brötchen unmittelbar neben ihn auf das breite Schneidebrett. Mit einem Zucken und einem leisen Aufschrei fuhr er herum, ließ gleichzeitig den Sparschäler fallen und ging unmittelbar zur Verfolgung und in den Angriff über. Die ohnehin kurze Jagd endete abrupt, da Monas Fluchtweg jäh an der Wohnungstür aufhörte. In die Ecke getrieben, katzengleich die Krallen ausgefahren, stellte sie sich ihrem unausweichlichen Schicksal: Sie wurde trotz einiger Gegenwehr geschnappt, über die Schulter geworfen und zügig aufs Bett verfrachtet, wo sie quietschend solange durchgekitzelt wurde, bis der Jäger seine Rache vollzogen hatte. Dieser ging anschließend seelenruhig und höchst zufrieden pfeifend zurück in die Küche und machte dort weiter, wo er unterbrochen worden war.

Diesen Morgen verließen die beiden gemeinsam das Haus, gingen noch einen Teil des Weges zusammen, umarmten sich und standen so noch eine Weile eng umschlungen da. Dann trennten sie sich in entgegengesetzter Richtung, jeder für sich den jeweiligen Ort ansteuernd, wo täglich Brötchen verdient werden mussten.

Mona stürzte sich in die Arbeit und in die Akten, während Jacob an seinem Arbeitsplatz das eine und andere erledigte und die Stunden abwärts zählte.

Am Nachmittag trafen sie sich am verabredeten Treffpunkt auf ungefähr der Hälfte des Weges zu ihrem heutigen Tagesziel.

Jacob schritt eifrig voran, Monas Rad schiebend. Trotzdem konnte sie kaum mithalten.

„Jetzt renn' doch nicht so, als würden wir was verpassen!"

Eine letzte Biegung und Jacob flüsterte geheimnisvoll: „Wir sind gleich da."

Sie gingen durch eine Häuserschlucht mit alt aussehenden Wohngebäuden und vereinzelten Läden, wechselten schräg in Laufrichtung die Straße.

In Monas Blickfeld zur Linken tauchte ein kleines zwergenhaft aussehendes Haus auf. Es war geradezu winzig, verglichen mit den angrenzenden Bauten und hätte glatt einem Kindermärchen entsprungen sein können. Rein optisch, dachte sie, passte es überhaupt nicht in die Szenerie. Was auch immer sich der Erbauer dabei gedacht haben mochte, er musste dafür wohl einen triftigen Grund gehabt haben. Oder auch nicht.

Nachdem er als Erster die drei schmalen Treppenstufen mit einem Satz nach oben genommen hatte, klopfte Jacob voller Vorfreude an die Tür. Als diese abermals fast wie von allein nach innen aufschwang, ging er zu Monas Entsetzen ohne zu zögern einfach drauflos und – der Klang war grässlich – knallte mit dem Kopf gegen den oberen Türrahmen. Vor lauter Tatendrang und Ungeduld hatte der fast zwei Meter große Mann die Proportionsverhältnisse vergessen.

„Ja, ver... ummm!"

Er rieb sich den Schädel, hatte sich aber sofort wieder in der Gewalt und hielt Mona die Tür auf, die sich einfach nur wunderte, aber nichts sagte. Der höflichste Mann der Welt ging einfach ungebeten in ein fremdes und unverschlossenes Haus – ach, was sollte es, jetzt war nicht der Zeitpunkt für Diskussionen. Sie ließ einfach geschehen, was da auch immer kommen mochte.

Ihrem Mann folgend schreckte sie kurz auf, als im Flur links und rechts kleine Wandlampen zum Leben erwachten. Ein blumiger Duft lag federleicht in der Luft und als sie am Ende des Korridors ankamen, konnte sie linkerhand hinter einer offenstehenden Tür so etwas wie eine ... Halle erkennen? Verwirrt zwickte sie Jacob in den Unterarm, er verstand sie, nickte ihr zu und zog sie mit sich durch die Tür in den größeren Raum hinein.

Im hellen Schein einer Lichtquelle sah sie eine kleine Person sitzen. Eine Frau mit gefalteten Händen, die schon zu ihnen herübersah, ganz so, als erwartete sie die beiden bereits. Monas Knie fühlten sich an wie Gummi.

„Herzlich willkommen, herzlich willkommen! Wie schön, dass sie beide doch noch gekommen sind."

Die ruhigen Worte ihrer Stimme klangen wie Balsam. Ihre gesamte Art, die Freundlichkeit und ihre positive Ausstrahlung erfüllten den ganzen Raum. Mona fühlte sich ähnlich geborgen wie in einer warmen, gemütlichen Stube nach kilometerlangem Marsch durch nasskaltes Schneegestöber.

Jacob begrüßte die Dame mit der überirdischen Stimme und stellte ihr sogleich seine „liebe Frau Mona" vor.

„Guten ... guten Tag."

„Na, nicht so schüchtern, junge hübsche Frau. Ich habe schon einiges von Ihrem Liebsten über Sie erfahren dürfen – natürlich nur Gutes! Hihi. Wie wäre es mit einem Tee aus frischer Minze mit Ingwer und Zitrone? Trifft das Ihren Geschmack? Ich bin sofort wieder da."

Ohne eine Reaktion abzuwarten, verschwand sie in einem der Nebenräume, verblüffend flink für ihr Alter, wie auch Jacob bemerkte. Er sah Mona an und sie ihn. Er zuckte die Schultern und lächelte verlegen.

Mona spürte gerade nichts. Ein Empfinden wie in einem surrealen Traum, der aber sehr real wirkte. Ihr Kopf fühlte sich an wie in Watte gepackt, ihr wurde schwindelig und sie musste sich an Jacobs Arm festhalten.

„Ich weiß nicht, ob ich schon so weit bin ...", flüsterte sie kurzatmig.

In ihr begannen die alten Gefühle wieder hochzukochen.

Kann ich das hier überhaupt? Warum bin ich so mutlos?

Er führte sie langsam zu einem der unzähligen Stühle, die überall verteilt in dem Saal herumstanden. In diesem Augenblick kam die Hausbesitzerin mit einem voll beladenen Tablett in den Händen zurück.

„Ist etwas nicht in Ordnung?", fragte sie besorgt, als sie Mona ein wenig blass mit der einen Hand in der ihres Mannes auf dem Stuhl sitzen sah.

Er wirkte leicht hilflos, so wie er danebenstand. Sie setzte das Tablett auf einem niedrigen Tischlein ab, das sie zu den beiden hinüberzog. Dazu stellte sie zwei weitere Stühle und bedeutete Jacob, sich ebenfalls zu setzen. Mit einer vollen Tasse Tee kam sie zu Mona herüber.

„Das haben wir gleich wieder, Sie werden sehen."

Mit zittrigen Händen nahm Mona die Tasse entgegen und führte sie langsam an die Lippen. Nach einem zaghaften Schluck spürte Mona ein belebendes Prickeln, die taube Schwäche verließ langsam, aber sicher ihren Körper. Nach der halben Tasse fühlte sie sich wie neu geboren.

Sie wunderte sich: *Was ist denn das für ein Gebräu? Hat die Frau etwas in den Tee getan?*

Mit einem Mal hatte sie neuen Mut geschöpft und wie durch Zauberei waren auch alle Zweifel dahin. Sie fühlte sich völlig klar und ruhig, die negativen Gedanken schüttelte sie einfach ab. Sie spürte große Kraft und Energie durch ihren Körper strömen, als hätte sie einen Schluck von einem magischen Trank intus. Jetzt spürte sie ihre andere Hand, noch immer in der von Jacob – und drückte zu.

„Autsch!", unterbrach er den Satz, den er gerade an die Adoptionslady gerichtet hatte, und sprang auf die Füße. Die beiden hatten leise beratschlagt, was zu tun war, in Sorge um Monas kurzen Schwächeanfall.

Triumphierend klatschte die „Teefee" in die Hände.

„Na also! Sehen Sie, es ist alles in bester Ordnung. Entschuldigen Sie mich einen kurzen Moment, bitte."

Jacobs verblüfftes Gesicht brachte Mona dermaßen zum Lachen, dass er selbst nicht anders konnte als einzustimmen.

Als sie sich beide beruhigt hatten, schauten sie sich peinlich berührt um. Die alte Frau stand hinter ihrer Theke und lachte ebenfalls. Sie winkte das Paar zu sich herüber.

„Kommen Sie doch bitte, ich würde mich ehrlich freuen, Ihnen etwas zeigen zu dürfen."

Kaum auf den Beinen, zog Mona Jacob am Arm durch den Raum Richtung Tresen.

Nun war es Jacob, der sich wundern musste. Eben noch hing seine Kleine mit schwachem Kreislauf in schon fast liegender Position auf dem Stuhl, dann plötzlich zerquetschte sie ihm mit fast übermenschlicher Kraft die Finger. Jetzt wurde er von ihr mit neuem Elan durch den Raum gezogen.

„Hey, sicher alles okay?", stupste er sie an. „Ich meine ..."

Sie drehte leicht den Kopf und machte das Zeichen mit Daumen und Zeigefinger, das Taucher unter Wasser benutzten, um zu signalisieren, dass alles bestens war.

An der Rezeption angelangt, sahen sie die Omi der guten Laune nach unten verschwinden, offenbar suchte sie etwas. Sie kramte eine Weile hinter ihrer Theke in einem alten Sekretär herum, bis sie scheinbar gefunden hatte, was sie gesucht hatte.

„Hier habe ich ein paar Listen von Vermittlungen von damals und hier habe ich ein paar aktuelle Akten mit sämtlichen Informationen und Bildern. Teuerste Mona, Ihr Mann berichtete mir von Ihrer Situation und der fürchterlichen Zeit der Trauer und Resignation. Ich würde Ihnen gerne einige Beispiele zeigen, andere Paare mit ebenfalls ausgeprägten Problemen und Bürden, Zweifeln und Skrupeln, die aber viel Liebe zu geben hatten. Auf der anderen Seite auch welche mit großer Entschlossenheit, einem riesigen Ego, mangelnder Erfahrung und keinerlei Qualifikation. Wobei ich Ihnen, Mona und Jacob, versichern kann, dass es auf Erfahrung in Sachen Kindererziehung nicht unbedingt ankommt. Wie kann man auch Erfahrung für etwas mitbringen, das man noch nie gemacht hat? Andere Paare machen ja nach ihrem Kindersegen auch instinktiv alles richtig." Sie lachte wieder. „Alles, was ich Ihnen zeige und erkläre, wird selbstverständlich vertraulich behandelt – ich werde natürlich keine Namen nennen, versteht sich."

Mit untergehakten Armen standen Jacob und Mona auf die Theke nach vorn gelehnt und hörten der Fee zu, die nun in Fahrt kam. Voll in ihrem Element und ihrer Berufung aufgehend, erklärte sie sämtliche Beispiele und Situationen. Sie und Mona kamen immer mehr ins Gespräch.

Die beiden finden wohl langsam einen Draht zueinander, dachte Jacob und freute sich.

Madame Silberhaar zwinkerte ihm lächelnd zu.

„Ich möchte ein Experiment mit Ihnen beiden machen. Ich zeige Ihnen jetzt gleich vier Fotografien, jede mit jeweils einem Kind darauf. Bis auf eins sind alle zur Adoption freigegeben. Es handelt sich dabei um besondere Fälle, schwer zu vermitteln. Mir liegen alle Kinder am Herzen, aber diese hier ganz besonders. Sie werden gleich verstehen, was ich meine. Ich decke eins auf, Sie betrachten das Bild, während ich etwas dazu erzählen werde. Keine Namen am Anfang. Bereit?"

Beide schauten zuerst sich an und nickten anschließend der Madame zu. Bereit. Monas Herz schlug ihr bis zum Hals.

Das erste Foto zeigte einen kleinen Jungen mit glattem, dunklem Haar und schmalen Augen. Aus seinem Blick sprach Härte, aber auch so etwas wie flehende Hoffnung.

„Er ist aus Peru, ist sechseinhalb Jahre alt und kommt aus einem Gebiet, in dem große Armut herrscht. Er hat seinen Vater verloren und lebte eine Zeitlang bei seinen Großeltern, da seine Mutter nicht allein für seinen Lebensunterhalt sorgen konnte. Ich zeige gleich noch weitere. Schauen Sie sich alle nacheinander an und hören Sie mir bis zum Ende zu, bitte."

Auf dem nächsten Bild war ein sehr dürres Mädchen in einem bunten, aber ziemlich verschlissenen Kleid zu sehen. Sie hatte die Augen zusammengekniffen, wahrscheinlich hatte sie zu dem Zeitpunkt, als das Foto von ihr aufgenommen wurde, gegen die Sonne geblinzelt. Sie lächelte gequält in die Kamera.

„Diese dünne kleine Blume wurde uns aus Kalkutta in Indien gemeldet und zur Vermittlung überantwortet. Auch sie ist in äußerster Armut aufgewachsen und hat niemanden aus der Familie mehr, der sich ihrer annehmen könnte. Mitarbeiter vor Ort haben sie fast verhungert in einem Müllcontainer gefunden, in letzter Minute glücklicherweise. Die Ärmste war damals so entkräftet und unterernährt, dass sie sich kaum noch aus eigener Kraft bewegen, geschweige denn um Essen betteln gehen konnte. Als wir sie endlich herholen konnten, musste sie speziell behandelt und ganz sorgsam und vorsichtig aufgepäppelt werden, da sie keine feste Nahrung mehr vertragen konnte." Sie machte eine kurze Atempause. „Das Bild hier zeigt sie in einem mittlerweile vergleichsweise stabilen Zustand. Glauben Sie mir, von ihr war fast nichts mehr übrig, als wir sie fanden. Aber seien Sie unbesorgt, es geht ihr den Umständen entsprechend wieder gut. Ihr Alter wurde uns übrigens mit sieben Jahren angegeben."

Die gute Frau versuchte tapfer, aber wenig erfolgreich, das Zittern ihrer Stimme zu unterdrücken, und fuhr schnell mit ihrer Arbeit fort.

Ein weiteres Bild wurde umgedreht und darauf zu erkennen war ebenfalls ein Mädchen, aber ein viel kleineres als das vorherige. Es saß barfuß, verwahrlost und schmutzig auf einer heruntergekommenen und teilweise zerstörten Treppe und war in viel zu große, lumpige Erwachsenenkleider gehüllt. Ihr Blick sprach mehr als tausend Worte. Man konnte richtig fühlen, dass dieser arme kleine Körper schon viel Schlimmes erlebt und die eine oder andere schwere Narbe in seinem so jungen Leben davongetragen hatte.

„Das arme Ding stammt aus Georgien, aus einem Gebiet kämpferischer Unruhen. Sämtliche Angehörigen wurden vermutlich vor ihren Augen ermordet, aber wir haben kurz darauf geschafft, sie glücklicherweise direkt und auf dem schnellsten Wege dort heraus und hierher zu holen. Sie hat ein schweres Trauma davongetragen, spricht nicht und nimmt kaum etwas zu sich. Unserer Dolmetscherin ist auch bisher nicht gelungen, zu ihr durchzukommen. Um sie sorgen wir uns am meisten und man muss sich wohl noch lange gedulden, ehe sie sicher vermittelt werden kann, wenn überhaupt. Aber auch sie hat mehr als nur eine Chance verdient, also zeige ich sie Ihnen schon jetzt. Sie dürfte etwa um die vier Jahre alt sein."

Das Lachen von eben blieb Jacob und Mona im Halse stecken. Sie waren ergriffen und tief berührt, hatten ehrliches Mitleid und fühlten sich gar nicht gut in ihrer Haut. Beiden wurde nun immer klarer, wie einzigartig die Arbeit der alten Frau wirklich war. Sie begannen zu verstehen. Hier ging es um keine Quote oder Liste wie bei Ämtern, die es zu erfüllen oder abzuarbeiten galt – hier ging es um Menschenleben, um unschuldige Kinder. Um Schicksale. Um Existenzen.

Eine heiße Träne kullerte Monas Wange herunter, Jacob wischte sie vorsichtig weg und nahm sie fest in den Arm. Jetzt drehte die Fee das letzte Bild um.

Da stand ein schmächtiger kleiner Junge mit Afrofrisur und großen Kulleraugen vor einer weißen, sterilen Wand. Er hatte bis auf eine kurze orangefarbene Hose nichts weiter an. Seine Haut war milchschokoladenbraun, mit einem goldenen Schimmer. Weiter war auf dem Bild nichts Ungewöhnliches zu erkennen. Aber er lächelte über das ganze Gesicht, in einer Weise, die einen unmerklich zum Mitlachen ansteckte.

„Dieser da ist speziell. Über ihn ist überhaupt nichts bekannt. Nur so viel: Er wurde vor etwa zwei Monaten in Südafrika, an einem Strand in der Nähe von Durban gefunden. Ein Spaziergänger hatte ihn aufgesammelt und den örtlichen Behörden übergeben. Keine Informationen über Eltern, Vergangenheit, Alter ... nichts. Wir haben ihn auf knapp fünf Jahre, eher älter geschätzt. Ach ja, er ist stumm, beziehungsweise noch niemand hat ihn auch nur einen Ton von sich geben hören. Aber er ist gesund und sehr munter, soweit wir wissen."

Die beiden mussten erst einmal Atem schöpfen. Das war nicht einfach zu verdauen. Die Dame legte die Fotos ihnen zugewandt nebeneinander hin.

„Ich weiß, das ist nie einfach am Anfang. Ich lasse Sie kurz alleine. Wenn Sie möchten, werde ich Ihnen später die Namen verraten."

„Wir müssen hier gar nichts, Schatz. Es ist noch immer ein unverbindlicher Besuch. Nichts wird entschieden. Wenn du willst, gehen wir sofort raus und kommen nie wieder. Damit das klar bleibt."

Mona schüttelte den Kopf.

„Ich möchte mehr erfahren. Ich verstehe so langsam, was du an dem Abend gemeint hast. Lass uns noch ein bisschen bleiben. Ich glaube, es ist besser, jetzt noch nicht zu gehen." Mit einem Grinsen fügte sie hinzu: „Wir haben die Namen doch noch gar nicht gehört!"

Mona konnte nicht anders. In ihr war etwas in Bewegung geraten, wie bei einem Segelschiff, das alle Segel gesetzt hatte und ganz von selbst in den Wind drehte. Ohne zu wissen, dass es Jacob in diesem Moment genauso ging, wartete sie darauf, dass Madame zurückkahm. So standen sie da, Arm in Arm, voller Gefühle und Gedanken, die von überall auf sie einprasselten. Aber eines überstieg alles andere. Eine tiefe Sehnsucht hatte sie ergriffen, etwas unsagbar Starkes hatte sie berührt, hatte Platz genommen in dem

Raum ihres Herzens. In jenem Raum, in dem die Vernunft mit dem Bauchgefühl und der inneren Stimme diskutiert. In den sich aber auch immer wieder ungebetene Gäste einschleichen und ungefragt mitreden.

Ohne es zu ahnen, hatten Mona und Jacob bereits dieselbe Entscheidung getroffen, die ihr Leben verändern sollte. Es war der kleine Junge auf dem letzten Foto, der die beiden sofort verzaubert hatte. Von ihm ging etwas nicht in Worte und Begrifflichkeiten Fassbares aus. Warum, wussten sie nicht.

Die Dame des Hauses kam strahlend zurück zu ihnen, nahm auf ihrem kleinen Hocker Platz, stützte beide Ellbogen auf und legte den Kopf auf die gefalteten Hände.

Aus Mona platzte es zuerst heraus: „Bitte, möchten Sie uns die Namen der Kinder verraten?"

Sie trommelte mit den Fingern auf der Tischplatte, ohne es selbst zu merken.

„Aber natürlich, herzlich gern! Der Name des ersten kleinen Kandidaten lautet Paolo. Das zarte dünne Mädchen aus Indien hört auf den Namen Shanti. Das Nesthäkchen mit den traurigen Augen heißt Milla, wie uns mitgeteilt wurde. Tja, der letzte Fall war ein wenig komplizierter. Da, wie ich bereits sagte, bisher kein einziger Laut aus ihm herauszubekommen war, haben die Kollegen vor Ort versucht, ihm zumindest einen Namen vorzuschlagen. Ich kürze jetzt einmal ab: Als jemand „Noam" sagte und auf ihn zeigte, lächelte er von einem Ohr zum anderen und begann so etwas wie einen Tanz aufzuführen. Kurz danach wurde übrigens auch das Foto aufgenommen."

Eine Hitzewelle durchströmte Mona, und auch Jacob wurde es mollig warm. Sie blickten sich tief in die Augen und wussten augenblicklich, was der Partner dachte und fühlte. Es war fraglos einer der intensivsten Momente im Leben der beiden. Vereint, wie ein großes Ganzes, empfanden sie ein und dasselbe. Noam. Er musste es sein, das womöglich fehlende Bindeglied in der Kette ihres gemeinsamen Weges. Mona hielt das Bild in Händen, wollte es gar nicht mehr loslassen.

„Wie ich sehen kann, scheint die Wahl nicht wirklich schwer zu fallen", scherzte die gute Fee und wandte sich an Jacob: „Wie ist es mit Ihnen? Einwände, Anregungen, Bedenken? Wollen Sie etwas loswerden?" Jacob war viel zu weit entfernt, um zu antworten, verschmolzen mit Monas Emotionen.

„Ich würde sagen, Sie beide gehen nun nach Hause, machen sich einen gemütlichen Abend und lassen alles in Ruhe auf sich wirken. Reden Sie miteinander, wägen Sie alles ab. Wir werden nichts überstürzen. Schlafen Sie ein paar Mal über diesen wertvollen Tag und kommen Sie zurück, wenn alles nicht mehr ganz so frisch und ein wenig Gras über alles gewachsen ist. Wenn Sie Fragen haben sollten, hier ist die Nummer, über die Sie mich erreichen können. Ich werde zwischenzeitlich soweit alles Nötige in die Wege leiten, sollte es Ihnen tatsächlich ernst sein, den nächsten Schritt zu gehen. Ach ja, das Foto dürfen Sie übrigens gerne behalten!"

Sie zwinkerte wieder. Dann räumte sie sämtliche Unterlagen und Bilder zurück, stand auf, verabschiedete sich und schüttelte zwei sprachlosen, komplett weggetretenen jungen Menschen die Hände. Sie holte das Tablett mit dem Teeservice und verschwand in einem der abzweigenden Räume aus dem Saal.

Auf dem Rückweg hatte Mona nur noch Augen für den kleinen Jungen, der sie so souverän, gelassen und offen von dem Bild aus anlächelte, das sie nun nicht mehr hergab.

Noam …

Es begann schon zu dämmern und Jacob, der erneut ihr Fahrrad schob, folgte hinterdrein, diesmal in gemächlicherem Tempo. Auch ihm ging das Erlebte nicht mehr aus dem Kopf und er fragte sich, was wohl alles getan werden musste, sollten er und seine Liebste entscheiden, die Adoption und alles damit Verbundene und Folgende anzugehen.

Noam …

Er holte sie ein und ging neben ihr auf dem breiten Gehsteig.

„Du Schatz, ... ist dir eigentlich aufgefallen, dass Noam und Mona – also eure Vornamen – aus ein und denselben Buchstaben bestehen?“ Sie blieb stehen.

„War ja klar, dass so etwas Mr. Jacob Holmes sofort ins Auge fällt! Aber ja, ist mir auch aufgefallen und ich war erstmal sprachlos. Wenn ich daran glauben würde, hätte ich‘s für einen komischen Zufall gehalten. Mein Bauch sagt mir da irgendwie aber was anderes.“

Sie setzten ihren Weg fort, jeder in seine Gedanken vertieft, doch eigentlich das Gleiche denkend.

Im heimatlichen Nest angekommen ließen beide den Tag noch einmal Revue passieren. Das Thema war lebendiger denn je, die Stimmung dementsprechend aufgeladen. Es wurde bis spät in den Abend diskutiert. Die anfängliche Scheu und Skepsis waren so gut wie verflogen, doch gab es vorher noch vieles zu besprechen. Sie sammelten Pros und Kontras, wobei die Kontras schon viel weniger zahlreich als noch bei allen Gesprächen zuvor waren.

Mona ertappte sich sogar schon bei dem Gedanken, ihren Hobbyraum komplett ausräumen und umgestalten zu wollen, um ein Kinderzimmer einzurichten. Aber dafür war es natürlich noch viel zu früh, was machte sie sich denn jetzt auch schon über so etwas Gedanken?

Immer langsam, Frau ... Vor ein paar Tagen war für mich doch noch so gut wie ausgeschlossen, mir auch nur entfernt Gedanken FÜR eine Adoption zu erlauben! Was ist denn nur plötzlich los mit mir?

Sie schaute in Richtung Küche, Jacob hatte sich zur Feier des Tages dazu freiwillig gemeldet, höchstselbst zu kochen. Auch er wirkte total beschwingt, war in Gedanken ganz woanders, nur nicht beim Kochen. So dauerte es auch nicht lange und etwas begann anzubrennen.

„Au verflixt!"

Er wedelte verzweifelt mit einem Geschirrtuch in der Gegend herum. Als er merkte, dass der gewünschte Effekt ausblieb, galoppierte er kurz darauf mit einem wild rauchenden Topf an Mona vorbei, die sich vor Lachen kaum noch beherrschen konnte, quer durchs Wohnzimmer auf den Balkon. Nachdem der Brand dank einer nicht geringen

Menge Blumenerde gelöscht werden konnte, ohne dass die Feuerwehr anrücken musste, wurde sich darauf geeinigt, dass es heute nur noch Brot mit Butter und Marmelade geben sollte.

Das Wochenende brachte ein wenig Abstand. Für Jacob und Mona eine willkommene Auszeit von der Hektik des Alltags und der neuerlichen Aufregung um die nicht unwichtige Entscheidung, die vor ihnen lag. Eigentlich hatten sie sich ja schon entschieden – bereits in der Minute, als sie Noams Foto erstmals zu Gesicht bekommen hatten.

In aller Frühe machten sie sich bereit, am Museumsufer entlang joggen zu gehen. Das taten sie beide immer gerne, um den Kopf frei zu bekommen. Sie genossen es, noch vor der Morgendämmerung nebeneinander loszulaufen, sich unterwegs dem Tempo des Partners anzupassen oder selbst für eine Weile den Takt vorzugeben. Dem Sonnenaufgang entgegenzulaufen, die kühle Luft atmend schweigsam gleichzuschwingen, hatte etwas ganz Besonderes.

Die Stadt begann allmählich ringsherum zum Leben zu erwachen, doch das damit einhergehende hektische Durcheinander drang nicht zu ihnen durch.

Als nach einigen Kilometern Dunkelheit ein paar wenige Wölkchen vor der rot aufgehenden Sonnenkugel die Flucht ergriffen, hielten Mona und Jacob inne, um den Kranichen nachzuschauen, die hoch über ihren Köpfen in uralter und bewährter Manier in V-Formation Richtung Süden flogen. Schon bald waren sie außer Sichtweite und nur ihr Lied – ebenfalls uralt – war noch für einen Moment zu hören, bis es schließlich von den umgebenden Geräuschen verschluckt wurde.

Beim Abendessen war die Vorfreude auf den nächsten Tag fast greifbar im Raum zu spüren.

„Gehen wir denn dann auch morgen?" Jacob schaufelte noch einen Klecks Kartoffelbrei auf beide Teller, zuerst auf Monas, dann auf seinen.

„Ich freue mich tatsächlich schon sehr darauf, kaum zu glauben! Hättest du mir das vor nicht ganz zwei Wochen gesagt, ich hätte dich für verrückt erklärt." Sie füllte erst die Glaskaraffe, dann beide Gläser mit stillem Wasser nach.

Er nickte ihr dankend zu. „Keine Einwände, geteilte Meinung? Wollen wir nicht vielleicht doch vorher nochmal im kleinen Haus anrufen? ... Gut, ich kann's nämlich auch kaum noch erwarten."

So verging ein relativ unspektakulärer Regentag, doch sollte der folgende umso interessanter werden. Wie interessant, davon hatten die beiden zu diesem Zeitpunkt noch nicht die leiseste Ahnung. Kein langer, sondern ein großer, ein entscheidender Tag. Einer, der ihr Leben auf eine Weise verändern sollte, auf die sie nicht einmal entfernt im Traum gekommen wären ...

Das dunkle Gold der hellen Fee

Die Nacht war kurz, der Morgen lang. Mona und Jacob hatten einen derartig holprigen Schlaf gehabt, dass es fast besser gewesen wäre, überhaupt gar nicht erst den Versuch zu unternehmen, ein Auge zuzumachen.

Sie fühlten sich wie gerädert, von Erholung konnte keine Rede sein. Sie hatten bis in die zweite Nachthälfte geredet, sich ausgemalt, was wohl heute passieren mochte, und so die Zeit vergessen.

Je öfter auf die Uhr geschaut wurde, desto weniger Zeit schien vergangen zu sein. Unruhe füllte das Schlafzimmer, bis sie schließlich aufgaben und gegen fünf Uhr morgens entnervt den Ort der Unrast verließen. Die Aufregung und die Vorfreude auf diesen Tag hatten sie zu sehr aufgewühlt.

Sie tranken heißen Tee und saßen im schummrigen Halbdunkel ihrer stillen Behausung. Mona versuchte, die Schwere in den Knochen mit Aufwärmen und Dehnübungen loszuwerden, Jacob dagegen hatte keinen Elan, sich körperlich zu ertüchtigen, und lag über das Sofa gelümmelt, halb auf dem Bauch in einer fragwürdigen Position. Es half alles nichts. Wenig später hatte man resigniert und saß einfach nur aneinandergekuschelt auf der Couch.

Aus dem Halbschlaf zu sich kommend, fand Mona sich knapp eine Stunde später quer über ihrem Mann liegend wieder, sie mussten wohl unmerklich doch noch so etwas wie Ruhe gefunden haben, wenn auch nur kurz. Sie rutschte seitlich von der Couch, stand auf und knuffte Jacob sanft in die Seite.

Als er blinzelnd in die Vertikale zurückpendelte, ächzte er wie ein knorriger alter Baum im Wind. Ihm taten alle Knochen weh, so verdreht und unbequem, wie er dagelegen hatte. Zum Glück war es langsam an der Zeit, sich für die Arbeit in Schale zu werfen und in die Morgenfrische eines jungen Arbeitstages zu entschwinden.

Wie immer trennten sich beide an derselben Stelle am Ende des gemeinsamen morgendlichen Pfades und machten sich müde auf den jeweiligen Rest des Weges, um der täglichen Pflicht nachzukommen.

Nach abgesessener und nicht weiter nennenswerter Arbeitszeit kam nun endlich die Stunde des erneuten Zusammentreffens in dem Adoptionsbüro, das von Mona und Jacob seit Tagen nur noch liebevoll „das kleine Haus“ genannt wurde.

Auf dem Weg in die Innenstadt schlichen sich auch wieder die unliebsamen alten Bekannten zurück in Jacobs Herz. Die gedanklichen Zweifler und Angsthasen. Sie wollten es noch einmal wissen und saßen in dem inneren Raum auch schon am Diskussionstisch.

War es nun wirklich soweit? Noch war Zeit, es sich anders zu überlegen und einen Rückzieher aus der ganzen Sache machen zu können. Einfach weiterzumachen wie bisher, um so den ganzen Stress und die Gedankenwälzerei loszuwerden. Wollte man der ungewissen Zukunft entgegentreten und weitergehen? Diesen Schritt machen, nachdem es kein Zurück mehr gab? Es war mit absoluter Sicherheit eine große Veränderung. Womöglich ein Einschnitt in das gewohnte und relativ ruhige Leben, so wie es bisher verlaufen war ...

All das ging Jacob durch den Kopf, immer wieder. Einem Rennwagen gleichend, der auf der Strecke Runde um Runde abspult, unaufhörlich auf der Jagd nach der persönlichen Bestzeit.

Mona war ihrerseits in ähnliche Gedanken versunken, genauso still und in sich gekehrt. Auch sie nahm kaum Notiz von ihrer näheren Umgebung, der Route, der Temperatur, der Zeit oder der Witterung. Doch war da neben all diesen Zweifeln und Abwägungen ein Gefühl, das um ein Vielfaches stärker als alles andere war. Die Neugier auf das, was passieren könnte, was ihr und ihrem Mann womöglich entging, sollten sie auf der vorletzten Etappe doch noch kalte Füße bekommen. Eigentlich war es auch keine Neugier im herkömmlichen Sinne, vielmehr die schon zuvor empfundene tiefe Sehnsucht, der ebenso tief vergrabene Herzenswunsch und die unfassbare und unmittelbar verspürte Anziehung, die alleine schon nur Noams Foto auf Jacob und aber vor allem auf sie selbst ausgeübt hatte.

„Nein", sagte sie sich, „ich hab' mich nicht tagelang verrückt gemacht, um auf dem letzten Meter alles hinzuwerfen! Die Chance liegt vor mir, direkt vor UNS! Wie war das noch? Das JETZT ist entscheidend ..."

Die Intensität ihres inneren Konflikts nahm ab. Die Verstrickungen, die den Verstand ähnlich wie Seile eine Marionette gefangen hielten und dümmlich tanzen ließen, waren durchtrennt. Ein gutes, durchweg positives und befreiendes Gefühl füllte das Herz mit der angenehmen Wärme der Überzeugung und der Zuversicht. Die lästigen Zweifler und Spielverderber mussten sich endgültig geschlagen geben, hatten soeben den inneren Raum verlassen und die Vernunft behielt triumphierend und frohlockend am Konferenztisch Platz.

Am Adoptionshaus angekommen, sah Jacob Mona bereits aus der Ferne über das ganze Gesicht strahlen. Ihre Freude war nicht zu übersehen und steckte damit auch ihn an.

Sie klopften zwar höflich an, gingen aber kurz darauf und ohne auf Antwort zu warten durch die sowieso bisher nie abgeschlossene Tür hinein in das kleine Haus.

Innen war alles hell und festlich beleuchtet, auf eine Art sogar dekoriert, fast wie bei einer Hochzeit, nur nicht ganz so glamourös.

Waren sie in eine Festivität hineingeplatzt, eine geschlossene Gesellschaft vielleicht? Draußen war aber wie immer keinerlei Schild oder Ähnliches zu sehen gewesen und für eine Versammlung von Menschen war es viel zu still. Sie betraten den Rezeptionssaal.

„Hätten wir vielleicht vorher doch nochmal anrufen sollen, um uns anzumelden?“

Jacobs Sorge war grundlos, denn im nächsten Moment hörten sie eine wohlbekannte Stimme rufen: „Ach da sind Sie ja, die beiden Kurzentschlossenen!“

Das Lachen der alten Frau hatte etwas Befreiendes, war gleichermaßen erleichternd wie ermutigend.

„Wir waren uns nicht sicher, hier sieht es so ...“

„Schön aus, nicht wahr? Ich dachte mir, wenn Sie schon wiederkommen, dann aus gutem Grund. Also warum nicht ein wenig aufräumen und den alten Saal ein kleines bisschen herausputzen?“

Wie konnte sie denn das schon wieder geahnt haben?

„Da ich nicht genau wusste, wann, nur dass Sie auf jeden Fall wiederkommen würden, habe ich mir diese kleine Dekorationsmaßnahme überlegt. Ist ja auch ein schöner Anlass ... Hoppla, wie ich wieder drauflos plappere! Ich bin sofort wieder da.“

Damit war die quirlige Hausdame in einen der vielen Seitenräume entschwunden.

Mona sah Jacob leicht den Kopf schütteln und wusste, dass er genauso wie sie selbst abermals überrascht war, aber an diesem Ort wunderte man sich nach einer Weile nicht mehr, dafür war sowieso keine Zeit. So war es auch, denn in dem Moment kehrte Lady Miracle wieder zurück, in ein prunkvolles Kleid gewandet und mit einem Teetablett auf dem Arm fröhlich und feierlich den Raum durchschreitend.

Mona musste etwas loswerden: „Wir sind nicht ganz sicher ... wir wollten nur fragen ... haben uns entschlossen, dass wir ...“

Sie bekam eine Tasse in die Hand gedrückt und leistete der Geste Folge, sich auf einen bequemen Stuhl zu setzen.

„Ob die bürokratischen, gesetzlich vorgegebenen Maßnahmen und Schritte zur Vorbereitung der Adoption eines Kindes meinerseits hinlänglich unternommen wurden?

Haha, wie lustig aufgeblasen dieses Behördengeschwätz klingt! Da kann ich sagen: Ja, ich habe mich darum gekümmert."

„Also steht dem Verfahren nichts mehr im Weg?" Jacob konnte sich nicht mehr zurückhalten.

„Nein, nichts."

Mona hatte wieder zu Atem gefunden.

„Dann können wir – wann könnten wir ihn, ähm Noam ... denn frühestens sehen? Könnten wir mit ihm telefonieren, oder würden Sie bitte einen Kontakt herstellen, ihm vielleicht ausrichten, dass wir für ihn da sein wollen? Sollen wir einen Termin vereinbaren, dann kommen wir später wieder, wenn alles soweit geklärt ist?"

Auf diesen Moment hatte sich die kleine Feenkönigin in ihrem Ballkleid schon seit Langem am meisten gefreut. Endlich konnte sie verkünden: „Aber er ist ... hihi, nun ... er ist doch schon da!"

Jacob schwand die Farbe aus dem Gesicht und Mona war heilfroh, dass sie bereits saß. Der Raum schien zu schwanken und die Decke näherzukommen, wie in einem schlechten Traum, aus dem man schnellstens aufwachen wollte.

„Er ist … DA?! Sie meinen, hier? In Deutschland?"

Die Meisterin der unglaublichen Überraschungen tippelte auf die andere Seite des Saals und verkündete mit unverhohlener Genugtuung: „Gewissenermaßen ja. Ich will damit sagen: Er ist HIER, in diesem Augenblick! Nun, wollen Sie ihn mit mir zusammen hereinbitten und begrüßen?"

Sie flitzte um die Theke in der Mitte in den nicht einsehbaren Bereich dahinter und kam dann allmählich wieder hervor. Sie machte das Ganze absichtlich betont langsam, um die Überraschung und Fassungslosigkeit in den Gesichtern der beiden Adoptiveltern in spe so lange wie möglich auszukosten.

Lachend fragte sie laut: „Na mein kleiner Engel, willst du denn deiner Mom und deinem Paps nicht hallo sagen? Nicht so schüchtern!“

Sie drehte sich leicht nach hinten und zwinkerte, den Kopf gesenkt. An der Hand ein Kind, einen kleinen Jungen von schokomilchfarbenem Hautton mit leicht goldenem Glanz. Er lächelte vollkommen unbekümmert – wie alt sollte er noch einmal sein, fünf Jahre? Dafür wirkte er aber recht hoch-gewachsen. Er war ziemlich schlank, aber nicht dürr. Außerdem war das angegebene Alter ja auch nur eine Schätzung, erinnerte sich Jacob. Er wähnte sich erneut in einer Art verrücktem Reality-Film, als er zur Seite blickte. Mona war schon aufgestanden und im Begriff, auf den Kleinen und seine Betreuerin zuzugehen, mit einem undefinierbareren Ausdruck im Gesicht. Ihre Gedanken veranstalteten gerade ein Springreitturnier.

Tatsächlich, da ist er ja. Oh, was für ein hübscher Kerl er ist! Und um ein Tausendfaches reizender als auf dem Bild ... Ob ihm denn das hier alles recht ist? Er scheint zumindest überhaupt keine Angst zu haben, nicht die Spur von Scheu ... Lacht er mich etwa gerade an?

Ihr Herz vollführte ein paar Purzelbäume, aber sie spürte es nicht. Wie von einem Magneten angezogen konnte sie gar nicht anders, als auf ihn zuzugehen und ihn aus der Nähe anzusehen.

Innerlich überspülte eine haushohe Welle der Zuneigung alle Reste von Zweifeln, krampfhafter Einhaltung von Distanz und der leidigen Altlast von verdrängtem Schmerz. In dem Moment, in dem sie das Kind zum ersten Mal sah, fegte diese Sturmflut all jene festsitzenden negativen Rückstände restlos von der Hafenmauer ihrer Seele.

Sie blieben voreinander stehen, Madame nahm den Kleinen hoch auf den Arm und schaute zu Jacob herüber. Er beeilte sich dazuzustoßen.

„Darf ich bekanntmachen, hier ist Noam. Vor dir siehst du deine neuen Eltern, deine Mama Mona und deinen Papa Jacob!"

Aus ihrer Verzückung platzte es aus Mona heraus: „Hallo, mein Hübscher!"

Der Junge klatschte vergnügt in die Hände und schaute mit seinen wachsamen großen Kuhaugen, die hellbraun funkelten, zuerst Mona und dann Jacob an.

Mona merkte, wie sie drohte hinwegzufließen, wie flüssiges Wachs auf einer heißen Schräge. Jacob konnte die Augen nicht abwenden, so unverwandt dieser Junge mitten in ihn hineinzuschauen schien. Mona versuchte, den ersten Kontakt zu erleichtern, indem sie näher herantrat, die offene Hand ausstreckte und mit einer Flötenstimme etwas sagte, das Jacob nur am Rande wahrnahm. Dann piekte sie ihn in die Seite.

„Jetzt sag doch auch mal was, das ist ja unheimlich, wie du den Kleinen anfunkelst! Wo sind denn nur plötzlich deine Manieren geblieben?"

Erschrocken streckte auch er die Hand aus, die sofort ergriffen und festgehalten wurde. So standen sie da, halbkreisförmig um Noam herum und er in der Mitte mit jeweils der rechten Hand seiner neuen Eltern in den seinen.

Später saß man noch eine Weile beisammen und Jacob ließ sich noch einmal alles erklären, unterzeichnete den obligatorischen Papierkram und hörte sich einige hoffentlich nützliche Tipps der weisen Dame an. Sie gab ihm auch eine von ihr höchstselbst mit der Hand geschriebene Checkliste mit Hilfestellungen für „Erziehungslaien“ und einer Telefonnummer für Notfälle mit. Ein paar Kopien der Dokumente wie beispielsweise Beglaubigung und Urkunde erhielt er obendrein.

Mona im Hintergrund war derweil vollauf damit beschäftigt, mit Noam zu spielen. Sie hielt die Hand nach oben: „Gib mir fünf!“

Noam klatschte ab, drehte sich einmal und hielt schnell seinerseits die Hand hin, damit Mona einschlug.

Es wurde noch herzlich und unbefangen geplaudert und letzte Fragen beantwortet, bis die Zeit des Abschieds gekommen war. Mona und Jacob waren über die Maßen aufgeregt, als sie sich für alles bedankten. Die Fee redete ihnen noch einmal gut zu.

„Nur Mut! Diesen Weg haben unzählige Menschen vor Ihnen auch schon beschritten und alles ist gut ausgegangen. Ich habe größtes Vertrauen, dass Sie eine Bilderbuchfamilie abgeben werden und die beste Zeit Ihres Lebens soeben begonnen hat. Die Regularien des Jugendamtes sind auch klar, es ist keine Inlandsadoption, also unterliegen Sie auch nicht der Adoptionspflege; einer Art einjähriger Probezeit, wie schon zuvor besprochen. Na dann ... Alles Gute, ihr drei!“

Hände wurden geschüttelt. Noam rannte los und fiel der Fee um den Hals.

„Dass du mir auch schön brav bist, Schätzchen! Pass gut auf deine Mom und deinen Paps auf. Versprochen?“

Er lief zurück an Monas Seite und ergriff ihre Hand. Als sie zu dritt durch die Haustür schritten und das Haus langsam hinter sich ließen, wandte sich das Kind noch einmal zu der Frau um, die sich bis jetzt um es gekümmert hatte. Dort blieb sie zurück, ging dann noch ein paar Meter auf dem Gehweg mit, blieb stehen und winkte.

Jacob drehte im Weitergehen den Kopf und ... hatten Noam und die Fee sich etwa gerade zugezwinkert?! Hatte er sich das jetzt eingebildet?

Da war es wieder – dieses merkwürdige Gefühl, als stünde er neben sich. Schnell schaute er sich noch einmal um und die alte Dame war ... verschwunden?

„Was zum ...?“

Vor zwei Sekunden hatte sie doch noch hinter ihm gestanden! Die Eingangstür des Häuschens war nun geschlossen, man hätte doch zumindest ein Geräusch hören müssen! Jacob rieb sich die Augen, er wollte gerade Mona etwas zurufen, doch sie schien ein Stück voraus mit Noam an der Hand durch eine Zauberwelt zu spazieren, von äußeren Einflüssen abgeschottet. Jacob ließ es zwar vorsichtshalber dabei bewenden, doch blieb er alarmiert.

Das konnte doch gerade nicht mit rechten Dingen zugegangen sein! Völlige Übermüdung, die Aufregung und die ungewohnte neue Situation hatten seinem Verstand womöglich einen üblen Streich gespielt. Die kurz aufeinanderfolgenden und schwer auf einmal zu verdauenden Ereignisse hatten ihn wohl ein wenig überfordert – oder wurde er langsam paranoid? Der ganze Tag war ihm auf vielerlei Arten irgendwie zu Kopf gestiegen.

Ich weiß nicht, was hier los ist, aber ich bin mir sicher, dass ich noch nicht reif für die Klapse bin! Halt die Augen auf, aber bleib locker! Alles ist gut, sagte er sich und ließ sich etwas zurückfallen, um Mona und den Kleinen im Blick zu behalten, die sich Hand in Hand auf dem Gehsteig vor ihm in Bewegung gesetzt hatten.

Alles war gut? Das konnte er sich selbst im Moment noch nicht so ganz abnehmen, egal wie oft er sich einredete, dass es so war.

Jacob hatte bereits vorausgeplant. Ihm schien die Straßenbahn die beste Option zu sein, den Heimweg so kurz und die körperliche Anstrengung so gering wie möglich zu halten, sie hatten schließlich einen Fünfjährigen im Schlepptau. Der schien sich ständig und über alles zu amüsieren, keine Spur von Berührungsängsten, Heimweh oder Ähnlichem. Auch wirkte er völlig zufrieden, zusammen mit seiner frischgebackenen Mutter, die sich übrigens die allergrößte Mühe gab, ihn zu unterhalten, nebeneinander herzugehen und in die eine oder andere Pfütze zu platschen. Dabei redete und gestikulierte sie unentwegt, lachte und schien auf natürliche Weise schnell in ihre Mutterrolle hineinzufinden. Jacob bezweifelte, dass der Junge auch nur ein Wort von alledem verstand, aber wenigstens hatte er sichtlich großen Spaß mit ihr. Dabei machte er kein Geräusch, nicht einmal ein Kichern war zu hören. Das erschien Jacob schon recht eigenartig.

„Du Schatz, findest du‘s nicht auch komisch, dass er so gar keinen Ton von sich gibt? Ich meine, hat er denn keine Stimme?“

Sie drehte sich zu ihm um und gab zur Antwort: „Jetzt hab doch Geduld! Wer weiß, was der kleine Kerl, da, wo er hergekommen ist, schon so alles erlebt hat. Vielleicht hat er ja schlimme Dinge ertragen müssen und ist ein wenig traumatisiert oder so. Außerdem müssen die Reise hierher und alles Neue, was auf ihn einwirkt, so eine Art Kulturschock sein ... Der arme Junge! Stell dir mal vor, wie du dich fühlen würdest, wenn man dich aus deiner gewohnten Umgebung rausgerissen und über den halben Globus in ein komplett anderes Land verfrachtet hätte.“

Sie verdrehte die Augen und widmete sich wieder der Bespaßung des kleinen Menschen, von dem sie so gar nicht mehr loslassen konnte.

„Ist ja schon gut!“

Im Weitergehen grummelte er in seinen Mantelkragen.

Sie waren auf einer der Hauptverkehrsstraßen der Innenstadt angekommen, nichtmehr weit entfernt von der Haltestelle. Jacob schaute auf seine Uhr.

„Genau rechtzeitig, bald sind wir zu Hause.“

Noam schaute ihn mit einem Ausdruck der Anerkennung an, es konnte aber auch sein, dass er einfach nur Jacobs Worten lauschte, sollte er überhaupt hören können. Das konnte man ja auch nicht mit Bestimmtheit wissen, dachte Jacob sich und lotste seine kleine Familie über die Breite der Straße.

Durch die abendliche Stille der Wohnsiedlung ging das Dreiergrüppchen von einem vor Regenwasser tropfenden Lampenschirm gelblich leuchtender Laternen zum nächsten. Eigentlich bewegten sich aus eigener Kraft nur zwei der drei Menschen, nämlich die beiden ausgewachsenen Exemplare. Die kleinere, angeblich fünfjährige Version war vom Vater in ein Tuch der Mutter gehüllt worden, wurde auf dem Arm getragen und schlief tief und fest.

Als sie zuvor in der Straßenbahn saßen, überkam sie alle eine Welle der Müdigkeit und das monotone Rattern der Stahlräder auf den Gleisen wirkte fast wie eine Einschlaftherapie. Um ein Haar hätten sie ihre Haltestelle verpasst.

Als sie wenig später die Treppe im Außenflur emporkletterten, versuchten sie, die knarrenden Stufen auszulassen, und wichen nach rechts und links aus wie bei einem Spießrutenlauf durch ein Minenfeld. Der Kleine sollte möglichst ungestört weiterschlafen, er schien ziemlich erschöpft zu sein.

Als Mona die Haustür aufschloss, durchfuhr sie ein heißer Schreck.

„Ach, du heilige Makrele! Wir haben ja noch gar nichts vorbereitet! Kein Zimmer für ihn, keine Kleidung, ja nicht mal ein Bett!"

Im Hausflur angekommen schien Jacob, der Noam noch immer behutsam trug, zu einem ähnlichen Schluss gekommen zu sein.

Er flüsterte Mona ins Ohr: „Wir sind aber auch toll vorbereitet ... Hol' doch bitte eine der warmen Wolldecken aus dem Schrank, wir legen den Knirps erstmal auf die Couch im Wohnzimmer. Und das große weiche Kissen für Gäste."

Er schlich durch den Flur um die Ecke und Mona verschwand im Schlafzimmer, um die angeforderten Sachen hervorzukramen.

„Hätten wir doch vorher mal angerufen, jetzt müssen wir auch noch improvisieren! Das fängt ja gut an! Die beiden tollen Supereltern, die von Kindern so überhaupt keinen blassen Schimmer haben und noch weniger als schlecht gewappnet sind, ein vernünftiges Zuhause vorzuweisen!"

Voller Sorgen brachte sie einige Decken und mehrere Kissen ins Wohnzimmer und hatte zu ihrer Freude auch noch ein kleines Nachthemd im Schrank aufgetrieben, welches ihre kleine Nichte vor Jahren nach einem Wochenendbesuch bei ihr vergessen hatte. Schnell legte sie alles auf den Couchtisch. Jacob stand daneben und hatte den kleinen schlummernden Körper noch immer auf dem Arm, weiterhin in Monas Tuch gewickelt. Sie klappte leise und vorsichtig das Schlafsofa auseinander, legte eine dünnere Decke als Unterlage aus und bastelte mit den Kissen eine recht gemütliche Schlafstätte. Zufrieden mit ihrem Werk trat sie beiseite und Jacob ließ den Kleinen Zentimeter um Zentimeter herabsinken – mit der Vorsicht und der Akribie eines Baggerfahrers beim Bombenräumkommando.

Zur Erleichterung der beiden drehte sich das Kind auf die Seite in Richtung Rückenlehne, mit dem zufrieden grunzenden Geräusch eines tiefen Atemzugs. Eine warme Steppdecke wurde über ihm ausgebreitet und am Kopfende doppelt umgeschlagen. Sie schauten einander beklommen an und pirschten sich in Zeitlupe aus dem Wohnbereich, hielten am

Anfang des Flurs noch einmal inne und lauschten zurück in den dunklen Raum. Noams leise, gleichmäßige Atemzüge waren alles, was zu hören war.

Mona und Jacob gingen gemeinsam ins Bad und machten sich unter größter Geräuschvermeidung bettfertig. Im Flur stellte Jacob seine Nachttischlampe an die Ecke zur Küche und des angeschlossenen Wohnzimmers. Diese Lampe war dimmbar, so konnte er sie auf eine angenehme und wenig störende Helligkeit einstellen. Der Kleine sollte sich ja nicht in stockfinsterer Dunkelheit wiederfinden, sollte er vorzeitig wach werden. Die Badezimmertür wurde aufgelassen, sodass er die Toilette schon vom Flur aus sehen konnte. Ebenso ihr gegenüberliegendes Schlafzimmer, so konnten sie hören, was außerhalb vor sich ging, und Noam konnte notfalls schnell seine neuen Eltern finden.

Als Mama und Papa nebeneinander im Bett saßen, konnten sie noch gar nicht so recht glauben, verstehen und einordnen, was ihnen an diesem Tag eigentlich wirklich passiert war. Von der Realisation der Tatsachen waren sie noch weit entfernt. Nur eines war sonnenklar und auch ein wenig beängstigend: Da lag nicht einfach nur ein Gast im Wohnzimmer auf der umgebauten Couch, da lag IHR Adoptivsohn! Ihr Kind, für das sie ab sofort verantwortlich waren und für das sie keinerlei Ausrüstung besaßen, ganz zu schweigen von einem Kinderzimmer!

Sie beschlossen, sich am nächsten Tag Urlaub zu nehmen oder notfalls krank zu melden. Ersteres dürfte in Monas Fall schwierig bis unmöglich werden, aber es ging nicht anders.

Jacobs eingebauter Logikcomputer erstellte bereits eine Liste von Dingen, die er gleich morgen früh besorgen wollte und wo er diese bekommen konnte. Mona, die, wie er fand, den besseren ersten Kontakt mit dem Jungen hergestellt hatte, wäre am besten damit beraten, den Kleinen den Vormittag über zu beaufsichtigen, während er außer Haus war. Soweit der Plan für die erste Tageshälfte.

Beide waren sie derartig aufgekratzt, dass sie erst gar nicht den Versuch machten, gleich schlafen zu gehen. Es gab noch so vieles zu klären, jetzt, da es kein Zurück mehr gab.

„Was meinst du, schaffen wir's, ihm unsere Sprache, in welcher Form auch immer, irgendwie beizubringen? Vielleicht müssen wir einen speziellen Lehrer finden, oder eine Schule für stumme Kinder ... Ich werde auf jeden Fall mein Zimmer aus- und umräumen."

Mona grübelte angestrengt.

„Ich kaufe morgen ein paar Lernbücher für Kleinkinder, mit Bildern und großen Buchstaben oder so. Ein Bett können wir bestellen, solange stellen wir einfach das Sofa rüber. Ich glaub', wir sollten das Ganze erstmal langsam angehen, wie du gesagt hast, und uns erst einmal aneinander gewöhnen und kennenlernen. Zum Glück scheint er ja ein sonniges Gemüt zu haben, oder aber er ist nicht ganz richtig im Kopf. Aua!"

Wieder bekam er einen Knuff in die Seite, diesmal wenig sanft.

„Ich meine", er rieb sich die Rippen, „du musst schon zugeben, dass das alles ein bisschen sehr ... ungewöhnlich ist, oder?"

Mona stieg genervt aus dem Bett und ging barfuß auf Zehenspitzen aus dem Zimmer. Nach einer Minute kam sie fassungslos zurück.

„Komm' ... mal ... mit!"

Jacob schlich ihr leise hinterher. Sie schnappte sich relativ grob sein Handgelenk und zog ihn in Richtung Wohnzimmer. Als sie ihm signalisierte, um die Ecke zu schauen, beugte sich Jacob nach vorne und sah im Halbdunkel des Wohnraumes die Couch stehen, beziehungsweise ein Gebilde, das zumindest entfernt an eine Couch erinnerte.

Aus den übrigen Decken und Kissen war so etwas wie eine Höhle gebaut worden und – was war das? Aus dem Stiel des Wischmopps, der immer in einer Ecke der Küche stand, hatte jemand eine Art Mast, der aus dem Decken- und Kissendach der Höhle ragte, errichtet. An dessen oberem Ende war eine Fahne angebracht worden, bestehend aus dem kleinen Nachthemd von Monas Nichte. Aus dem Höhleninnern konnte man ein seliges, zufriedenes Schnarchen hören.

Jacob machte so schnell er konnte, dass er zurück ins Schlafzimmer kam; er warf sich bäuchlings aufs Bett, mit dem Gesicht voran in sein Kissen und ließ aus vollem Hals den Lachanfall geräuschgefiltert in selbigem heraus. Obendrein hatte ihm Monas entgeistertes, süßsaures Gesicht von vorhin vollends den Rest gegeben. Dieser kleine Tunichtgut gefiel ihm jetzt schon!

Früh klingelte der Wecker. Jacob las die Uhrzeit ab und traute seinen Augen nicht: Kurz nach fünf! Mona musste den Alarm umgestellt haben. Er war noch völlig verschlafen, die Erinnerung an den vergangenen Tag und die Nacht noch nicht viel mehr als ein turbulenter Traum. Aber es war kein Traum gewesen. Wo war seine Frau eigentlich?

Auf dem Weg ins Badezimmer hörte er geschäftiges Treiben in der Küche und ein angenehm süßlicher Duft lag in der Luft. Frühstück so früh? Er ließ das Bad erst einmal links liegen.

„Was ist denn hier schon los?"

Mona war bereits angezogen und wirbelte an der Kochstelle hin und her, sie bemerkte ihn nicht einmal. Er schaute sich um und sah Noam auf einem der Küchenhocker sitzen, kerzengerade und aufmerksam jeden Schritt der Köchin beobachtend. Er trug das kleine Nachthemd, die Fahne seines Baus. Mit hochgezogenen Brauen und einem verschmitzten Lächeln winkte er Jacob zu. Verdutzt winkte der zurück, dann stupste er Mona an.

„Guten Morgen? Hallo?"

Sie rührte eifrig in einem hohen Topf eine breiige Masse durch.

„Habe gesundes Porridge gemacht. Das ist doch bestimmt morgens genau das Richtige für kleine Jungs, oder? Für große natürlich auch!"

Der Duft war angenehm, aber appetitlich, fand er, sah es nicht gerade aus.

„Lieb von dir, aber so früh?"

Sie nahm den Topf von der Flamme und berührte ihn am Arm.

„Du wirst nicht glauben, was dieser feine junge Mann heute früh schon gemacht hat. Ich bin von alleine wach geworden und gleich rüber, um nach ihm zu sehen. Da war doch seine Schlafhöhle oder was das auch immer gewesen sein sollte schon abgebaut und die Kissen und Decken lagen fein säuberlich sortiert und gestapelt auf dem Tisch. Also wenn du mich fragst, ist er ein Wunderkind oder ein Zauberer. Und ein Frühaufsteher! Ich dachte, er könnte vielleicht schon Hunger haben, da er gestern Abend schon so schnell geschlafen und auch nichts mehr gegessen hat, also mach ich jetzt Frühstücksbrei aus Haferflocken, mit Banane und Erdnusscreme."

Das waren zu viele Informationen auf einmal für Jacob. Er machte brummend kehrt, um ins Bad zu verschwinden, sich erst einmal unter die Dusche zu stellen und vollends wach zu werden.

Was war das nur für ein Kind?

Nach dem ausgiebigen Frühstück war es an der Zeit für eine Bestandsaufnahme von Monas Hobbyraum, der ja schließlich zum Kinderzimmer umfunktioniert werden sollte. Sie war schon damit beschäftigt, sämtliche nicht allzu schweren Gegenstände wie Bilder, Bücher, Broschüren, ihre Buddhafigur, den alten CD-Spieler und „dekorativen Kitsch" – wie Jacob gerne scherzhaft sagte – in Kartons zu packen. Noam half, das eine oder andere Buch zu verstauen. Er hatte eine kleine Elefantenstatuette gefunden, eins der unzähligen kleinen Mitbringsel und Figürchen, die von Mona überall in ihrem „Meditationsraum" drapiert worden waren. Damit rannte er den Flur rauf und runter, eine Art Spiel womöglich.

„Das ist Ganesha", hatte Mona erklärt, „eine uralte Gottheit, die auch der Beseitiger der Hindernisse genannt wird."

Das schien ihn zu amüsieren und fürs Erste ein wenig zu beschäftigen. Die gewonnene Zeit nutzten die beiden Erwachsenen, um das Wohnzimmersofa über den Flur in den schon halbwegs leer geräumten Raum zu bugsieren. Als das erledigt war, machte sich Jacob auf den Weg in die Stadt, um das Allernötigste an Zubehör wie Kleidung, Schuhe und Hygieneartikel zu kaufen. Er nahm einen Zettel mit, auf dem Mona Noams Kleidergrößen Pi mal Daumen geschätzt und notiert hatte. Ihm graute schon vor seinem „Shopping Trip". Durch Geschäfte zu bummeln fiel nicht wirklich in den Bereich seiner bevorzugten Tätigkeiten.

Ein Mann, der Klamotten kaufen geht. FÜR einen anderen … Ich muss ja wirklich was am Kopf haben.

Unterwegs rief er in der Agentur an und ließ sich von seinem Chef Tom für die gesamte Woche beurlauben. Einer Sekretärin der Personalabteilung in Monas Firma diktierte er auf den Anrufbeantworter, dass sie mit Grippe und ohne Stimme darniederläge.

Später nahm er sich vor, auf jeden Fall noch ein Bett, einen kleinen Tisch mit zwei passenden Stühlen, einen Schrank und ein Regal in einem Möbelhaus auszusuchen. Das alles wollte er sich so bald wie möglich komplett liefern lassen, da Mona und er kein Auto für den Transport besaßen und ein geliehenes Transportfahrzeug nur wenig günstiger als die Anlieferung der Möbel war.

Mona blieb zu Hause und brachte derweil den Raum weiter auf Vordermann, während Noam schmatzend die Breireste mit den Fingern aus dem Topf schleckte, sein schmales Pharaonengesicht von oben bis unten vollgeschmiert.

„Hallo, wach?“

Ein paar Tage waren vergangen, die erste Wochenhälfte Vergangenheit.

Das Haus mit der gemütlichen Wohnung im vierten Stock eines Vorortes der wohlbekannten Großstadt Frankfurt bot seit Kurzem einem weiteren Bewohner ein Dach über dem Kopf.

Dieser zeigte zu keiner Zeit Anzeichen von Heimweh, Unbehagen, Ungehorsam oder irgendwelchen Eigenschaften, die seinen neuen Eltern das Leben schwer gemacht hätten. Da die beiden in jeglicher Hinsicht auf dem Gebiet der Kinderbetreuung und -erziehung absolute Laien waren, nahmen sie diese angenehme Tatsache überaus dankbar an.

Sie gaben sich auf eine liebenswerte, manchmal aber ein bisschen trottelige Art und Weise, alles überkorrekt machen zu wollen, die größte Mühe, ihrem Schützling das Leben so angenehm wie nur möglich zu gestalten. Er sollte es gut bei ihnen haben und Mona und Jacob taten ihr Allerbestes, ein gesundes und vertrauensvolles Verhältnis zu ihm aufzubauen.

Jacob hatte sich bei der Auswahl der Kleidung für seinen Sohn selbst übertroffen. Mona hatte dazu sehr aufmunternde Worte gefunden. Eigentlich interessant und gleichermaßen verwunderlich, wie er fand, da er sich im Grunde lediglich von seinem persönlichen Modegeschmack hatte leiten lassen.

„Er läuft genauso rum wie ich“, schmunzelte er amüsiert in sich hinein.

An seinen Outfits, außer wenn er einen Anzug tragen musste, hatte sie immer etwas auszusetzen: „Wie ein Mauerblümchen! Du könntest so viel mehr aus deinem Typ machen, du bist doch groß und siehst auch noch passabel aus!“

Ein kleines, gemeines Kichern folgte meistens darauf. Noam jedenfalls schien völlig zufrieden damit zu sein. Höchstwahrscheinlich leuchtete seine positive Erscheinung strahlend hell durch die dezenten Farben und Muster seiner Pullover und Hosen hindurch und Mona fiel deshalb der Kleidungsstil gar nicht so sehr auf.

Irgendwie schien sie ohnehin vollends von ihm verzaubert zu sein, aber das war auch nicht weiter verwunderlich, war doch endlich ihr sehnlichster Herzenswunsch in Erfüllung gegangen: eine Mutter sein zu dürfen, und jetzt war sie Mutter.

Jacob schien nun doch froh und erleichtert, den Schritt gewagt zu haben, denn seinen Schatz so glücklich und unbeschwert zu sehen, war das mit Abstand Wichtigste und Schönste für ihn.

Da Mona offiziell mit Grippe zu Hause das Bett hüten musste, war er am Morgen schon für die nächsten Tage zum Einkaufen geschickt worden, mit Noam. Der hatte sich übermäßig gefreut, die Wohnung zu verlassen und einen Spaziergang an der frischen Luft zusammen mit seinem Vater unternehmen zu können.

Jacob fand die Zweisamkeit nicht – wie zuerst befürchtet – anstrengend oder nervtötend. Es begann ihm sogar Spaß zu machen, dem Jungen unterwegs dies und jenes zu erklären oder einfach nur vor sich hin zu reden. Es konnte ja nicht schaden, so konnte sich Noam langsam an den Klang der Sprache gewöhnen – und wer weiß, vielleicht auch schon das eine oder andere aufschnappen und verstehen.

In der Markthalle zeigte er ihm jeden Artikel, den er einkaufte, und benannte auch jene, auf die der Kleine mit interessiertem Blick und scheinbar unersättlichem Wissensdurst deutete, während er fragend zu ihm aufblickte.

Daran hatte Noam sichtlich großen Spaß, das war nicht zu übersehen. Langeweile schien es für ihn nicht zu geben und so verbrachten die beiden, viel länger als eigentlich nötig, einen wundervollen Tag zusammen auf dem Markt.

Jacob staunte über sich selbst. Seit die beiden unterwegs waren, war er glänzend aufgelegt und das Grinsen wollte gar nicht mehr aus seinem Gesicht verschwinden. Der Kleine steckte ohne jeden Zweifel an!

Ein richtiges Gutelaunekraftwerk!

Zurück in Monas Küche wurden schwere Einkaufstüten auf den großen Tisch gehievt. Noam schob einen Hocker heran, kletterte hinauf und machte sich sofort daran, die vielen schönen Sachen auszupacken und fein säuberlich aufzureihen. Jacob schaute derweil nach seiner Frau, die noch immer im Kinderzimmer zugange war und langsam fertig wurde.

Mona hatte extra bunte Vorhänge angebracht und im Keller sogar noch ein paar Tierbilder aus alten Umzugskartons ausgegraben. An die Fensterscheibe hatten sie und Noam mit Fingerfarben bunte Muster gemalt. Das Ergebnis war sehr hübsch anzusehen, der Junge hatte gewiss Talent, fand sie. Aber das behauptete wohl jede stolze Mutter von ihrem Sprössling.

„Heute Abend", verkündete sie feierlich, „mach' ich Spaghetti mit selbstgemachter würziger Spezialtomatensoße und gegrilltem Gemüse. Die Zutaten habt ihr beiden Männer mir heute ja vom Markt mitgebracht. Und nichts habt ihr vergessen, Respekt!"

Sie schnalzte anerkennend mit der Zunge und hob den Daumen. Die „Männer" sahen einander an und Noam hob grinsend ebenfalls den Daumen. Das war zu viel. Mona musste ihn einfach schnappen und knuddeln.

Da die beiden wie immer prächtig miteinander ohne ihn zurechtkamen, verkrümelte Jacob sich bis zum Essen in sein Arbeitszimmer.

Draußen wurde es allmählich dunkel. Die Laternen erwachten nach und nach zu neuem Leben und Jacobs Bauch meldete sich soeben lautstark zu Wort. Er klappte das Notebook zu, schaltete die Schreibtischlampe aus und öffnete die Tür zum Wohnzimmer. Ein Schwall warmer Luft kam ihm entgegen und auf der anderen Seite, wo sich die Küche befand, dampfte und brodelte es.

„Hier drüben", lachte Mona herüber.

Er durchquerte den länglichen Wohnzimmerraum und fand hinter den Dampfschwaden Frau und Kind, beschäftigt beim Kochen der berühmten Spaghetti und der noch berühmteren Soße.

Es war eins seiner absoluten Lieblingsessen; er meckerte zwar immer gerne künstlich an Monas „Veggiefimmel“ herum, für dieses simple, aber großartige Gericht jedoch würde er sogar den Sonntagsbraten von damals stehen lassen, den seine Oma immer den ganzen Sonntagmorgen hat schmoren lassen. Mona hatte da irgendeinen Trick. Eine geheime Gewürzabstimmung vielleicht, sie hatte ja unzählige davon in ihrer Gewürztruhe und wusste zu jedem pfiffige Kombinationen und zu deren Wirkung einen halben Aufsatz aufzusagen. Es konnte auch einfach die Zutat „Liebe“ sein, denn davon hatte sie mehr als eine Menge zu geben.

Sie schien nicht allzu beschäftigt zu sein, hatte wohl alles fest im Griff und die Aufgaben waren aufgeteilt. Noam stand wieder auf seinem Küchenhocker am Herd und rührte hingebungsvoll, es waren wohl die Nudeln, im größten der Kochtöpfe um. Mona sorgte eben dafür, dass das von ihr im Ofen angegrillte bunte Gemüse ein Team mit der Soße bildete.

„Heute hauen wir mal ordentlich rein, was meint ihr Kerle? Ihr könnt jetzt langsam den Tisch decken, bitte.“

Jacob hob Noam vom Hocker herunter und beide machten sich ans Werk. Man schien Noam nicht einmal sagen zu müssen, wo genau was hingehörte. Mona klatschte stolz Beifall.

„Gut gemacht, alles steht an seinem Platz!“

Jacob rümpfte die Nase. „Das konnte ich als Dreijähriger schon ...“

Der wohlgezielte Topflappen traf mitten ins Gesicht.

Die kleine Familie saß fröhlich versammelt am Tisch, auf dem alles für ein Festmahl aufgebaut bereitstand.

„Na dann lasst‘s euch schmecken!“

Mona schaufelte jedem eine ordentliche Portion auf den Teller. Vater und Sohn hauten rein wie eine Gruppe ausgehungerter Holzfäller.

Noam freute sich dermaßen über das leckere Essen, das seine Mama zur Feier des Tages extra für ihn gekocht hatte, dass er vom Stuhl aufsprang und sie ganz fest und lange drückte. Sie war eigentlich nicht sehr nahe am Wasser gebaut, aber sie war so erstaunt und voller Glück über die erste große Äußerung der Zuneigung ihres Kindes. Vor Rührung und Erleichterung konnte sie ein paar Freudentränen nicht unterdrücken. Warum auch? Noam sah es und streichelte ihre Schulter. Jacob vergaß zu essen, saß selbst einigermaßen gerührt am Tisch gegenüber und ließ den beiden den innigen Moment ganz für sich.

Das Essen war so gut wie beendet, nach dem zweiten Nachschlag passte einfach nichts mehr hinein.

„Ich hab‘s doch gewusst, Spaghetti mag jedes Kind!“

Mona schritt stolz im Triumph am Tisch vorbei und sammelte das Geschirr ein. Jacob machte sich in sein Arbeitszimmer auf, um die Lehrbücher für Vorschulkinder zu holen. Mona stellte eine Kanne mit frischem Früchtetee auf den Tisch und nahm am Kopfende Platz.

„Hier mein Junge, schau mal.“

Jacob legte die Bücher vor Noam auf den Tisch und drehte sie zu ihm um. Er schlug eins auf, darin war in übergroßen

Lettern das Alphabet abgebildet und zu jedem Buchstaben ein Tier mit dem jeweiligen Anfangsbuchstaben.

Mona und Jacob gingen eins nach dem anderen durch: „Aaa-meise."

Noam schaute wenig beeindruckt, aber wenigstens schaute er.

„B-ääär ..."

Noam zog eine Augenbraue hoch und zuckte mit den Schultern.

„D-achsss ..."

Noam machte keine Anstalten, seinerseits die Lippen zu bewegen. Als sie bei E wie Elefant ankamen, tat Noam einen tiefen Atemzug.

Dann plötzlich hörte man eine glockenhelle Stimme in gestochen scharfem Hochdeutsch ohne jeden Akzent oder Sprachfehler sagen: „Das hättest du dir sparen können, Paps! Mit solch komischen Büchern kann ich nichts anfangen, die langweilen mich nur. Ich bin schon gelangweilt, wenn ich die nur sehe."

Schreck, Verwunderung, Fassungslosigkeit und Erstaunen sind Worte. Was aber in Mona und Jacob in diesem Moment passierte, alles auf einmal, dafür hätte erst noch ein Ausdruck erfunden werden müssen.

Der Junge ... sprach ...? Auf welchem Niveau?! Dafür hatte es den beiden die Sprache komplett verschlagen. So sollte es auch erst einmal bleiben. Mona war kreidebleich, hielt sich an der Tischkante fest und Jacob saß wie schockgefrostet da, den Finger immer noch auf dem Großbuchstaben E.

Die Szene konnte in etwa wie ein Schnappschuss aus einem Familienalbum beschrieben werden: Die Eltern waren verzückt und in Stase über den ersten erfolgreichen Sprechversuch des Nachwuchses auf dem Bild zu sehen. Der Unterschied lag nur darin, dass hier die Zeit weiter voranschritt und es keine Fotografie war. Die Ärmsten waren temporär außerstande, auch nur einen klaren Gedanken fassen zu können, geistig ausgeknockt – aber kein technischer K.o.

Noam merkte, dass er vielleicht eine klitzekleine Spur zu weit gegangen war, kletterte im Schneckentempo auf den Tisch und krabbelte auf allen vieren zu Mona herüber. Er stupste mit dem Finger ihre Nasenspitze an.

„Hey Mom! Alles in Ordnung?"

Monas Blick war glasig und noch immer schien sie in weite Ferne zu starren. Ein paar endlose Sekunden später blinzelte sie, schien langsam wieder aufzutauen. Er fasste ihre Hände, die an Ort und Stelle verblieben waren, und hielt sie zwischen seinen fest. Sie waren eiskalt, auch eingefroren!

Jacob kam aus eigener Kraft langsam wieder zu sich. Er schüttelte sich wie ein Hund sein nasses Fell, wollte etwas sagen, etwas fragen, wollte schimpfen, aber seine Stimmbänder und seine Zunge hatten noch Winterurlaub. Sein Verstand arbeitete wie ein Akkordarbeiter im Doppelschichtdienst am Fließband. Aber es kam nichts vernünftig Artikuliertes dabei heraus.

Noam fing auch Jacobs Hand ein und legte diese in die seiner Mutter. Dann setzte er sich wieder auf seinen Platz, als ob nichts gewesen wäre, und lachte, dieses Mal für alle hörbar.

Nach diesem ersten Schock, den Jacob und Mona erfahren hatten und erst noch verarbeiten mussten, wurde recht eindeutig klar, dass Noam, was Späße anging – oder was auch immer das gerade war – in einer anderen Liga als die beiden spielte. Es sollte auch noch Stunden dauern, bis so etwas wie Normalität zurückkehrte.

Jacob für seinen Teil hatte den gesamten übrigen Abend wieder das komische, aber sichere Gefühl, das er schon ein ums andere Mal zuvor empfunden hatte. Er nahm sich vor, noch mehr auf der Hut zu sein und ab spätestens jetzt alles nicht Alltägliche genau zu registrieren und durch seinen Logikfilter zu jagen. Er schwankte zwar ein wenig, doch war er sich sicher, noch nicht dem Wahnsinn verfallen zu sein. Mona hatte ja dasselbe Erlebnis gehabt wie er selbst und konnte es bezeugen. Wäre er alleine gewesen, er hätte nicht gewusst, zu welchem Ergebnis er gekommen wäre. Was Mona anging, so war sie für den Rest des Tages zu nicht mehr viel zu gebrauchen gewesen, hatte sich wortlos und früh ins Bett verabschiedet. Der Abend war gelaufen.

„Es tut mir leid, Mom. Ich wollte euch nicht so erschrecken."

Jacob konnte nicht anders und hob die Stimme: „Was soll das? Du konntest die ganze Zeit verstehen, was wir gesagt haben? Die ganzen Tage schon? Was denkst du dir eigentlich? Musste das wirklich sein? Warum hast du uns nicht gesagt, dass du uns verstehst und obendrein noch unsere Sprache sprichst – und nicht mal schlecht, wie ich meine!“

Noam räkelte sich.

„Ihr habt ja nicht gefragt. Ihr seid einfach davon ausgegangen, dass ich das nicht kann. Ich dachte, ich halte mich erstmal ein wenig zurück. Wäre es euch nicht noch verrückter vorgekommen, wenn ein Fünfjähriger aus Afrika direkt loslegt, zu euch in eurer Sprache zu sprechen? Ich wollte auf den richtigen Moment warten, es langsam angehen und so tun, als würde ich langsam lernen. Aber als du mit ... diesem ‚Buch‘ kamst, ist es einfach mit mir durchgegangen. Es tut mir wirklich leid, Paps.“

Jacobs erster Ärger ebbte langsam ab. Wie dieser Knirps redete ... Und seine Stimme ... Er nahm all seine Wut noch einmal zusammen.

„Deine arme Mutter hat fast einen Knacks bekommen. Die Ärmste ist ja völlig aufgelöst! Das war unverantwortlich und ... Ach, was erzähle ich einem Was-weiß-ich-Jährigen über Verantwortung!“

Noam schlug die großen Augen nieder und sagte kleinlaut: „Es tut mir wirklich leid, Paps, wirklich. Aber ich glaube, du solltest Mom hinterhergehen und dich um sie kümmern. Ich bringe mich allein ins Bett. Sag ihr bitte, dass ich sie nicht so vor den Kopf stoßen wollte und es mir sehr, sehr leidtut.“

Jacob presste die Lippen aufeinander. Das tat er immer, wenn er eigentlich wütend wirken wollte, aber die aufgestaute Hitze aufgebraucht war.

„Ich behalte dich im Auge, verlass dich drauf." Dann sagte er: „Ich wünsche dir trotzdem eine gute Nacht. Warn' mich bitte in Zukunft vor, bevor du was Komisches machst, oder lass es gleich ganz bleiben. Wenn wir deinetwegen kollabieren, hast du keine Eltern mehr. Ich komme nachher noch einmal rüber und sehe nach dir."

Und zu sich selbst: „Ich glaub' ich werd' langsam echt irre ..."

Noam lächelte.

„Mit Sicherheit wirst du das nicht, Paps!"

Er folgte seinem kopfschüttelnden Vater durch den Flur und bog in das Zimmer ab, das vor Kurzem noch Monas Yoga- und Hobbyraum gewesen war.

Da Jacob die Zeit nach der Bombe, die Noam an jenem Abend platzen ließ, direkt zur Aussprache mit ihm genutzt hatte, erholte er selbst sich relativ schnell von diesem ersten Schreck.

Bei Mona verhielt sich die Sache ein wenig anders. Sie redete zunächst so gut wie gar nicht, versicherte aber Jacob, als sie später am Abend alleine waren, dass sie in Ordnung sei. Ganz untypisch für sie schlief sie bis in den späten Vormittag hinein und ließ sich erst kurz vor Mittag wieder sehen.

Jacob wollte ihr später eine Freude machen und versuchen, sie wieder auf andere Gedanken zu bringen. Er war gar nicht mehr aufgebracht. Um ehrlich zu sein, fand er die ganze Sache recht spannend und amüsant – abgesehen von dem Schock, den seine Frau davongetragen haben musste.

Passiert ist passiert. Aber gerade sie als äußerst positiv denkender Mensch müsste doch auch etwas dafür übrighaben, dass ihr Sohn ein Wunderknabe ist. Ich finde es ja eigentlich ganz unterhaltsam. Langweilig wird's uns wohl sicher nicht so schnell werden.

Fürs Erste machte er eine Arbeitspause und bereitete sich vor, in die Stadt zu gehen. Noam wollte er mitnehmen. Er hatte da ein paar Fragen.

Der Junge war in seinem Zimmer und bestimmt gerade beschäftigt – obwohl: Er schien überhaupt gar nicht beschäftigt zu sein! Er saß einfach nur mit geschlossenen Augen und untergeschlagenen Beinen in der Mitte des Raumes auf dem Teppich vor einer Art Mosaik aus bunten Lappen, Kleidern, Socken und Tüchern, die aus dem Wäschekorb stammen mussten. Der nämlich lag leer auf der Seite daneben. Sein „Klamottenbild" zeigte unschwer zu erkennen einen Pfau, mit allen Details und überlebensgroß. Von der Tür aus, fand Jacob, wirkte das Ganze sogar leicht dreidimensional.

Dieser Kerl bringt es doch schon wieder fertig, dass einem die Worte fehlen!

Er klopfte leise an den Türrahmen.

„Ich gehe in die Stadt! Möchte Mo… äh … Mom was mitbringen, um sie ein bisschen aufzumuntern, du verstehst. Und. Du. Kommst. Mit."

Freudestrahlend sprang Noam auf.

„Aber gern! Bringen wir ihr was Schönes mit!"

Er schlüpfte in die Jacke, zog sich den Schal um den Hals und ließ sich von Jacob in die Schuhe helfen.

Einen Augenblick später waren die beiden durchs Treppenhaus und unten auf der Straße.

„So, mein Lieber“, begann Jacob, „jetzt mal ganz von vorne: Wie alt bist du wirklich? Und woher kommst du wirklich? Sei ehrlich!“

Er schaute seitlich herunter und wartete.

„Keine Ahnung. Kannst du dich wirklich an dein Alter erinnern, oder weißt du nur, wie alt du bist, weil deine Eltern es dir irgendwann einmal gesagt haben? Ich kann mich erinnern, dass ich in einem sehr warmen Land gewesen bin, seit ich denken und mich an etwas erinnern kann. Ich war spazieren, wie wir jetzt, an einem Strand in ... Afrika haben sie gesagt, hieß das Land.“

Jacob schnaubte.

„Keine Erinnerung an vorher? An deine Eltern?“

Noam schüttelte den Kopf.

„Nein, keine. Ich war einfach da, keine Ahnung seit wann.“ Das klang ehrlich, aber Jacob war noch nicht zufrieden.

„Du sagst, du warst einfach da. Dann hast du vielleicht ab einem bestimmten Zeitpunkt dein Gedächtnis verloren? Das würde erklären, dass du nur noch weißt, wo du warst und wann du in Durban, Südafrika gewesen bist, bevor du dort bei den Behörden gelandet bist.“

Noam nickte mit aufrichtigem Blick.

„Das erklärt aber nicht, wie ein Fünf- oder Sechsjähriger – wenn das überhaupt dein tatsächliches Alter ist – fähig ist, fließend die Sprache des Landes sprechen kann, in das er daraufhin ‚rein zufällig' durch Adoption vermittelt wird."

Die Augen verdreht, meinte Noam nur: „Welchen Unterschied machen das Land und die jeweilige Sprache? Ich hätte auch in Amerika oder wie das heißt landen können. Keine Ahnung, was dann gewesen wäre. Ich kann mich mit dir verständigen und dazu kann ich nur sagen, dass ich nicht weiß, warum. Ich kann es eben. Ich erinnere mich nicht an das Wie und das Wann davor."

Das musste Jacob so wohl erst einmal hinnehmen, auch wenn er vermutete, dass ihm Noam vielleicht nicht alles gesagt hatte. Er würde schon noch dahinterkommen, seine Aufmerksamkeit war geschärft.

In dem Blumenladen, den Jacob als Ziel angesteuert hatte, kauften sie einen großen Strauß vielfarbiger Schnittblumen. Noam hielt die Nase darüber und sog den betörenden Duft ein.

„Ich glaube, der wird Mom toll gefallen!"

Außer dem aufwändigen Blumengebinde nahm Jacob noch eine langstielige Rose mit und eine Karte dazu.

Später schlichen sich Vater und Sohn – sie hatten sich abgesprochen – unbemerkt in die Wohnung. Sie stellten die Blumen in eine schöne großbauchige Vase voller Wasser und legten die Karte dazu.

„Ich wette, deinen Namen kannst du natürlich auch schon schreiben, du Schelm?" Jacob flüsterte.

Er schrieb mit seiner schönsten Künstler- und Grafikdesignerschrift auf die Karte:

Mein liebster Engel,

meine beste Freundin, teuerster Mensch in meiner kleinen Welt,
wenn Du lachst, will ich tanzen vor Freude,
wenn Du weinst, kann ich kaum atmen,
ich will atmen, alles Dir geben,
lass uns bitte weiter tanzen,
denn Dein Tanzen ist mein Leben.

Er fand das Ganze ziemlich kitschig und eigentlich auch ein bisschen peinlich, aber er hatte sich Mühe gegeben.

„So, jetzt schreibst du noch unsere Namen drauf."

Er reichte Noam den Füllfederhalter. Er malte zuerst so etwas wie eine Girlande unter den Text und schrieb dann in recht ansehnlicher Kinderschrift ihre beiden Namen daneben. Jacob klopfte Noam zufrieden und zugegebenermaßen auch ein wenig stolz auf die kleine Schulter. Der zeigte sein goldenes Lächeln und klatschte aufgeregt in die Hände.

„Psst! Ich glaub', sie hat uns gehört ... Sie hört nämlich extrem gut, musst du wissen!"

Noam nickte, legte den Finger auf die Lippen und verschwand. Leise und flink wie ein Wiesel war er in seinen Raum gesaust, ehe Jacob noch etwas sagen konnte.

Eine Tür im hinteren Ende des Flurs fiel ins Schloss. Schnell setzte Jacob sich auf einen Küchenhocker, schnappte sich eine alte, zerfledderte Zeitung, schlug sie auf und die Beine übereinander. Dann tat er so, als sei er schwer mit Lesen beschäftigt. Mona kam soeben um die Ecke.

„Ich dachte, ich hätte was gehö...“, und blieb stehen.

Mit zerzausten Haaren, einer Jogginghose, einem schlabbrigen Pullover und erstauntem Ausdruck im Gesicht stand sie da.

Hoffentlich war das jetzt nicht zu viel ...

Jacob bereute schon jetzt, nicht recht nachgedacht, sie vielleicht schon wieder auf dem falschen Fuß erwischt zu haben.

Oh weia ...

Er kniff die Augen zusammen, erwartete ein Donnerwetter oder Schlimmeres. Aber nichts dergleichen geschah. Er blinzelte mit einem Auge und beobachtete, wie sich seine Frau, die Karte in der Hand, lesend auf dem Hocker neben ihm niederließ. Mit glasigem Blick schaute sie ihn an, nahm sein Gesicht zwischen die Hände und gab ihm einen Kuss, so zart und leicht wie eine Feder.

„Und ich lauf‘ hier rum wie ‘ne Vogelscheuche, sehr romantisch! Du hältst die Zeitung übrigens falsch herum, mein Schatz.“

Mit beiden Armen umschloss er sie. Sie lachte leise, legte den Kopf an seine Brust, die Augen feucht.

„DU bist der Grund, dass ich atmen und tanzen kann!“

Noam hatte natürlich alles aus der Ferne beobachtet. Er hielt sich die Hand vor den Mund, um nicht laut loszujubeln. Wie er sich für die beiden freute! Er wollte seine Mutter in Zukunft am liebsten nur noch fröhlich sehen und sie mit allem, was er sagen und tun würde, erfreuen und zum Lachen bringen.

Jacob, der Tür zugewandt, konnte ihn an der Ecke stehen sehen. Noam schickte ihm eine Geste, die wohl so etwas wie

„Gut gemacht!" bedeuten sollte. Jacob nickte zurück, gleichermaßen gerührt und erleichtert.

Er ist schon in Ordnung, dachte er bei sich, *sehr speziell, aber in Ordnung. Ja, er ist ein Kind und ja, Kinder treiben Unfug. Aber diese groben Flausen wird' ich ihm schon noch austreiben.*

Er bedeutete Noam mit dem Zeigefinger, sich dazuzugesellen. Der stürmte sogleich auf seine Eltern zu und umarmte sie beide auf einmal, so fest er konnte. Als Mona die Berührung am Rücken spürte, drehte sie sich um, musste lachen und legte ihren linken Arm um ihn. So umschlungen verblieb das glückliche Paket eine Weile lang fest verschnürt, die erste größere Aufregung war überstanden.

Spaziergänge

Es war ein ruhiges Wochenende ohne Zwischenfälle gewesen. Der Sonntag entwickelte sich von kalt und neblig zu mild und sonnig. Schon am Vormittag war der Himmel gänzlich wolkenfrei, zusammenfassend war wohl der Ausdruck „goldener Herbst“ am zutreffendsten.

Jacob und Noam waren schon seit über einer Stunde unterwegs. Sie gingen mittlerweile so gut wie jeden Tag zusammen spazieren, konnten reden und frische Luft tanken.

Der frischgebackene Adoptivvater fühlte sich zunehmend in seinem Glauben bestärkt, es hier nicht wirklich mit einem Fünf- oder Sechsjährigen zu tun zu haben. Der Junge war körperlich größer, stärker und ausdauernder, verglichen mit Kindern gleichen Alters. Die Qualität der Unterhaltungen, die Tiefe von Noams Sprach- und Denkvermögen überstiegen fraglos alles Vergleichbare, was Jacob über Gleichaltrige gehört und gesehen hatte. Viel Kontakt mit Kindern hatte Jacob vorher nie wirklich gehabt, außer vielleicht mit Monas Nichte – und die, das wusste er mit Gewissheit, konnte selbst heute mit ihren zehn Jahren Noam nicht ansatzweise das Wasser reichen. Das konnte man getrost behaupten, ohne ihr zu nahe zu treten.

Es gefiel ihm immer mehr, jemanden zu haben, dem er die Dinge erklären konnte. Vielleicht waren sie ja auf einem guten Weg, so etwas wie den Grundstein zu einer außerordentlichen Freundschaft zu legen. Jacob für seinen Teil hatte nichts dagegen, er wurde neugierig, wollte aber auch manchmal seinen Ohren nicht so ganz trauen. Natürlich löcherte Noam ihn regelrecht über vieles, was ihm unbekannt war und ihn interessierte. Jacob gab bereitwillig Auskunft und fand immer mehr Gefallen daran, den Vater und Lehrer für seinen Sohn zu geben.

Oft dachte er: *Es fühlt sich mehr und mehr so an, wie ich mir das Vatersein vorgestellt habe, nur habe ich das Gefühl, weniger Vater als vielmehr Freund und Mentor zu sein. Mit der Ausnahme, dass es sich bei Noam um vieles, aber kein „normales" Kind handelt. Wie wir manchmal so reden, scheint es mir fast, es mit einem Gesprächspartner auf Augenhöhe zu tun zu haben. Wären da nicht die Kinderstimme und der Größenunterschied ... dieser Junge ist zweifelsohne in keiner Hinsicht gewöhnlich. Er scheint immer fröhlich, immer höflich, immer neugierig zu sein.*

Jacob fand auch, dass die Zeit, die sie beim Wandern und mit Gesprächen verbrachten, auf unerklärliche Art und Weise anders verging. Wenn sie unter Menschen waren und der Junge sich einbrachte, war es nun eine Frage oder ein Kommentar, wandten sich ihm die Leute zu und staunten.

„So ein blitzgescheiter junger Mann!" Oder: „Wie alt bist du noch gleich? – Das kann doch nicht sein ..."

Jacob wurde auch einmal gefragt, ob der Junge denn den Kindergarten übersprungen habe und gleich in die Schule geschickt worden sei. Eine gute Frage eigentlich, aber darum hatte Mona sich bereits gekümmert. Mitte der nächsten Woche hatte sie einen Termin mit ihm in einer Kindertagesstätte, nicht allzu weit von ihrem Wohnort entfernt. Was dabei herauskam, blieb abzuwarten, doch Jacob war sich mehr als sicher, dass Noam schnell weite Sprünge machen würde.

Jacob konnte noch einige weitere Tage freimachen, um Noam zu beaufsichtigen. Mona musste wieder ihrer Arbeit nachkommen.

Wie jeder guten Mutter war es ihr gerade anfangs gar nicht recht, ihr Kind alleine lassen zu müssen. Mit schwerem Herzen ließ sie Noam mit Jacob zurück, aber zum Glück konnte ihr Mann für den Anfang einspringen. Natürlich vertraute sie ihm in der Angelegenheit hundertprozentig, aber trotzdem fühlte sie sich irgendwie nicht gut dabei. Er konnte in der Zwischenzeit und wenn sie nachmittags wieder zurück war, von zu Hause aus arbeiten.

Wenn sie morgens das Haus verließ, gingen er und Noam immer ein Stück mit und drehten dann zusammen ihre tägliche Runde, jedes Mal auf einer anderen Route.

Als sie wieder einmal entlang einer größeren Straße unterwegs waren, zupfte Noam an Jacobs Ärmel.

„Du Paps, morgens sind so viele Leute oft schlecht gelaunt und fast immer am Rennen. Am Wochenende sind die meisten fröhlich und gehen zusammen oder mit den Hunden spazieren. Ist dieses Arbeiten so schlimm, dass sie das alles immer wieder vergessen?“

Jacob runzelte die Stirn. „Mir geht es ehrlich gesagt oft auch so. Die wenigsten sind mit ihrem Job zufrieden, stehen nicht wirklich gerne morgens dafür auf und wenn sie dann auch noch spät dran sind, werden sie schnell zornig und haben keine Zeit für Nettigkeiten und gute Laune."

Noam blieb stehen und hob einen kleinen Stein auf.

„Sie haben keine Zeit, fröhlich zu sein? Also tun sie die meiste Zeit Dinge, die sie gar nicht wollen? Sollte nicht jeder damit beschäftigt sein, was er gut kann und ihm dadurch auch automatisch gefällt? Was ihm und anderen hilft?"

„Ja und nein, die wenigsten können sich wirklich aussuchen, wie, wann und was genau sie arbeiten wollen – und Zeit ist Geld. Ein blöder Spruch, ich weiß." Noam warf den Stein von der Brücke, die sie gerade überquerten, in den Fluss.

„Man bekommt mehr Geld, wenn man weniger Zeit für sich und seine Familie und Freunde hat? Wurde deswegen das Wochenende erfunden?"

Jacob musste lachen. „Ist ein kompliziertes Thema. Alles heutzutage wird immer schneller, immer wahnsinniger. Jeder versucht, Zeit zu sparen, um dann oftmals festzustellen, dass er oder sie damit eigentlich gar nichts mehr anfangen kann. Aber lass uns ein andermal davon sprechen. Mir fällt gerade ein, wo wir schon mal hier sind – wie wäre es, wenn wir jetzt die nette Dame von der Adoptionsagentur besuchen würden? Wollen wir schnell mal vorbeischauen? Die freut sich gewiss, dich zu sehen. Ist doch bestimmt lustig, wenn sie erfährt, wie schön du uns veräppelt hast. Ist hier ganz in der Nähe."

Durch das tägliche Durcheinander und den Lärm schlängelten sie sich in den weniger hektischen Teil nahe der Innenstadt.

In der Straße angekommen, die sie zuletzt in die entgegengesetzte Richtung verlassen hatten, waren es nur noch ein paar hundert Meter, ehe man das kleine Haus aus der Distanz erkennen konnte. Von Weitem sah Jacob, dass dort Leute ein und aus gingen.

War gerade Tag der offenen Tür? Eine Informationsveranstaltung vielleicht?

Ein wenig irritiert und verwundert verlangsamte er seinen Schritt und schaute Noam an, der davon scheinbar noch keine Notiz genommen hatte.

Beim Näherkommen fiel Jacob auf, dass Menschen aller Couleur und Altersgruppen das Haus betraten und wieder herauskamen. Ein älterer Herr zum Beispiel, auf einen Stock gestützt, ging gerade hinein. Gut, alte Menschen sollten ja nicht vom Adoptionsrecht ausgeschlossen sein, aber ein wenig sonderbar erschien ihm das ganze Hin und Her schon.

Als sie vor dem Eingang standen, grüßte sie eine Frau mit einem Kleinkind auf dem Arm, die eben aus dem Gebäude kam. Auch fiel Jacob ein Schild mit Öffnungszeiten auf – und ein weiteres, auf dem GEÖFFNET stand. Mit Sicherheit war bei ihrem letzten Besuch nicht ein einziges Schild draußen angebracht gewesen!

Er nahm Noam an der Hand und ging durch die Eingangstür, die ein Glöckchen auslöste, hinein in den länglichen Flur. An dessen Ende war auch die altbekannte Linksbiegung, aber roch es hier nun anders? Als Jacob mit Noam den großen Raum betrat, traf ihn fast der Schlag. Er konnte und wollte seinen Augen nicht trauen.

Sie standen … in einem Gemüsegroßhandel?! Von vorn bis hinten zur Rückwand, die man gerade noch so ausmachen konnte, erstreckten sich Regale und Stände voller Obst, Gemüse und allerlei anderer Lebensmittel.

Jacob rieb sich die Augen, bis sie brannten, Noam dagegen schien ein reges Interesse für die Obstsorten zu entwickeln. Jacob wurde warm, er knöpfte den oberen Teil des Mantels auf.

War er schon WIEDER im falschen Film gelandet? Was um alles in der Welt war nur los mit diesem Haus? Mit ihm?

Er schaute noch einmal genau hin. Noam war noch da, mit einem Apfel in jeder Hand, verglich deren Größe und Gewicht.

Nicht ganz in der Mitte des Raumes, wo die „Fee" an der Rezeptionstheke gesessen hatte, sondern näher am Flur, aus dem sie gekommen waren, stand ein Fließband mit Kassentisch und an dessen Ende eine altertümliche Registrierkasse. An der saß, mit einer Hand eifrig darauf herumtippend, ein südländisch aussehender Mann mit grau meliertem Haar.

„Du machst mir jetzt hier keine Faxen und bleibst, wo du bist! Genau hier, wo ich dich sehen kann!"

Jacobs Sprache war in den Imperativ gewechselt, er gab Befehle. Seine Gedanken befanden sich im Analyse- und Vergleichsmodus, aber das Gefühl von Ohnmacht verstärkte sich. Daraus entwickelten sich unliebsame Verwandte: Wut, Verwirrung und Unsicherheit. Was lief nur verkehrt, seit dieser komische Junge in seinen ruhigen und normalen, geordneten Alltag gekommen war?

Womit hab' ich das nur verdient? Bin ich ein so schlechter Mensch, dass ich jetzt vom Leben so gestraft werden muss und sich gerade mein Verstand verabschiedet?

Wenn sich hier jemand einen Scherz mit ihm erlaubte, dann aber einen sehr perfiden und höllisch geschickt eingefädelten.

Er suchte mit fliegendem, fieberhaftem Blick alle Ecken und Winkel ab.

Wo sind die versteckten Kameras, verdammt noch mal?

Immer wieder drehte er sich hilflos im Kreis. Der Mann an der Kasse hatte Notiz davon genommen, setzte seine schmale Brille auf, die er aus der Brusttasche gefischt hatte. Er sah auf und mit fragendem, ernstem und besorgtem Blick rieb er sich das Kinn, die tippende Hand noch in der Luft, wie in der Bewegung erstarrt.

„Guten Tag? Hallo, Sie da drüben! Suchen Sie etwas Bestimmtes? Kann ich Ihnen helfen?"

Jacobs Kopf drohte zu platzen vor Zorn. Am liebsten hätte er geantwortet: *Ja! Ich such' denjenigen, der mich hier komplett verkohlen will! Tu doch nicht so, als wüsstest du nichts!*

Er ignorierte den Mann und das im Grunde nett gemeinte Hilfsangebot und stapfte den zu beiden Seiten mit Lebensmitteln gesäumten Gang, in dem er sich gerade befand, hinunter. Er suchte verzweifelt etwas, nur irgendetwas, das noch an die Einrichtung des Adoptionshauses oder die alte Dame erinnerte.

Der Raum war in etwa der alte, erinnerte er sich. Schwer zu sagen, so wie er jetzt aussah, aber wo waren die abzweigenden Räume zu den Seiten geblieben? Überall nur Obst, Gemüse, Oliven, säckeweise Hülsenfrüchte und Nüsse, gestapelt bis unter das hohe Dach. Alle erdenklichen Variationen von noch nie gesehenen Lebensmitteln, er war in der Gemüsehölle gelandet! Für Mona wäre es wohl der Inbegriff von einem Supermarktparadies gewesen, für ihn war es gerade nichts anderes als Qual.

Es schien ihm, als verhöhne ihn sein Gewissen, jede Karotte und jeder einzelne Apfel für seine blöden Sprüche über das Faible seiner Frau.

Er stand kurz davor überzuschnappen, das spürte er. Alles war verschwommen und wurde unscharf vor seinen Augen. Er fühlte seine Extremitäten nicht mehr richtig, wollte laut schreien, war ihm doch egal!

Da berührte ihn etwas an der Hand, erst ganz leicht, dann fester und bestimmt. Wie im Traum schaute er nach unten und erkannte Noams äußerst ernstes Gesicht, sah, wie sein Sohn zwei seiner Finger mit jeweils einer Hand gepackt hatte und heftig schüttelte.

Das wild dröhnende Meeresrauschen in seinen Ohren reduzierte sich zu einem schnellen Pochen, sein Puls raste. Aus dem dumpfen Gefühl der Taubheit kehrten seine Sinne langsam wieder in Normalposition zurück, wie Spielkarten in den Stapel nach dem Mischen.

Noam sagte etwas, erst leise, dann immer lauter, bis er es hören und verstehen konnte.

„Atmen, Paps! Tief aaatmen!“

Jacob wusste nicht mehr, wie lange er so dagestanden hatte. Jegliches Zeitgefühl war von ihm nach diesem Beinahe-Kollaps aus rational nachvollziehbaren und messbaren Bahnen entrückt worden. Die Wände und Regale mit ihrem Inhalt und den Farben standen wie zuvor am richtigen Platz und er wusste wieder, wo und wann er war.

Noam stand noch immer neben ihm, in seine Hand verkrallt. Er lenkte seinen Atem zurück in normale Bahnen und sein Verstand fuhr wieder hoch, ähnlich dem Betriebssystem eines Computers, nur schneller. Seine Augenlider flatterten, sein Mund fühlte sich an, als hätte er Wüstensand geschluckt. Er setzte sich Stück für Stück in Bewegung, einen Fuß vor den anderen. Er sah links neben sich eine Palette mit Wasserflaschen, streckte die Hand aus, aber Noam hatte sich bereits eine davon gegriffen und ging vor ihm durch den schmalen Gang zurück zur Kasse.

Jacob schüttelte sich, wollte einen klaren Gedanken fassen. Aber die Wut war noch da, schwelend und gärend in seinen Eingeweiden festsitzend. Der Mann von der Kasse war ihnen auf halbem Weg entgegengekommen, beunruhigt und verstört dreinblickend.

„Wirklich alles in Ordnung bei Ihnen? Möchten Sie sich setzen?“ Und zu Noam: „Was ist passiert? Hat er das öfter? Ich hatte Angst, er klappt jeden Moment zusammen!“

Noam hielt zur Antwort die Wasserflasche hoch.

„Kommen Sie, kommen Sie, immer langsam.“ Er ließ die Brille zurück in seine Brusttasche gleiten und machte kehrt, ging langsam voraus. In Jacob rumorte es noch immer. Als sie zurück auf Höhe der Kasse angekommen waren, entlud sich prompt ein Schwall aufgestauter Ungehaltenheit.

„Wo zum Henker sind die alte Frau und das Ado..."

Noam zerrte Jacob, der dem freundlichen Händler unhöflich nah auf den Leib rückte, an seinem Mantelgurt ein paar Schritte zurück. Als er es bemerkte, bekam er sich langsam wieder in den Griff. Der Mann hatte sich vorsorglich im Rückwärtsgang hinter seinem Verkaufstisch in Sicherheit gebracht.

Jacob holte noch einmal Luft und startete einen zweiten Versuch: „Entschuldigen Sie bitte, ich bin ein wenig verwirrt. Wie soll ich anfangen ... Na gut. Ich befinde mich hier in einem Lebensmittelgeschäft, richtig?"

Der Mann schaute ihn ungläubig, fast mitleidig an. „Ähm. Verzeihen Sie bitte, wollen Sie sich über mich lustig machen?"

Jacob kam sich unendlich lächerlich vor. „Verzeihen Sie bitte nochmals. Dürfte ich fragen, wie lange dieses Geschäft schon hier existiert und was sich davor hier befand?"

Noam packte die Flasche auf den Kassentisch.

„Wie lange schon ...? Vorher?"

Jacob legte einen Geldschein neben die Kasse. „Es ist wirklich wichtig, bitte. Ich war vor ungefähr zweieinhalb Wochen hier, in einem Büro, einem Adoptionsbüro. Diese Adresse, in genau diesem Raum! Mein Adoptivkind hier, ihn habe ich zusammen mit meiner Frau ... ach, Noam! Jetzt sag doch auch mal was!"

Noam zuckte die Achseln, war wieder der kleine stumme Junge. Vollkommen irritiert tippte der Gemüsehändler geistesabwesend auf seiner Kasse, rechnete, ohne dass er es merkte, das Wasser ab und gab das Rückgeld heraus, die geweiteten Augen blieben ununterbrochen fest auf Jacob gerichtet.

„Wenn das kein schlechter Witz ist“, begann er, „kann ich Ihnen sagen, dass ich mein Geschäft hier schon sehr lange betreibe, sagen wir ... seit bald über dreißig Jahren. Ungefähr.“

Jacob bekam Schnappatmung. „Dreißig ... Jahre!"

Noam drückte ihm schnell die Flasche in die Hand.

Der Mann fuhr fort: „Was vorher hier drinnen war? Nichts! Alles war leer, nix außer morschen Brettern, Spinnweben und Staub! Ich weiß noch, einen Schnäppchenpreis haben sie mir gemacht damals, hätte ich nur gewusst, wie viel Arbeit ich noch reinstecken musste! Habe alles von Grund auf renoviert, das Dach geflickt! Mein Schwager, meine Brüder, mein Schwiegervater und ich haben mit eigenen Händen alles reingeschleppt und aufgebaut, gemessen, gesägt, Boden verlegt", er kam langsam in Fahrt, „die Wasserschäden behoben, die Wände erneuert, Jahre hat es gedauert, bis man hier überhaupt vernünftig Geschäfte machen konnte! Mittlerweile bin ich der bestsortierte und mit Sicherheit günstigste Gemüsegroßhandel und -versand hier im Viertel, ach was, im Umkreis! Und ich bin verdammt stolz darauf! Verzeihen Sie mir bitte die Wortwahl, aber das ist meine Leidenschaft, mein Leben. Sie können vielleicht verstehen, dass ich ein wenig emotional reagiere. Noch nie von mir gehört? Kommen Sie nicht hier aus der Gegend?“

Jacob war mit seinem Latein am Ende. Die Lippen aufeinandergepresst wusste er nichts mehr zu sagen. Das Pulver war verschossen und er war keinen Schritt weiter, eher einige zurück. Das Funkeln in den Augen des Mannes war mehr als aufrichtig gewesen und Beweis genug, dass er die Wahrheit gesagt hatte.

Jacob war ein weiteres Mal kurz davor, seinen gesunden Menschenverstand einzubüßen. Resigniert wandte er sich zum Gehen. Der Geschäftsinhaber spürte es, der Mann tat ihm leid. Er war ein verständiger Händler der alten Schule, holte zwei frische Mangos und gab sie Noam.

„Hier, bitte. Schade, dass ich offenbar nicht weiterhelfen konnte. Ich hoffe, es geht ihm bald besser. Nehmt die hier mit, ein Geschenk. Bis zum nächsten Mal!"

Geschlagen verließ Jacob schweigend das Geschäft. Er drehte sich nicht einmal mehr um, als er vor dem Haus stand. Was machte es noch für einen Sinn? Er setzte sich in Bewegung, machte sich auf den Heimweg. Für heute war er mehr als bedient. Noam trottete unbekümmert neben ihm her und legte die beiden Mangos in die Papiertüte, die er sich beim Verlassen des Gebäudes noch schnell geschnappt hatte.

„Was ist denn los mit dir, Paps?"

Er sah seinen Vater unwillkürlich zusammenzucken.

„Was mit mir los ist? Ist das dein Ernst? Du warst doch dabei, warst sogar noch vor Mona und mir hier, bei der alten Frau! Erzähl mir jetzt bloß nicht, dass du das nicht mehr weißt! Hier haben wir dich doch abgeholt, Kind! Ich werd' gleich wieder sauer!"

Noam hüpfte die Bordsteinkante auf und ab, dass die Tüte knisterte. „Ist es denn nicht egal, was vorher war? Ich bin doch JETZT hier mit dir. Mom ist auf der Arbeit, nachher sind wir alle zusammen."

Jacob blieb stehen und schaute ihn zornig an. „Du verstehst mich nicht, oder du willst mich nicht verstehen. Wahrscheinlich weißt du genau, was ich meine, aber höchstwahrscheinlich, wie so oft, verulkst und verwirrst du mich. Macht es dir eigentlich Spaß, Menschen wie mich und deine Mutter vor den Kopf zu stoßen? Was ist nur los mit dir, hab' ich dir irgendwas getan? Bist du nicht zufrieden mit uns?"

Noam sah ihm fest in die Augen. „Du hast es doch selbst vorhin gesagt. Alles wird immer schneller und wahnsinniger, alles wandelt und verändert sich. Welchen Unterschied macht es denn, ob da drin jetzt ein Adoptionsbüro ist oder ein Gemüsegeschäft? Es ist nur wichtig für dich, für dein – wie hast du's genannt? – Ego, dass du Recht behalten willst. Ich habe mal jemanden sagen hören: Vergangen ist vergangen. Es tut also nichts mehr zur Sache, oder? Du kannst sowieso nichts daran ändern. Wozu dann diese Mühe, dich so zu sorgen und dich so verrückt zu machen? Zeitverschwendung – so habe ich das verstanden, was du zuvor gesagt hast."

Jacob hatte den letzten Teil überhört. Es interessierte ihn im Moment nicht im Geringsten, was er wie und wann einmal gesagt haben mochte. Ihm war eben etwas eingefallen: Da waren doch noch die Unterlagen, die Zettel, die ihm sein Chef gegeben hatte, bevor er das erste Mal die alte Dame in dem Haus aufgesucht hatte! Es war sehr wohl wichtig, beweisen zu können, dass er nicht wahnsinnig und kein Spielball des Schicksals, oder wie man das Ganze hier nennen wollte, geworden war. Diese Unterlagen hatte er glücklicherweise in einer der Schubladen seines Schreibtisches aufgehoben ...

Der Rest des Rückweges wurde schweigend zurückgelegt, aber diesmal vor Anspannung. Zumindest Jacob war angespannt, er wollte schnell nach Hause. Was er Mona sagen wollte, wusste er noch nicht. Er musste zuallererst sich selbst beweisen, dass er nicht halluzinierte oder überschnappte. Hatte der kleine Teufelsbraten etwas damit zu tun gehabt? Seit er da war, geriet sein sonst so ruhiges Gemüt einfach zu oft durcheinander.

Sie bestiegen die Bahn, die einige Minuten auf sich hatte warten lassen, und waren gegen Mittag zurück. Im äußeren Hausflur sprang Jacob mit seinen langen Beinen ungeduldig die Treppen hinauf, immer drei auf einmal. Hastig schloss er die Appartementtür auf. Er machte sich erst gar nicht die Mühe, Mantel und Schuhe auszuziehen. Er eilte direkt und schnurstracks in sein Arbeitszimmer, riss eine Schublade nach der anderen auf und ... da waren Blätter und Zettel, aber weit und breit nicht einer von denen, die er suchte! Er stellte den ganzen Raum auf den Kopf, durchwühlte den Mülleimer, lief nach unten und nach draußen in den Hof und kramte sich kopfüber durch den Papiercontainer.

Nach einer Dreiviertelstunde gab er entnervt auf. Er war müde, endlos müde. Es hatte keinen Sinn, insoweit hatte Noam recht gehabt. Er konnte an dem, was war, nichts mehr ändern. Er ergab sich, hatte keine Lust mehr und wollte den Tag am liebsten vergessen. Als er wieder oben war und durch die Wohnung schlurfte, saß Noam auf einem Küchenhocker und ließ die Beine baumeln. Jacob blieb stehen.

„He, Sohnemann. Tut mir leid, wenn ich dich vorhin allzu sehr angeschimpft habe. Es ist, wie es ist. Aber lass uns eins festhalten. Versprich mir, dass keiner von uns beiden deiner Mutter auch nur ein Wort von der ganzen Sache heute erzählt! Ein halber Nervenzusammenbruch ist mehr als genug. Einen mehr wird sie unmöglich ertragen können, also versprich es mir! Tu es ihr zuliebe."

Noam stand von seinem Sitz auf, reichte Jacob die kleine Hand und legte den Zeigefinger der anderen auf die Lippen. Augenzwinkernd lächelte er. „Wir sind doch ein Team! Ist und bleibt unser Geheimnis, Paps. Glaubt uns ja sowieso niemand."

Kinder, Mütter und die Sprache der Musik

Es war Spätherbst geworden, der Winter stand schon auf der Türschwelle. Noam hatte sein Wort Jacob gegenüber gehalten, was dazu beitrug, dass sich das Vater-Sohn-Verhältnis prächtig entwickelte.

Der Termin, den Mona für Noam mit der Leitung der Kindertagesstätte vereinbart hatte, war immer wieder Woche für Woche verschoben worden. Zu wenig Kapazitäten, zum Teil krankheitsbedingt, hieß es immer wieder, wenn sie anrief und nachfragte.

Dann klingelte irgendwann doch noch Monas Telefon und der lang ersehnte Termin für einen Schnuppertag wurde endlich verabredet, diesmal fix.

Mona war den ganzen Morgen schon ganz hibbelig, sie war mit Noam allein zu Haus, denn Jacob wurde wieder in der Werbeagentur gebraucht, eigentlich ein Fortschritt. Ein Glück, dass exakt heute der Tag war, an dem Mona Noam zum Kindergarten bringen konnte. Das passte perfekt. Glück insofern, als dass sie selber zur Arbeit gehen konnte und nicht blau machen musste oder gezwungen war den Jungen dorthin mitzunehmen.

Liebevoll hatte sie ihn in warme Kleidung eingemummelt, sich selbst auch kälte- und windfest gemacht, damit die beiden auf ihrem Fahrrad keine Frostschäden davontrugen. So radelte sie mit ihrer wertvollen Fracht auf dem Gepäckträger zu der Einrichtung „Kindertagesstätte und Vorschule“, in der sie heute erwartet wurden.

Der Wind war schneidend kalt, besonders auf dem Rad, den ganzen Weg über kämpfte Mona mit dem Gegenwind. Sie rief nach hinten: „Gut, dass es nicht weit ist!“

Trotzdem kamen die beiden ziemlich durchgefroren kurze Zeit später an ihrem Ziel an. Sie standen vor einer Tür aus schwerem Glas, an der Seite der Mauer befand sich ein kleiner Raum mit Fenster.

„Das war eine Frau Singh, mit der ich telefoniert habe, deine Kindergärtnerin. Die müssen wir finden, sie hat uns aber noch beschrieben, wo wir lang müssen.“

Mona nahm Noam bei der Hand und folgte der Wegbeschreibung durch das einstöckige Gebäude. Er pfiff eine fröhliche Melodie vor sich hin, abgedämpft durch den Schal vor seinem Mund.

Sie waren wohl auf dem richtigen Weg. Ein wildes Durcheinander aus einer Menge nicht zählbarer Kinderkehlen wurde lauter. Sie gingen den Korridor, aus dem die Geräusche drangen, bis zum Ende hinunter. Links und rechts befanden sich alle paar Meter Türen zu den Gruppenräumen. Die hinterste auf der rechten Seite stand offen.

Da musste es sein! Mona blieb mit Noam davor stehen, räusperte sich und klopfte kräftig an den Rahmen. Überall in dem weitläufigen Raum tollten Kinder umher, ein reges buntes Durcheinander. Von links erschien eine große schlanke Frau, in ein längeres blassrosafarbenes Gewand gekleidet, mit einem bunten Tuch um die Schultern und einem

Reif im schwarzen Haar. Dazu trug sie eine schicke Kette um den Hals. Sie hatte einen geduldigen, wenn auch strengen Gesichtsausdruck und dunkle, sanftmütig wirkende Augen.

Als sie die beiden in der Tür stehen sah, lachte sie und beeilte sich, sie willkommen zu heißen.

„Einen wunderschönen guten Morgen und herzlich willkommen hier bei uns“, rief sie mit einem sehr sympathisch klingenden Akzent. Sie musste schließlich gegen den vielstimmigen Lärm im Hintergrund ankämpfen.

Vielleicht wird man ja mit der Zeit auch schwerhörig, wenn man jeden Tag mit so vielen kleinen Schreihälsen zu tun haben muss, überlegte Mona und war plötzlich dankbar für ihr ruhiges Sekretärinnenvorzimmer in der Chefetage.

„Das muss unser Neuer sein, nicht wahr? Wie war dein Name noch gleich, Noah?“

Mona nahm ihm Mütze und Schal ab.

„Noam! Sein Name ist Noam.“

Lächelnd machte er das Taucherzeichen für „Alles okay“.

Frau Singh musste lachen: „Du scheinst mir ja ein ganz lustiger kleiner Kerl zu sein! Du kannst deine Sachen dort draußen im Flur an die Haken hängen. Ja genau, neben die von den anderen Kindern.“

Dann bat sie die Besucher, hereinzukommen.

„Mal herhören, ihr Lieben!“ Frau Singh erhob die Stimme. „Ich möchte, dass ihr ein neues Kindergartenkind in unserer Gruppe begrüßt. Sein Name ist Noam!“

Die hohe und durchdringende Stimme ließ die Kinderschar für ein paar Sekunden innehalten.

Ein einstudiert geraunTes „Guuuteeen Mooorgeeen, lieber Noaaam“ wogte kurz durch den Saal und sofort ging das mehrstimmige Surren und Gemurmel unvermindert weiter.

Die Neuankömmlinge wurden in den hinteren Teil des Raumes zu einem Pult geführt.

Frau Singh bat Mona, sich zu setzen und an Noam gerichtet sagte sie: „Du kannst dich ja schon mal ein bisschen umgucken. Geh ruhig zu den anderen, die zeigen dir bestimmt alles hier im Raum. Wenn du Fragen oder etwas auf dem Herzen hast, kannst du jederzeit zu mir kommen.“

Noam wandte sich um und marschierte im Stechschritt los, verschwand in einer Traube anderer hin und her wuselnder Kinder.

Mona und Frau Singh führten noch ein ausführliches und erläuterndes Erstgespräch, gelegentlich von Letzterer durch Zwischenrufe und Ermahnungen unterbrochen, wie beispielsweise: „Rebecca! Die Hose bleibt angezogen!“ Oder: „Julius, ich habe dir doch schon hundertmal gesagt, dass die anderen Kinder keine Sitzgelegenheiten sind!“

Alles Wichtige und Wissenswerte war bald darauf besprochen und Mona verabschiedete sich, wünschte allen noch einen schönen Tag und machte sich auf den Weg. Sie war schon viel zu spät dran, wahrscheinlich das erste Mal seit Jahren. Sie winkte Noam beim Rausgehen noch einmal zu, aber er war offenbar zu beschäftigt, schien bestens zurechtzukommen.

Mona sprang auf ihr Rad, stemmte sich in die Pedale und sauste los. Der Wind hatte gedreht und so musste sie erneut schwer strampeln. Der Kindergarten lag praktischerweise auf etwas weniger als halber Wegstrecke zu ihrem Ziel.

Verschwitzt und außer Atem fummelte sie ihre Karte, die auch als Mitarbeiterausweis fungierte, in den Schlitz des Lesegerätes am Eingang des kolossalen Gebäudes, ihrer Arbeitsstätte.

Sie durchquerte die Haupthalle und lief wie immer die Treppe nach oben. Sie überlegte kurz, ob sie den Fahrstuhl hätte nehmen sollen, aber es war mittlerweile so spät, dass es darauf nicht mehr ankam.

An ihrem Platz angekommen, packte sie schnell Jacke, Schal und Kopfbedeckung in den schmalen Schrank an der Wand und wollte sich gerade an ihren Schreibtisch setzen. In dem Moment flog die Tür zu Herrn Raschs allerheiligstem Chefsalon auf. Der füllige Mann schnaubte mit ausladenden Schritten in gewohnter Überheblichkeit auf sie zu und baute sich vor ihr auf wie ein Berg übellauniger und rücksichtslos ausgelebter Engstirnigkeit. Sein verschwitztes Oberteil steckte in einer schwarzen Hose, die offensichtlich allergrößte Mühe hatte, sich gegen seinen ausladenden und überhängenden Bauch zu behaupten.

Mona wollte gerade eine Entschuldigung wegen ihrer Verspätung vorbringen, als er ihr laut polternd das Wort abschnitt.

„Na sowas, na sowas! Unsere Vorzeigefachkraft für interne Angelegenheiten und Schriftverkehr versucht, sich still und heimlich und über eine halbe Stunde zu spät an ihren Platz zu mogeln! Als ob dem guten alten Rasch auch nur die geringste Kleinigkeit entgehen würde, haha."

Sein grauer Schnauzbart wackelte bedrohlich auf und ab, während er redete. Die schwere goldene Kette um seinen Hals blinkte hilflos durch das buschige und fettige Brusthaar, das vergeblich aus dem nach oben geöffneten Hemd zu entfliehen versuchte.

Mona wand sich hin und her, die Sache war ihr sehr unangenehm, ebenso wie der von ihm verströmte Geruch. Eine Gewitterwolke aus Knoblauchduft und anderen undefinierbaren Ausdünstungen schien ihm auf Schritt und Tritt zu folgen. War gerade die Luft im Raum wärmer geworden?

„Verzeihen Sie bitte, aber ich musste noch ..."

Schnaufend echauffierte er sich: „Ich musste, ich musste! Sie, meine Gute, können von großem Glück sagen, dass das heute das erste Mal seit … seit Langem ist und ich wirklich was für Sie übrig habe! Wenn ich da an andere Pappenheimer hier denke ... Uiui, keine Ahnung was dann passiert wäre!" Etwas leiser, für seine Verhältnisse fast schon höflich erkundigte er sich: „Ja was MUSSTEN wir denn, dass wir heute so dermaßen über der Zeit des Arbeitsantritts liegen, oder haben wir einfach nur zu gut und lange geschlafen?"

Mona schluckte den Kloß, der irgendwo in ihrem Hals festhing, herunter und sammelte sich, um möglichst unbeschwert und freundlich zu klingen.

„Es tut mir sehr leid, Herr Rasch, aber heute hatte ich einen Termin mit meinem Adoptivkind im Kindergarten. Mein Mann konnte das nicht übernehmen, da er selber arbei…"

Pfeifend und rasselnd dröhnte sein Lachen durch das Büro.

„Aach, das Adoptivsöhnchen! Ja da brat mir einer 'n Storch!

Davon habe ich ja auch schon gehört. Wie ich so von den Kollegen erfahren durfte, soll das ja ein ganz fixer Bengel sein! Deswegen haben wir wohl eine Woche krankgemacht, was? Wie heißt der kleine Schlingel noch gleich? Ni... No..."

Ein Schwall übelriechender Atem wehte Mona entgegen und hüllte sie ein.

Sie sprach leise, die Zähne zusammengebissen: „N- Noam ist sein Name." In ihr stieg langsam, aber sicher und zusätzlich zu einer guten Portion Übelkeit so etwas wie Wut hoch.

„Na wenn das so ein besonderes Kerlchen ist, wie alle sagen, dann will ich den aber mal kennenlernen! Bringen Se'n doch mal mit, ich glaub' nämlich erst das, was ich auch höchstselbst gesehen habe!"

Er grapschte sich sein XXL-Jackett vom Kleiderständer und dampfte ohne jedes weitere Wort ab, knallte die Tür hinter sich zu und war verschwunden.

Au Backe, dachte Mona, *auch das noch!*

Kindergarten schien nicht langweilig. Es war aufregend und lustig, mit anderen Kindern zusammen zu sein. Zumindest fand das Noam. Das Gewimmel und der Lautstärkepegel wild durcheinanderplärrender Halbwüchsiger nahm minütlich zu.

Kindergartenlehrerin Singh war da wohl, zumindest im Moment, ganz anderer Meinung. Die im Grunde resolute Frau hatte alle Hände voll damit zu tun, die zunehmend ungehemmte und ausufernde Stimmung der Kindermeute unter Kontrolle zu bringen.

Hier flossen Tränen, weil an Haaren gezogen wurde, dort flogen Spielsachen und Bilderbücher wild durcheinander. Zwei völlig außer Rand und Band geratene Jungs rannten versehentlich mit den Köpfen aneinander und ein Mädchen hatte sich und die Wand komplett mit Wachsmalstiften vollgeschmiert.

Noam, davon ziemlich unbeeindruckt, saß auf einem großen Sitzkissen und verfolgte amüsiert die Darbietung des um sich greifenden Chaos.

Lautes Rufen zeigte keine Wirkung mehr, die Stimmung im Raum war kurz davor zu kippen. Verzweifelt versuchte Frau Singh den gröbsten Schaden zu verhindern, eilte hierhin und dorthin.

Noam war schon, seit er sich anfangs überall umgeschaut hatte, ein Kind besonders aufgefallen. Ein Junge, der die anderen Kinder mied und von ihnen auch nicht beachtet wurde. Er saß mit ausdruckslosem Gesicht still in einer Ecke und wie Noam hatte er keinen Anteil an dem wilden Treiben der anderen.

Noam bemerkte, dass der Junge auf seinem Schoß immer wieder mit den Händen und Fingern zu irgendeinem Rhythmus trommelte. Ob mit voller Konzentration oder einfach unterbewusst nebenbei, es machte keinen Unterschied.

Als Noam die Takte zählte und die Bewegungen seiner Hände und Arme studierte, kam er zu dem Ergebnis: Dieser Junge war tatsächlich sehr geschickt, er hatte richtig Talent!

Noam hatte eine Idee. Von allen anderen unbemerkt, wie am Rande eines Schlachtfeldes, auf dem es drunter und drüber ging, stromerte er in eine Raumecke. Er hatte dort aus der Ferne etwas entdeckt, das seine Aufmerksamkeit erregt hatte.

Gezanke, Lärm und Aufruhr nahmen langsam überhand. Frau Singh war der Verzweiflung nahe.

Normalerweise habe ich die Kinder doch sehr gut im Griff, was ist denn heute nur in sie gefahren?

Heute liefen die Dinge gehörig aus dem Ruder.

Der Junge hatte abrupt mit seinen Rhythmusübungen aufgehört, denn eben war Noam bei ihm angekommen. Er versuchte ihn auf die Beine zu ziehen, der Junge wehrte sich, wollte lieber weiterhin alleine sitzen bleiben. Noam flüsterte ihm etwas zu. Noch immer ein wenig widerwillig ließ er sich dann doch zum Aufstehen bewegen. Noam bedeutete ihm, nachzukommen.

Fast fühlte sie sich überfordert und sie merkte, wie ihr die Kontrolle entglitt. Frau Singh kam sich mittlerweile vor wie bei einem Volksaufstand. Sie war rat- und sprachlos, überlegte sich, wie sie Ruhe und Ordnung in diesen morgendlichen Wahnsinn bringen konnte.

Noam und der andere Junge hatten sich in die Ecke verzogen, in der Noam zwei Musikinstrumente auf einem Regal ausfindig gemacht hatte. Er wusste, dass es sich dabei um eine handbetriebene kleine Orgel und eine sperrige Trommel mit zwei Bespannungen handelte. Frau Singh hatte beides aus ihrer indischen Heimat mitgebracht, sie liebte es, den Kindern ab und zu etwas darauf vorzuspielen.

Noam verpasste dem Jungen einfach die für Kinder im Grunde zu große Trommel. Er ermunterte ihn, sie auszuprobieren, setzte sich daneben und spitzte die Ohren.

Anfangs war es dem schüchternen Kind peinlich und es traute sich nicht so recht, doch als Noam den Jungen ermutigte und ihm den einen oder anderen Kniff zeigte, begann er munter darauf herumzuspielen.

Das Gewimmel war immer noch so laut und unüberschaubar, dass niemand merkte, womit die beiden in ihrer Ecke beschäftigt waren.

Langsam wurde es der Kindergärtnerin zu bunt. Lautes Brüllen war ebenso wenig hilfreich wie der Versuch, einigen wenigen gut zuzureden. Mittlerweile trug sie sich mit dem Gedanken, Verstärkung anzufordern. Aber die außer Rand und Band geratenen Kinder sich selbst überlassen?

Sie beschloss, über die interne Telefonleitung jemanden anzurufen, um Hilfe zu holen. Sie eilte zu ihrem Tisch und nahm den Hörer des altbackenen Telefons ab.

Es begann kaum hörbar, anfangs war es nur ein leises Geklimpere. Dann, lauter und klarer, hob sich eine kleine Melodie empor, die langsam den Raum füllte und sich tapfer gegen den Stimmenlärm und die anderen Geräusche zu stellen begann. Sie war aber noch sehr jung und schwach und konnte sich noch nicht wirklich dagegen behaupten.

Noam spielte eine simple Weise aus einfachen und wenigen Akkorden, aber sie war sehr eingängig und gleichzeitig herzerweichend in ihrer Unbeschwertheit. Er nahm eine Oktave dazu, steigerte das Tempo leicht und nickte hinüber zu seiner Begleitung, dem kleinen Trommler, der zuerst ganz langsam mit einstimmte. Nach und nach bereicherte er damit Noams Melodie.

Ein Mädchen – die Kleine mit den Wachsmalstiften – war die Erste, die innehielt und zu lauschen begann.

Die zarte Musik schwang sich auf und begann zu wachsen, war schon gar nicht mehr so klein wie noch anfangs.

Noam spielte lauter. Die Trommel zog mit und mit ihr auch das Selbstbewusstsein ihres Spielers.

Es dauerte nicht lange und mehrere Köpfe gleichzeitig drehten sich zur Ecke hin. Große Augen starrten ungläubig zu den Musikanten herüber. Vor die beiden setzten sich zu dem kleinen Mädchen gerade drei weitere Kinder und ein anwachsendes Publikum sammelte sich stehend daneben.

Der kleine Perkussionist kam langsam aus seinem Schneckenhaus heraus, vergaß alles um sich herum, kam in Fahrt und die Trommel gab Laute und Klangmuster wie schon lange nicht mehr von sich. Man konnte den entfachten Mut und die Hingabe förmlich hören und spüren.

Immer mehr kleine Zuhörer gesellten sich dazu, der Stimmenlärm geriet in die Defensive. Er verlor immer mehr an Intensität, immer mehr an Boden, je mehr Kinder sich beruhigten und den sonderbar ungewohnten Klängen, die aus der Ecke ertönten, lauschten.

Jetzt zog Noam Tempo und Lautstärke ein weiteres Mal an und die Trommel feuerte Salven durch den Raum.

Mehr als die Hälfte der Kinder saß schon im Halbkreis um die beiden Künstler, der Rest im hinteren Teil des Saals bewegte sich langsam nach vorn.

Frau Singh stand noch immer an ihrem Tisch, den Telefonhörer in der Hand, hatte aber mittlerweile vergessen, eine Nummer zu wählen.

Schneller und lauter spielten die beiden. Anfangs war es eine Gruppe von etwa fünf oder sechs Mädchen, die zu hüpfen und zu tanzen begannen. Andere klatschten den Takt mit.

Immer mehr Kinder setzten sich dazu, es war still geworden, außer der Musik, die nun fast ausgewachsen war und mit Kraft durch den Raum und bis in den Flur hinein schallte. Die wenigsten konnten jetzt noch still sitzenbleiben.

Ganz vorne an einer Seite hielten sich Jungs und Mädchen an den Händen und drehten sich tanzend im Kreis. Fast der ganze Rest bewegte sich auf den Beinen hin und her, gleichzeitig den Rhythmus mitklatschend.

Frau Singh traute weder Augen noch Ohren. Der Hörer des Telefons sank unmerklich, aber unablässig nach unten, die Schwerkraft hatte übernommen.

Durch die Tür zum Flur streckten sich immer mehr Köpfe. Mit neugierigen Blicken näherten sich Kinder und auch die Kollegen aus den anderen Gruppenräumen, angezogen von dem nie dagewesenen und anwachsenden Spektakel wie Motten von einer Lichtquelle.

Jetzt hob Noam die Stimme. Hell wie eine Glocke, laut, aber gleichsam filigran, fast zerbrechlich sang er die Melodie mit, begleitet von der Orgel und der Trommel. Wie flüssiges, hörbares Gold, so schien es allen, verwob sie das akustische Gefüge zu einer kompletten, harmonischen Einheit. Ein unschuldiges Gefühl der Sorglosigkeit und des Glücks umschloss je-den einzelnen Anwesenden wie Sonnenwärme.

Alle waren sie im Herzen berührt und ergriffen, denn Musik ist die Sprache, die jeder versteht, ohne sie mühsam erlernen zu müssen.

Sport? Mit Sicherheit! Und ein kleines Geheimnis

Mona kam verspätet zurück. Sie hatte die am Morgen „verlorene“ Zeit nachholen müssen und traf erst im Kindergarten ein, als der Großteil der Kinder längst zu Hause war. Ein paar Ganztagskinder mussten sich noch gedulden, bis auch ihre Eltern kamen, um sie abzuholen. Der Trubel um das kleine Konzert hatte sich friedlich aufgelöst. Mona wusste von alledem natürlich nichts, als sie den Gruppenraum betrat.

Noam saß mit den übrigen Kindern zusammen an einem kleinen Tisch. Auf einem großen Bogen Papier malten sie gemeinsam ein buntes Bild. Mona wurde direkt von Frau Singh abgefangen, die sich fast überschlug vor Lobeshymnen über den kleinen Musikus und sein außergewöhnliches Talent. Mona konnte kaum folgen, der Bericht klang sehr fantastisch, doch auch wieder sehr nach Noam.

Nachdem sie sich verabschiedet und Mona den Jungen in seine warmen Sachen gesteckt hatte, war sie kurz darauf mit ihm auf ihrem Rad unterwegs zurück nach Hause. So schön Frau Singh auch erzählen konnte und so voller Stolz und gerne Mona das auch alles hörte, sie hatte es eilig. Sie machte Tempo, denn sie hatte den Kleinen eigentlich schon vor dem Mittagessen wieder abholen wollen.

Unterwegs fragte sie über die Schulter: „Ist das wirklich wahr? Deine Kindergärtnerin hat mir da ja Unglaubliches erzählt, ihr habt ein Konzert gegeben?“

Noam lachte: „Naja, wir haben ein bisschen Musik gemacht, weil die anderen Kinder so unruhig waren. Nichts Besonderes.“

Mona lachte kopfschüttelnd. Er war immer so bescheiden. Eine der Eigenschaften, die sie an ihm so liebte. Aber wenn sie darüber nachdachte, liebte sie eigentlich alles an ihm. Zweifelsohne war er das ungewöhnlichste Kind weit und breit und auch noch musikalisch sehr begabt, wenn Frau Singh nicht maßlos übertrieben hatte. Aber warum sollte sie?

„Es tut mir leid, dass ich dich so lange hab‘ warten lassen, ging leider nicht anders. Aber du erzählst uns doch nachher alles beim Essen, weil dein Paps, genau wie ich, das bestimmt gerne von dir hören würde.“

Er tätschelte ihre Schulter.

„Ist alles gut, braucht dir nicht leidtun. Und ja, geht klar, Mom!“

Sie kamen fast zeitgleich mit Jacob zu Hause an. Oben in der Wohnung schlüpften sie aus den Jacken und Schuhen und die beiden Herren assistierten der lieben Dame bei der Vorbereitung des verspäteten Mittagsmahls.

Dann wurden sie von Mona mit den Worten „So, vielen Dank, aber jetzt kann ich euch hier nicht mehr gebrauchen!“ aus der Küche verjagt. „Setzt euch doch bitte – und Jacob, Noam wollte uns von seinem ersten Tag heute erzählen, da hat wohl jemand schwer Eindruck hinterlassen. Ich habe da so einiges gehört, was mich total stolz macht."

Sie strich ihm über die Wange. Noam winkte beschwichtigend ab und wich seitlich aus.

Warum überraschte das Jacob nicht wirklich? Er war schon im Vorhinein auf den Probetag und dessen Ausgang gespannt gewesen, sein Verdacht schien nun bestätigt. Doch Noams Version der Geschichte wollte er genauer unter die Lupe nehmen.

„Seine Kindergärtnerin, eine übrigens sehr nette Frau Singh, wollte gar nicht mehr aufhören mir vorzuschwärmen, was für ein Tausendsassa unser Sohn ist", rief Mona herüber zum Esstisch, auf dem Jacob und Noam gerade das Geschirr platzierten.

Die beiden setzten sich.

„Na jetzt bin ich ja mal gespannt, was du wieder angestellt hast, Junge!"

Jacob wollte Mona nicht verwirren, auch wenn er gleichsam Noam wohl wissen ließ, dass er ihn genau beobachtete, um seinem Geheimnis auf die Schliche zu kommen.

Noam schüttelte den Kopf. „Nichts Schlimmes angestellt. Die Kinder haben gezankt und waren unruhig. Da haben wir einfach ein bisschen Musik gemacht und sie beruhigt. Wir hatten alle nur ein bisschen Spaß zusammen. Stimmt's, Mom?"

Mona ging vorbei und holte etwas aus dem Schrank.

„WIR haben Musik gemacht? Frau Singh hat nur dich erwähnt."

„Jetzt auch noch Musik ...“, Jacob war ganz Ohr.

„Der kleine Junge und ich. Da war auch ein anderes Kind, das sich gelangweilt hat. Wir haben zusammen gespielt. Er hat getrommelt und fast die ganze Arbeit gemacht. Wenn ihr gesehen hättet, wie toll er das gemacht hat. Ich habe nur ein bisschen geklimpert.“

Jacob fragte skeptisch: „So? Woher konnte der denn so ‚toll‘ spielen gelernt haben und woher wusstest du das so schnell? Und wie heißt der kleine Junge mit der Trommel überhaupt?“

Noam fuhr sich durchs wuschelige Haar. „Anton heißt er. Aber der Name war erstmal gar nicht so wichtig. Bevor er ihn mir verraten hat, konnten wir uns auch ohne Worte ganz wunderbar miteinander unterhalten, mit den Instrumenten.“

In Monas Stimme schwang ein vorwurfsvoller Unterton mit: „Also Schatz, jetzt lass aber mal gut sein! Du klingst ja, als würdest du gegen den armen Kleinen polizeilich ermitteln! Pack den bösen Cop mal wieder ein und freu dich doch lieber über unseren Sohnemann!“

Am späten Nachmittag hatte Jacob eine Überraschung für Noam. „He, junger Bursche! Was würdest du dazu sagen, wenn wir zwei heute Abend einen gepflegten Männerabend verbringen würden?“

Noam sah erstaunt von seinem Zeichenblock auf und legte den Bleistift zur Seite. „Was ist ein ‚gepflegter‘ Männerabend, würde ich dazu sagen.“

Jacob sog die Luft ein. „Ha haa, du Schlaumeier! Pass auf, ich habe uns Karten für ein großes Basketballspiel heute Abend über einen lieben Arbeitskollegen besorgen lassen. Da ist immer ziemlich viel los. Bevor wir uns wie die meisten sinnlos vor den Fernseher schmeißen würden – wir haben ja sowieso keinen – könnten wir uns doch das Spiel in der großen Halle live anschauen. Mit allem Drum und Dran. Gemeinsam Zeit verbringen. Wie Männer, die zusammen was unternehmen und so. Der Weg dorthin ist übrigens eine schöne, stramme Wanderung, wie wär‘s? Interesse?"

Noam war schon auf den Beinen. „Klar, Paps! Lass uns losziehen!"

Jacob konnte ihn eben noch am Hosengurt festhalten. „Wir haben doch noch mehr als zwei Stunden Zeit, bevor wir losmüssen!"

Jacob freute sich, Noam die Atmosphäre, die Spannung und natürlich die Sportart zeigen zu können. Er selbst war schon lange nicht mehr bei einem solchen Spiel gewesen. Damals war er enthusiastisch und regelmäßig zu solchen Veranstaltungen gegangen.

Mit dem frühen Abend kam auch die Zeit des Aufbruchs. Mona hatte schon in ihrem Schlafanzug die Couch in Beschlag genommen, die, nachdem Noams Zimmer mit Bett und den anderen Möbeln komplettiert worden war, wieder zu ihrem angestammten Platz im Wohnzimmer zurückgefunden hatte.

Mona freute sich über die sturmfreie Bude. Sie wickelte sich dann immer gern in ihre Kuscheldecke und widmete sich einem Buch oder telefonierte mit ihrer Schwester, die dann genauso unter ihrer Decke lag. Ein altes, geliebtes Ritual der beiden. Absichtlich laut schlürften sie dabei ihren Lieblingstee und tratschten. Trotzdem dachte sie an ihre beiden liebsten Kerle, die sich trotz der Kälte auf den Weg gemacht hatten, um zusammen ihren ersten richtigen „Männerabend" zu verbringen.

Die beiden Tapferen waren auch schon ein gutes Stück zu Fuß unterwegs, überquerten gerade den Fluss und schlenderten dann im Zickzack durch ein Gewirr von Seitenstraßen. Jacob schlug vor, die Straßenbahn zu nehmen, aber Noam hatte gerade Spaß am Wandern.

„Sag mal", begann Jacob, „woher kannst du so ein Musikinstrument spielen? Eine Handorgel aus Asien, die du mal in Südafrika zu spielen gelernt hast? Komischer Zufall, oder?"

Noam winkte ab. „Nein. Gezeigt hat mir das niemand. Ich habe einfach darauf rumgeklimpert, dann kamen da die richtigen Töne so raus."

Das war Jacob nicht Antwort genug. „Wenn ich aber richtig gehört habe, waren das nicht einfach irgendwelche zufälligen Töne, sondern sowas wie eine richtig komplizierte Melodie. Also, wenn ich einfach irgendwas klimpere, würden die Menschen eher fuchsteufelswild werden oder davonrennen, anstatt sich zu beruhigen, zu bleiben und mitzumachen!"

Noam hielt ihn am Arm fest. „Die Orgel war nur das Werkzeug, mit dem ich versucht habe, mit allen gleichzeitig zu sprechen. Weil Menschen lieber Musik hören anstatt auf strenge Befehle, habe ich für diesen Moment einfach ein passendes Werkzeug genommen."

Die beiden kamen aus einer größeren, ziemlich belebten Straße. Ein breiter Platz erstreckte sich vor ihnen. Die riesige Sporthalle ragte in der Mitte empor. Eine moderne Arena, von Scheinwerfern vielfarbig angestrahlt. Von Weitem konnte man rundherum und davor eine beachtliche Anzahl sportbegeisterter Leute erkennen, Groß und Klein, alles schob sich wie auf ein unhörbares Kommando zielsicher vor den Eingang. Das Spiel ging wohl bald los.

Jacob und Noam vereinten sich mit der Masse. Überall ausgelassene Menschen mit Trikots und Schals ihrer favorisierten Mannschaft und Spieler. Hier und da jemand mit einer Trommel und da und dort einige mit anderen Utensilien, mit denen man Stimmung und Lärm machen konnte und auffallen wollte.

Noam hielt sich an Jacobs Mantelgurt fest. Eine Technik, die er sich schon früh angeeignet hatte, um sich von Jacob beim Gehen ein bisschen mitziehen zu lassen. Das war auch praktisch, wenn man sich in einer Situation wie jetzt gerade nicht aus den Augen verlieren wollte.

Die Leute standen so dicht zusammen, dass Noam kaum etwas um sich herum sehen konnte. Jacob mit seinen fast zwei Metern dagegen konnte mehr als die meisten anderen überblicken.

Menschen, Werbetafeln, grelles Licht, Zigarettenqualm, akkurat um die Abfalleimer ausgelegter Müll, Ticketschalter und Kontrolleure. Überall um sie herum Werbeaktionen und Hostessen in knappem Dress, die Verträge und Werbegeschenke unters Volk zu bringen hatten. Getränkestände,

Flyer, Luftballons bedruckt mit dem Sponsor – damit auch die Kinder schon an das Logo gewöhnt wurden – gehetzte Gesichter, die in Richtung der Bratwurst- und Getränkestände eilten, um sich vor dem Anpfiff einzudecken.

Irgendwas ist anders heute Abend ... Aber was? – Naja, höchste Zeit, in die Halle zu drängeln, um unsere Plätze zu finden!

Beim Betreten der riesenhaften Halle hatte Jacob gleich das Gefühl, alles etwas deutlicher zu hören als bei seinen früheren Besuchen hier. Es lief laute, aufpeitschende Musik über die monströsen Lautsprecher, die den Sound im Kreis durch die Arena schickten.

Mit seinem Sohn im Schlepptau schummelte er sich am Spielfeldrand entlang auf die andere Seite. So ersparte er sich den längeren und beschwerlicheren Weg über die anderen Blöcke, die bereits von den Massen bevölkert waren. Sie erklommen ihre Tribüne, um in Reihe zehn ihre Plätze acht und neun zu besetzen. Die Stimmung war aufgeheizt, Vorfreude und Ungeduld auf den ersehnten Spielbeginn fast fühlbar. Schließlich war es das Finalspiel um die Jahresmeisterschaft.

Die beiden legten die Jacken und Noam seine Mütze ab, nahmen Platz und warteten wie alle anderen auf den Auftakt des Ballsportabends.

Noam schaute sich um, verdrehte die Augen und schlackerte mit den Beinen hin und her. Jacob war sich nicht ganz sicher, ob der Junge den kleinen Crashkurs auf dem Hinweg über den Ablauf eines Basketballspiels mitsamt den komplizierten Spielregeln auch nur ansatzweise verstanden hatte.

Das schien ihn aber auch gar nicht wirklich zu kümmern. Er war so fröhlich und pflegeleicht wie immer, sehr gut.

Eine Viertelstunde verstrich und die Leute wurden noch unruhiger, als sie ohnehin schon waren.

So eilig hat man es wohl dann doch nicht, den Sieg und den Meisterschaftstitel zu erringen, dachte Jacob, als es plötzlich laut aus den Lautsprechern knackte und knarzte.

Die Kommentatoren meldeten sich erstmals zu Wort. Es folgten die Begrüßung, die üblichen Ansagen, das Loblied auf die Sponsoren, viel Hin und Her und dann die Vorstellung der Mannschaften des Abends. Die Protagonisten wurden unter wildem Jubel, Gegröle, viel Applaus und Gepfeife einzeln und zusätzlich mit ihren Spitz- oder Kampfnamen wie Gladiatoren vorgestellt. Dann joggten sie, ihre typischen Mätzchen und Moves abziehend, auf das Feld.

Komisch, dachte Jacob bei sich, *ist mir nie so aufgefallen, wie übertrieben laut und hektisch schon allein das Auflaufen der Stars in Szene gesetzt wird ...*

Die Vorstellung verschlang gut und gerne weitere fünfzehn Minuten, untermalt von heroischer Musik, dramatisiert von Scheinwerfern und wilden Pyrotechnikeffekten.

Als alle Beteiligten auf dem Spielfeld ihre Plätze und Bänke am Rand besetzt hatten, ging noch einmal für einige Sekunden das Licht aus. Danach nahmen die Spieler, Coaches und Schiedsrichter ihre Plätze ein.

Das Spiel hatte mittlerweile begonnen. Noam saß teilnahmslos da und schaukelte mit den Füßen.

„Langweilst du dich?“ Jacob war es aufgefallen.

„Nein, nein Paps! Ich zähle nur die Luftballons von den Kindern auf den Tribünen.“

Erste Unterbrechung des Spiels. Die Cheerleader nahmen tippelnd ihre Positionen auf dem Feld ein und starteten ihre Choreografie, um nach nicht einmal einer halben Minute wieder hinter der Absperrung zu verschwinden.

Jacob stieg der Geruch von schalem Bier des Sitznachbarn in die Nase. Ein Becher voller kohlensäureloser Plörre, die in rhythmischen Intervallen aus dem Gefäß auf den Boden platschte.

Er versuchte seine Aufmerksamkeit wieder auf das Geschehen unten auf dem Parkett zu richten. Dabei wurde er von Bewegungen an der Seitenlinie abgelenkt.

Das Maskottchen der Heimmannschaft vollführte nach jedem Treffer ein paar unmotivierte Drehungen an der Seite des Feldes, wenn es nicht gerade damit beschäftigt war, halbherzig klatschend und mit den immer gleichen an-feuernden Gesten das Publikum anzustacheln.

So ranzig wie das Fell aussieht, hätte ich wohl auch keine Lust, in so ein stinkendes Kostüm zu steigen und den Clown für die Massen zu spielen!, ertappte sich Jacob in Gedanken.

Irgendwie kam ihm das Spiel, aber besonders das Drumherum, langsam immer belangloser und unsinniger vor. Die Sicht engte sich kurz ein. Drei bullige, schwarz uniformierte junge Männer walzten die Treppe der Tribüne hinauf. Security. Mächtig wichtige Miene eingefräst in die starren Gesichtszüge. Achtung, Platz da!

Mensch, die haben ja auch richtig Spaß …

Er schaute umher, aus dem Augenwinkel fiel ihm ein Pärchen auf der Tribüne links von ihm auf. Der jüngere Mann massierte ihren Nacken, aber an ihrem Gesichtsausdruck war mehr als klar zu erkennen, dass sie gar keine Schmerzen oder Verspannungen hatte, sondern eher fürchterlich genervt war und sich nicht die Bohne für Ballsport interessierte.

Sie musste wohl erst lange überredet werden mitzugehen. Jacob musste schmunzeln.

Das Spiel nahm langsam mehr und mehr an Fahrt auf. Es ging ruppiger zu.

Bei jedem Foul sprangen die Leute ringsherum von ihren Sitzen und regten sich fürchterlich auf. Bei jeder Auszeit hüpften mittlerweile jedes Mal die Cheerleader Girls auf die Fläche und zogen ihre Show durch. Neben Jacob klatschte und applaudierte ein überengagierter Fan in einer Lautstärke, dass er sich fast das linke Ohr zuhalten musste.

Diese armen Mädels – jedes Mal aufs Feld hetzen und für 20 Sekunden mit dem Hintern wackeln ... Wie lange haben die wohl für den Ablauf trainiert und geübt? Hm, scheint ihnen ja trotzdem zu gefallen, sich für jeweils einen Wimpernschlag so zur Schau zu stellen. Und dann der Kerl hier neben mir, der so laut klatschen muss, dass ihm fast die Hände platzen und mir gleich das Trommelfell! Als hätte das einen Einfluss. Als würde der unmittelbare Sieg davon abhängen, obwohl die Heimmannschaft sowieso schon mit 20 Punkten vorne liegt, im vorletzten Viertel! Jedes Mal macht er Fotos und Videos von den Cheerleadern mit seinem Handy und der ganze Boden unter ihm ist zugemüllt mit Getränke- und Eisbechern. Mit immer Neuen kommt er in jeder noch so kleinen Pause zurück zu seinem Platz gehetzt, bevor es weitergeht.

Jacob fühlte sich merkwürdig, klein und fast ein bisschen traurig.

Wieso fällt mir das alles so stark auf? Sonst war ich doch auch immer einer, der voll mitgefiebert, gepfiffen, applaudiert und komplett gefesselt mitkonsumiert hat. Wie die Leute nur für eine kurze Zeit, für die Dauer der Veranstaltung ihr alltägliches Leben beiseiteschieben und sich voll im Amüsiermodus gehenlassen und vergessen. Das mitanzusehen ist mir … unangenehm? Warum ist diesmal alles anders? Was ist anders? Warum empfinde ich das alles als wahnsinnig belanglos, ordinär? Auch irgendwie banal, als … wahnsinnig. Moment! Ja, irgendwie schon. Wahnsinnig laut, wahnsinnig unwichtig und so spektakulär übertrieben! Ich liebe diesen Sport, der bleibt immer gleich und was die Spieler leisten, ist großartig. Aber heute ist mir eigentlich ziemlich egal, wer gewinnt.

Im nächsten Moment befand sich Jacob woanders. Physisch saß er natürlich noch immer auf seinem Platz auf der Tribüne. Nur kam er sich vor, als sei er meilenweit weg. Zuerst hatte er es überhaupt nicht bemerkt, so vertieft war er in seine Gedanken gewesen.

Was ist denn jetzt los? Hatte ich gerade einen Hörsturz? Schmiert mir mein Kreislauf ab? Fühlt sich so ein Kollaps an?

Als wäre eine riesige Glasglocke über ihn gestülpt worden, schienen alle Geräusche um ihn herum gedämpft zu sein, fast verstummt. Das Spiel lief weiter, die Menschen bewegten sich nach wie vor, doch wie in Zeitlupe.

Ich fühle mich merkwürdig wohl, mir geht es blendend und ich bin in Sicherheit. Wenn das ein Anfall sein soll ... Kann nicht sein, ich glaube – ich weiß, dass es etwas anderes sein muss!

Er war alleine für sich, aber auch wieder nicht. Nicht ganz. Es war ein Moment klarer und intensiver Ruhe, ohne jede Ablenkung oder Schläfrigkeit. Direkt neben ihm hätte die Hölle losbrechen können. Er hätte es nicht gemerkt und es wäre ihm auch ganz egal gewesen. Er wusste, dass ihm in diesem Moment nichts, aber auch gar nichts etwas anhaben konnte.

Hängt das mit Noam zusammen? Meine Gedanken und die Beobachtungen von vorhin, die ich so noch nie vorher hatte? Dieser Augenblick jetzt gerade und dass mir das ganze Spektakel hier in der Halle an diesem Abend so nichtig und so unwirklich vorkommt?

Er bewegte die Augen, sah einige Meter vor und unter sich aufs Spielfeld. Ein Spieler dort schien seit Minuten in der Luft zu hängen. Den Arm und die Hand zum ebenfalls auf der Stelle schwebenden Ball hingestreckt.

Bevor Jacob zu sich und wieder zurückkam, fühlte er sich an einen Tauchgang in einem Schwimmbecken im Freibad erinnert. Er empfand sein momentanes Stadium vergleichbar mit dem fast schwerelosen Körpergefühl unter Wasser, das ihn vollständig umgab, Töne ausfilterte und in ihm das Gefühl der Einzigartigkeit und Isolation verstärkte.

Dieser Zustand endete schließlich ziemlich abrupt. Jacob war wieder da. Als wäre er mit dem Kopf, die Wasseroberfläche durchstoßend, wieder aufgetaucht. Der Hallen- und

Umgebungslärm kehrte zurück. Auch bewegte sich alles wieder in gewohntem Tempo.

Gerade surrte es durch die Lautsprecher, der Spieler von eben hatte gepunktet. Wie lange er auf diese Weise weggewesen war, wusste Jacob nicht zu schätzen, ihm war, als sei er gerade aufgewacht.

Noam. War er der Grund für diese ungewöhnliche Erfahrung? Er konnte sich keinen logischen Reim darauf machen. So am Grübeln schaute er geistesabwesend nach rechts unten ... Noam war nicht mehr da!!!

Ein heißer Schreck schlug in den Scheitel ein, fuhr durchs Rückenmark und raste die Wirbelsäule hinab. Kalter Schweiß durchdrang binnen Sekunden Haut und Poren.

Wie konnte ich überhaupt nichts mitbekommen, wie ist das denn jetzt passiert? Oh bitte, lass das jetzt alles einen schlechten Witz sein! Ver-dammt, verdammt, was mache ich jetzt? Mona wird mich umbringen!

Jacobs Geist malte sich ein Horrorszenario nach dem anderen aus und raste, davon geblendet, auf dunklen Gedankenpfaden wie durchgegangene Pferde in Panik durch den nächtlichen Wald.

Wo kann er nur sein? Was, wenn der arme Junge an jemand Falschen geraten, wenn er entführt worden ist? Wenn er sich verlaufen hat?

Er sprang von seinem Sitz auf.

Oh Mann Jacob, was bist du nur für ein Riesenidiot! Ganz ruhig ... okay, das ist jetzt neu. Hysterie bringt dich trotzdem auf keinen Fall weiter. Tief einatmen. Aber weit kann der Racker ja nicht sein, oder doch? Einerseits ist er ein kleiner Junge von fünf Jahren, andererseits ...

Jacob begann die Stufen der Tribüne mit der Schnelligkeit und Trittsicherheit einer Bergziege emporzuspringen, wenn auch viel weniger graziös.

Er machte sich fürchterliche Sorgen und Vorwürfe. Er war wütend, aber auf sich selbst. Ein kurzer Gedanke, ein kurzes Zögern, schon befand er sich wieder in Richtung Spielfeld auf dem Weg nach unten. Zum Glück war gerade Pause vor Beginn des letzten Viertels. Jacob raste quer über die Ebene, endlos erschien sie ihm. Laute Beifallsrufe begleiteten ihn und seine sportliche Höchstleistung im Kurzstreckensprint.

Wie gut, dass Noam so vorhersehbar ist!

Er musste grinsen, ihm blieb ja immer noch die Ironie, oder war es schon verzweifelte Geistesverwirrung?

Der Hallenlärm wurde weniger. Gerade noch durch eine massive Abschnittstür, dann schon um eine Ecke herum sah man einen gestresst schnaufenden Grafikdesigner in seiner Freizeit durch Korridore und Gänge hasten, die gemeinerweise alle gleich aussahen und kein Ende nehmen wollten. Vorbei flog er an den Verkaufsständen, die in der Pause wieder unter Maximalbelagerung standen. Mitten durch Menschengruppen mit Scheuklappen, die nur den unmittelbar vor ihnen liegenden Bereich einsahen und lautstark Smalltalk betrieben. Sie riefen ihm spöttisch nach, dank geschmeichelten Selbstvertrauens durch die Sicherheit des sie umgebenden Rudels. Er bekam es nicht einmal mit.

Nach einer weiteren zu eng genommenen Neunzig-Grad-Ecke – plötzlich ein Zusammenprall mit einem unangenehm soliden Hindernis.

„Mensch Jacob! So dringend? Die Toiletten sind doch in der anderen Richtung!“

Der ehemalige Kommilitone von damals schüttelte den Kopf und rieb sich die Schulter.

„Joa, schönen Abend auch dir. War nett, mal wieder mit dir geplaudert zu haben!“

Jacob hörte nichts, er war schon fünfzehn Meter weiter und steuerte auf die nächste Ecke zu, diesmal aber bremste er die Kurve vorher an.

Langsam geriet er ein wenig außer Atem. Das musste ganz sicher am Stress liegen. Er hatte zu gepresst und stoßweise Luft geholt. Er entschied, dass es nichts brachte, wie ein Irrer durch Gänge und Räume zu sprinten. Jacobs Hirn hatte sich glücklicherweise wieder eingeschaltet und gab, der Situation angemessen, soeben folgenden Lösungsvorschlag heraus: *Lass den Burschen doch einfach mittels Mikrofon und über Lautsprecher von den Kommentatoren ausrufen!*

So würde doch mit Sicherheit jemand seinen Sohn finden oder erkennen. Mehrere aufmerksame Augenpaare waren immer besser als nur ein panisches. Des Weiteren sollte es eine ziemlich überschaubare Zahl Fünfjähriger in der Halle geben, auf die Noams Beschreibung passte. Also machte sich Jacob in Dauerlaufgeschwindigkeit auf den Weg nach oben, endlich ein erreichbares Etappenziel vor Augen.

Ganz oben angekommen, lief er an einem gigantischen Glaskasten vorbei. Als er gerade wieder beschleunigen wollte, blitzte etwas in sein peripheres Sichtfeld.

Jacob bremste ab, drehte sich um und spähte durch die mächtige Front der VIP-Lounge. Jenes Glasterrariums, welches die sehr wichtigen Mehrverdiener von den weniger wichtigen Personen abtrennte, die sich die abgestandene, schwitzige und mehrfach umgewälzte Hallenluft teilen mussten.

Er legte die Hände an die Scheibe, was umgehend Protest und wütendes Gebaren auf der Innenseite zur Folge hatte. Davon nahm er keinerlei Notiz, denn er war einfach zu verblüfft über den Anblick, der sich ihm drinnen und weiter hinten bot.

In einem weiten Kreis standen dort sichtlich gut betuchte Menschen in schicken Anzügen und Abendkleidern beieinander. In den Händen hielten sie große Gläser voll exotischer Getränke. Ihre Aufmerksamkeit galt nicht dem Basketballspiel, sondern dem Geschehen in ihrer Nähe.

Im Zentrum des Raumes hing ein übertrieben großer Monitor ausladend von der Decke herunter. Die Leute freuten sich über etwas in ihrer Mitte, schauten abwechselnd nach innen und dann wieder hinauf zum Monitor. Alle lachten. Das war unschwer zu übersehen und zu überhören. Viele hielten sich gegenseitig fest und andere hatten schon vor Lachen Tränen in den Augen.

Jacob pirschte an der Außenscheibe hin und her, wie ein Tiger in seinem Zoogehege. Er versuchte verzweifelt, einen Blick auf den inneren Bereich des Menschenkreises zu erhaschen. Zwischen den Schaulustigen bewegte sich etwas. Eben ging eine Person zur Seite und gab kurzzeitig den Blick frei.

Um Himmels willen! War das … war das da drinnen jetzt wirklich … Noam?!

Jacob traf ein weiterer Schlag in den Nacken, ein Schweißausbruch jagte den nächsten.

Ich werd‘ nicht mehr. Was ist denn jetzt schon wieder los?

Durchaus besorgt, und doch tief beruhigt und froh, den Jungen wiedergefunden zu haben, spurtete er um eine gläserne Ecke und suchte einen Zugang nach drinnen. Er rannte weiter die oberste Empore entlang, dann aus der Halle in einen Gang. Er bog nach rechts ab und in einem großen hellen Flur erkannte er vor und neben sich die Türen zur Lounge, alle mit dem Schild VIP-AREA gekennzeichnet.

Die Türen waren geschlossen, bis auf eine, etwa zwanzig Meter vor Jacobs momentaner Position. Diese stand komplett offen und er konnte bereits das laute Gelächter der Menschen bis zu sich in den Flur hören.

Er stoppte völlig verausgabt vor der Türöffnung und riskierte einen Blick ins Innere. Was er nun sah und hörte, hätte fast ausgereicht, ihn gleich an Ort und Stelle zusammenbrechen zu lassen. Dazu fehlte nicht mehr viel.

Noam stand da wie ein Rapper auf einer Bühne, von Zuschauern umringt. In der Mitte des großen Raumes stehend, mit einem Mikrofon in der Hand, blickte er auf den massiven Bildschirm. Die Leute schauten abwechselnd ihn, dann wieder den Monitor an.

Kommentierte er etwa das Spiel? Jacob musste sich anlehnen. Noams Stimme war laut und deutlich in der Kabine, nicht aber außerhalb in der Halle zu hören. In einem Irrsinnstempo erzählte er einfach das, was unten auf dem Parkett passierte. Er überschlug sich fast in seiner hohen Stimmlage, dass den Leuten vor Lachen Hören und Sehen verging. Auch nannte er jeden Spieler nur mit dem zuvor bei der Vorstellung gehörten Spitznamen und gebrauchte hier und da ganz eigene Fachausdrücke, die so irrsinnig waren, dass das Ganze beinahe schon einer Komödie gleichkam.

Es waren seine abgebrühte Art und Weise, sein Witz und sein Charme, mit denen er die Leute an seine Lippen fesselte und begeisterte.

Jacob rappelte sich am Türrahmen wieder auf und wollte dem Spuk ein Ende bereiten. Er hatte kaum Basketball, aber mehr als genug Aufregung für die nächste Zeit gehabt.

Er wollte eben durch den Eingang schlüpfen, als dieser sogleich von einer massiven Gestalt fast zur Gänze versperrt wurde.

Er blickte auf und sah die Umrisse eines Mannes, der noch ein gutes Stück größer als er selbst war. Der Chef der örtlichen Security-Truppe, ein Hüne mit dunkler Hautfarbe und glatt rasiertem Kopf funkelte ihn mit großen Augen von oberhalb des Türrahmens herab an. Er war völlig entspannt, schaute sehr gelassen, aber ernsthaft Jacob direkt ins Gesicht. Mit einer Stimme, so tief, dass Jacob die Vibration im Gesicht spüren konnte, sagte er ruhig, aber bestimmt: „Kein Zutritt ohne Mitgliedskarte."

Er kreuzte die Arme vor der Brust, füllte nun den Zugang komplett aus, dass man nicht einmal mehr eine Hand zwischen ihn und den Türrahmen bekommen hätte.

Jacob war zu weit gerannt, hatte sich zu sehr geärgert und gesorgt, um jetzt einen Rückzieher zu machen, zu stammeln oder zu stocken. Schließlich ging es um sein ausgerissenes Kind.

„Da drinnen, da hinter Ihnen! Der ... der Entertainer bei Ihnen da drinnen, das ist mein Sohn! Ja, mein Sohn, den ich seit bestimmt über zwanzig Minuten verzweifelt gesucht und jetzt endlich hier oben gefunden habe!"

Der Riese sah ihn belustigt an und kniff ein Auge zu.

„Ihr Sohn, soso, aha. Schon klar. Wie kann mir das nur entgangen sein!" Er grinste, seine schneeweißen Zähne leuchteten. „Ja, na sicher, der ‚Vaaater'. Ihnen ist aber schon irgendwie mal aufgefallen ..." er deutete auf seinen blanken Unterarm.

„Ähm, oh nein, verzeihen Sie bitte vielmals", Jacob wurde tiefrot, „DAS habe ich nicht gemeint! Er ist mein Adoptivsohn, mein Adoptivkind!"

Es war ihm unendlich peinlich und er fühlte sich erbärmlich.

„Ach ja, natüürlich! Jetzt ist's plötzlich der Adoptivvater, mein Fehler. Dass ich DAS übersehen habe, liegt ja klar auf der Hand, nicht wahr? Oder wollen wir uns vielleicht nur hier versuchen umsonst einzuschmuggeln, hm?"

Dabei blieb er immer noch völlig ruhig und Herr der Lage, hatte sichtlich Spaß daran, Jacob zu verulken. Innerlich platzte er aber fast, so sehr musste er sich das Lachen verkneifen.

Von innen war eine Jacob allzu bekannte Stimme zu hören.

„Kannst du ihn nicht endlich bitte reinlassen, Mike?"

Sicherheitschef Mike drehte sich zur Seite, es wurde wieder hell, die Tür war frei und Jacob sah Noam dem großen Mann zuzwinkern.

Der lächelte ihm zu, dann verfinsterte sich sein Gesicht wieder und er sagte in einem Bass wie aus dem Grab: „Na, dann wollen wir mal nicht so sein, nicht wahr ... DADDY?"

Dann brach er in schallendes, hohes Gelächter aus und legte Jacob seine Riesenpranke auf die Schulter.

„Tut mir leid, aber mein kleiner Kumpel hier hat mich gebeten, dich ein bisschen auf den Arm zu nehmen." Schon musste er wieder loslachen. „DADDY!"

Als Jacob sich eine Weile später wieder gefangen hatte und ruhig die Luft der Klimaanlage einatmete, sammelte er seine Kräfte für die Heimkehr.

Noam saß brav neben ihm auf einem der Barhocker, nachdem er seine One-Man-Show beendet hatte und frenetisch dafür gefeiert worden war.

Mittlerweile waren die meisten Leute wieder mit dem Spiel beschäftigt, das sich seinem Ende näherte. Jacob stand auf und nahm Noam an die Hand, winkte noch einmal pro forma und wandte sich zum Gehen. Eine hübsche junge Dame, mit schwerem, klapperndem Schmuck behangen, beugte sich zu Noam herunter.

„Das war vielleicht ein Spaß! Ich weiß nicht, wann ich das letzte Mal so gelacht habe. Das war ja … Du warst einmalig!"

Sie tippte ihren Begleiter an, der sich umdrehte, anfing zu lachen und in die Runde rief: „Bedankt euch doch nochmal bei unserem kleinen Moderator hier, der uns für kurze Zeit mal wieder alle in Kinder verwandelt hat! Bist herzlich eingeladen wiederzukommen, vielen Dank!"

Die Umstehenden traten fröhlich klatschend zurück und formten eine Gasse.

Der Redner flüsterte Jacob zu: „Nichts für ungut. Passen Sie auf Ihren Goldjungen auf. Der scheint wirklich was ganz Besonderes zu sein. Sie sind ihm doch nicht allzu böse, oder? Kommen Sie gerne wieder beim nächsten Spiel, dann ersparen Sie sich den ganzen Stress, ja?"

Er klopfte Jacob freundschaftlich auf den Rücken, der nichts zu sagen wusste und zusah, dass er die Lounge mit seinem Adoptivshowmaster möglichst schnell und unauffällig verließ. Mit dem war noch ein Hühnchen zu rupfen.

Es war kalt, es war Nacht. Schweigsam gingen Vater und Sohn nebeneinander her, eine hell erleuchtete schnurgerade Straße entlang.

„Ich dachte, du wärst intelligent." Jacob war sauer. „Ich dachte, du bist besonders und besonders intelligent. Selbst Kinder, die nicht ansatzweise dein Kaliber haben, wissen, dass Eltern oder die Verantwortlichen einen Heidenschreck kriegen, wenn das Kind einfach verschwindet. Die machen sich dann fürchterliche Sorgen. Es könnte ja irgendwas passieren, was Schlimmes zum Beispiel. Nicht alle Erwachsenen sind nette Erwachsene. Außerdem kann es sein, dass Eltern, die nicht auf ihr Kind aufpassen können, weil das Kind immer irgendwelchen unvorhersehbaren Unsinn macht, das Sorgerecht entzogen bekommen und ihnen das adoptierte Kind wieder weggenommen wird. Das zerstört dann das Leben besonders von der Mutter, die ihr Kind über alles liebt. Die Eltern sind dann ganz traurig, weil das Kind weg ist, und sie kommen sich vor wie unfähige dumme Menschen, die es nicht verdient haben, ein Kind erziehen zu dürfen. Aber in deinem Fall scheint sich das Kind selbst und die armen dummen Eltern gleich mitzuerziehen, kann das sein?"

Noams Blick war besorgt. „Warum sprichst du zu mir, als wäre ich schwer von Begriff? Ich habe schon verstanden. Du bist wütend auf mich. Ich war doch ganz in der Nähe, nur ein paar Meter weit weg."

Jacob wurde lauter. „Du sagst es: Du warst WEG! Wie weit du genau weg warst, kann ich doch nicht wissen. Ist auch nicht wichtig! Fakt ist, du warst weg und ich zutiefst erschrocken darüber. Du hast dich einfach aus dem Staub gemacht, ohne mir etwas zu sagen! Das tut man nicht, ich bin schließlich für dich verantwortlich!"

Noam fragte ruhig: „Hättest du mich denn dorthin gehen lassen, wenn ich vorher gefragt hätte?"

Jacob verschluckte sich fast.

„Um Himmels Willen! Nein! Wir waren zusammen dort, um uns das Spiel anzusehen. Hab' ich zumindest angenommen. Zu-sam-men! Wenn ich alleine das Spiel hätte sehen wollen, wäre ich auch alleine hingegangen. Dann hätte ich es auch verfolgen können und mir wäre ein halber Herzinfarkt und viel Ärger erspart geblieben. Außerdem, warum bist du überhaupt abgehauen und was wolltest du eigentlich da oben in diesem VIP-Raum?"

Noam schluckte. „Ich wollte einen anderen Blickwinkel ausprobieren. Ehrlich gesagt ist mir, nachdem du mich gefragt hast, doch ziemlich schnell langweilig geworden. Du selber hast vor gar nicht langer Zeit gesagt, dass man mit seiner Zeit etwas Sinnvolles anfangen sollte. Hast du nicht auf deinem Platz gesessen und dich gefragt, was du eigentlich dort machst? Warum du keinen Gefallen an all dem hast und warum dir das da alles so sinnlos, komisch und belanglos vorkommt? Hast du dich wohl gefühlt inmitten von alledem? Hast du nicht die Menschen beobachtet? Das Pärchen in der Nähe, das Maskottchen, die Cheerleadermädchen, den Mann neben dir, der dich mit seinem Geklatsche fast wahnsinnig gemacht hat? Hast du sie nicht auf eine Art bemitleidet und teilweise belächelt? Hättest du nicht auch viel lieber etwas anderes gemacht, wärst am liebsten aufgestanden und hättest etwas erlebt, etwas, was dich und andere glücklich macht? Das … habe ich gemacht."

Jacob war nicht überrascht. Er wurde ganz ruhig. Er wusste es. Eigentlich wusste er schon seit dem Abschied von der Fee im Adoptionshaus, dass er sich entweder Dinge einbildete oder dass es seitdem nicht mit rechten Dingen zuging.

Jetzt war er erleichtert, dass er komplett bei Sinnen war, die ganze Zeit über. Man musste ja nur eins und eins zusammenzählen: Das Zwinkern mit der Fee damals und ihr mysteriöses Verschwinden. Die erste Zeit mit Noam, wie er an einem Abend plötzlich wie aus dem Nichts losredete. Die Art und Weise, WIE er redete, wie er sich verhielt. Seine Wirkung auf Menschen und die Sache mit der Musik im Kindergarten.

Klar, für Mona war es ihr kleiner Wunderknabe, ihr besonderes, spezielles, geliebtes Wunderkind. Mehr wollte sie auch nicht in ihm sehen. Das brauchte sie auch nicht, denn sie hatte endlich, was sie sich so innig gewünscht hatte. Die bedingungslose Liebe zu ihrem eigenen Kind.

So war also ein Wunderkind zu ihnen gekommen, aber aus welchem Grund?

„Warum ich?" Jacob fragte das ganz sachlich, seelenruhig.

„Weil du schon immer auf der Suche bist. Jeder sucht etwas, stimmt's? Jeder sucht etwas im Leben, aber die wenigsten wissen, was genau. Du suchst etwas Tieferes und Sinnvolles, etwas Echtes, richtig? Vor allem aber muss man gute, kluge Fragen stellen, wenn man zufriedenstellende Antworten erwartet."

Jacob war verwirrt, der Ärger vergessen und verflogen. „Du meinst, ich hätte gute Fragen? Was soll ich denn fragen? Ich soll … DICH fragen? Ist das dein Ernst?"

Noam lächelte wieder sein schalkhaftes Lächeln.

Über ihnen flackerte eine Straßenlaterne.

„Eine intelligente Antwort kannst du von jemandem einfach gehört, aufgeschnappt und auswendig gelernt haben. Große Wissenschaftler oder Philosophen zum Beispiel zitieren kann jeder. Aber für eine wirklich gute Frage, auf die man eine für sich passende Antwort bekommen möchte, muss man selber vergleichsweise gut nachgedacht haben."

Eine weitere Laterne über ihren Köpfen flackerte und ging dann aus. Jacob drehte sich um. Die gesamte Straße hinter ihnen lag in vollkommener Dunkelheit. Alle Laternen waren erloschen.

„Mit den Fragen und Antworten ist es wie mit Licht und Dunkelheit. Das Licht vertreibt immer die Dunkelheit. Wenn du in einem stockfinsteren Raum sitzt, kannst du nicht einmal die Hand vor Augen sehen. Eine kleine Kerze reicht schon aus und der Raum wird erhellt. Dann kannst du zumindest in unmittelbarer Nähe etwas erkennen. Das Kerzenlicht scheint vielleicht nicht bis in die Ecken des Raumes, trotzdem sitzt du nicht mehr in vollkommener Dunkelheit. Du siehst schon ein wenig mehr und bist auch zuversichtlicher. Nimmst du die brennende Kerze mit dir und gehst ein paar Schritte, dann erkennst du eventuell irgendwann die Wand oder die Ecken."

In einem Sekundenbruchteil fielen auch die restlichen Laternen aus. Die Straße vor und hinter ihnen lag in schwärzeste Finsternis getaucht.

Jacob meinte wieder diesen Unterton gehört zu haben. Dieser schwang manchmal hinter der Kinderstimme mit und kam ihm so sonderbar vertraut vor. Entfernt und ungreifbar, aber niemals fremd. Die Worte hallten ihm noch im Gedächtnis nach. Er fühlte, wie sich seine Sichtweise leicht änderte, so wie die Perspektive sich ein klein wenig verschiebt, wenn man vor dem Spiegel einen Schritt zur Seite macht. Man sieht sich noch immer vor dem Spiegel stehen, nur hat man ein anderes Bild seiner Umgebung. Minimal verschoben, dennoch ein anderes Bild.

„Noam?"

Die umgebende Dunkelheit fiel ihm erst jetzt auf. Da war die reine Kinderstimme wieder, aus der Finsternis sagte sie warm und hell: „Hier. Hier bin ich. Grübel' nicht so viel, Paps. Habe nur ein bisschen Spaß gemacht!"

Jacob erschrak fast, denn auf einen Schlag wurde es hell, die ganze Straße war, so weit das Auge reichte, wieder von Laternen erleuchtet.

„Die Lichter ... also du warst das?! Die ganze Zeit über hast du ... auch damals schon, als ich panisch durch die Agentur gerannt und daraus geflüchtet bin? Der Aufzug, die Telefone ... oh du kleiner – wusste ich's doch, dass ich nicht wahnsinnig geworden bin!"

An Noams Grinsen erkannte er, dass er recht hatte, und musste herzlich lachen.

Dominanz oder Demut

„Na, wie läuft's zwischen euch beiden, wie fühlst du dich so als ... Paps?"

Mona und Jacob kosteten die Stunden vor dem Schlafengehen aus, die sie für sich hatten. Noam schlief bereits und die beiden unterhielten sich, zusammengekuschelt im Wohnzimmer auf der Couch entspannend.

Das Erlebnis mit Noam nach dem Basketballspiel lag nun schon mehrere Tage zurück. Seitdem hatte Jacob sich einige Gedanken gemacht. Er reflektierte sein bisheriges Leben, seine Beziehung zu seiner Frau, seine geistige Umgebung und vor allem sein Adoptivkind. Er war neugierig und interessiert, fragte immer öfter diesen kleinen schlauen Kerl nach dessen Meinung und seine Sicht auf die Dinge.

„Wir verstehen uns immer besser und so langsam bin ich wirklich richtig gerne Vater."

Er musste grinsen. Er und Noam verbrachten eine Menge Zeit miteinander, vor allem bei den gemeinsamen Spaziergängen.

Ach mein Engelchen, wenn du wüsstest ..., dachte er, *was für eine Art Beziehung wir zueinander haben! Dass Noam und ich, gerade in letzter Zeit, ein eher freundschaftliches Verhältnis mit Respekt und auf Augenhöhe haben, kann in der Form niemand ahnen oder nachvollziehen.*

Nach außen waren sie einfach nur Vater und Sohn, so wie Noam aus purer Liebe zu Mona nur ihr kleiner zuckersüßer und spezieller Liebling war. Der kleine süße und aufgeweckte Junge, der alle in Erstaunen versetzte und den jeder sofort gern hatte. Das tat er nicht, um sie zu täuschen, das war gar nicht seine Absicht. Sondern weil er wusste, dass sie ihn im Grunde ihres Herzens am liebsten so haben wollte. Als ihren kleinen Jungen, den sie sich so lange und sehnlichst gewünscht hatte und den sie mit mütterlicher Liebe überschütten konnte und durfte.

Mit halb geschlossenen Augen sagte Mona: „Ach, da freue ich mich aber für euch, dass ihr immer besser miteinander klarkommt. Ich hatte nämlich anfangs ein bisschen Sorge und den Eindruck, dass du dich ein wenig schwer mit ihm getan hast. So skeptisch wie du warst und wie du ihn auch teilweise verhört hast. War es nötig, so streng mit ihm zu sein? Er ist doch so lieb und unkompliziert. Aber so oft, wie ihr zusammen draußen umherspaziert, habt ihr bestimmt viel miteinander geredet und euch besser kennengelernt. Euer gemeinsamer Abend beim Basketball war doch sicher auch ein Erlebnis, oder?“

Jacob musste sich beherrschen und biss sich auf die Zunge. *Ein Erlebnis, in der Tat – und was für eins! Sie ahnt ja nicht, wie recht sie damit hat!*

Dann sagte er: „Oh ja, das stimmt. Wir kommen mittlerweile wirklich großartig miteinander klar. Er bringt mich zum Nachdenken, über vieles, das mir vorher nie so aufgefallen ist. Er hilft mir, die Dinge aus anderen, aus einfachen Blickwinkeln zu sehen. Ich finde, dass wir alles in allem die beste Entscheidung für unser Leben getroffen haben.“

Sie drehte den Kopf zu ihm. „Ein Kind hilft dir dabei, erwachsen zu werden ... Wer hätte das gedacht!“

Jacob streckte sich. „Und das Mamisein? Ist es denn so, wie du es dir erträumt hast? So, wie wir damals rumgesponnen und uns alles kunterbunt ausgemalt haben?“

Mona lächelte und ihre Augen leuchteten. „Besser, mein Schatz. Er ist so toll. So aufgeweckt, so lustig, lieb und pflegeleicht. Hast du ihn jemals meckernd oder weinend erlebt? Ich kann mir unser Leben ohne ihn schon gar nicht mehr vorstellen.“

So war es. Noam hatte eine Lücke, die Leere in ihrem Leben gefüllt. Mehr noch, er hatte ihr Leben bereichert, in allen Belangen.

Jacob dachte dankbar nach. So wie dieses Kind ihn zum Nachdenken bringen konnte, realisierte er die Notwendigkeit, sich anders als bisher weiterzubilden. Wie genau, wusste er noch nicht wirklich, er hatte noch viel zu lernen. Aber er begann zu hinterfragen, was wichtig war. Was genau eine „gute“ Frage war und wie man sie am besten stellte. Er akzeptierte, dass er zwar weiterhin der Vater, nicht aber zwingend der Lehrer war. Das brachte ihn zu dem Schluss, dass das Schicksal ihm eine Art Prüfung auferlegt haben musste. Eine Prüfung, die zu bestehen er gewillt war. Auch oder gerade weil das hieß, sich in die Rolle des Lernenden zu fügen, als weiterhin anmaßenderweise die des Lehrenden spielen zu wollen. Er wusste, dass er bei sich selbst anfangen musste, das war ihm klargeworden.

Der Winter gab sich alle Mühe, seinem Namen gerecht zu werden. Es stürmte und schneite aus Leibeskräften wie schon viele Jahre zuvor nicht mehr. Eine beachtliche Schneedecke sorgte für eine feierliche und ruhige Stimmung, insofern man sie gemütlich von einem warmen Zuhause aus betrachten konnte. Der alltägliche Geräuschpegel von außen mit den Motor- und Fahrgeräuschen des Verkehrs wurde von der weißen Pracht größtenteils absorbiert. Nachts umgab ein zartes Leuchten die Straßen, Plätze, Parks und Gärten der Vorstadt.

Die kleine junge Familie war wie jeden Morgen früh auf den Beinen, jeder mit seinen Aufgaben beschäftigt.

Jacob stand im Bad und setzte seinem Dreitagebart zu. Mona bereitete im Morgenmantel das Frühstück und Noam pendelte zwischen ihr und Jacob hin und her. Er deckte den Tisch ein, rührte den Brei um, brachte Jacob die Hausschuhe, die der vergessen hatte, und richtete danach sein Bett und Zimmer her.

Auf den heutigen Tag freute er sich ganz besonders. In der Früh hatte ihm seine Mutter erklärt: „Frau Singh hat angerufen. Der Kindergarten ist heute geschlossen und fällt aus. Ein Wasserrohr ist kaputtgegangen, alles ist überschwemmt worden. Da muss tagelang gearbeitet und repariert werden. Also habe ich mir gedacht, ich nehme dich heute mit zur Arbeit. Wie findest du das?“ Sie stupste mit dem Finger seine Nasenspitze an. „Dann kann ich dir dort alles zeigen und du siehst auch mal, was ich so mache, wenn du im Kindergarten bist.“

Sie war aufgeregt und ein wenig besorgt, sie musste eben improvisieren, aber das konnte sie gut.

Wieder verschnürt und eingepackt trotzten sie dem strengen Wetter und machten sich auf zur Festung, in der Herr Rasch mit strenger Hand regierte. Mona erinnerte sich.

Stimmt ja! Da war doch noch was, der Rasch hatte ja gesagt, er wollte Noam kennenlernen. Sie seufzte. *Na, dann muss es wohl so sein!*

Nach rutschiger und abenteuerlicher Radlfahrt trotteten Mona und Noam reichlich früh durch die Empfangshalle des riesigen Firmengebäudes.

Auf dem Weg in Monas Büro grüßten höflich die Kollegen. Einige nahmen sich kurz Zeit, den berühmten Noam, den sie bisher ja nur vom Hörensagen kannten, persönlich kennenzulernen und ihm einmal die Hand zu schütteln. Ein jeder beglückwünschte Mona und machte sich dann fröhlich an sein Tagwerk. Sie freute sich sehr darüber, weniger aber auf ihren Vorgesetzten, der hoffentlich nicht allzu ungestüm über ihren Schützling herfallen würde.

In den Räumlichkeiten angekommen, in denen Mona ihrer täglichen Pflicht nachkam, befreiten sie sich von den warmen Straßenkleidern. Dann ging sie schnell in die kleine Küche des Sekretariats, um einen Stuhl für Noam zu organisieren. Währenddessen stromerte er einfach drauflos und erkundete das mehr als geräumige Büro auf eigene Faust.

Natürlich blieb das, was sich im Vorraum abspielte, nicht unentdeckt, denn nur eine Glasscheibe trennte diesen vom

Büro des Big Boss ab. Der saß breit und fest in seinem Sessel, war für den Moment ans Telefon gebunden und das schmeckte ihm gar nicht. Allerdings handelte es sich bei dem Telefonat um ein sehr wichtiges Gespräch mit einer Zweigstelle aus Übersee. Es waren wichtige, quälend viele, aber vor allem lästige Angelegenheiten zu klären, was ihm direkt die Zornesröte ins Gesicht trieb. So richtig wütend machte ihn aber die Tatsache, dass er es am anderen Ende der Leitung mit einer in der Firmenhierarchie mindestens ihm gleichgestellten Person zu tun hatte.

Ach und schau einer an! Vorhin hatte er doch im Augenwinkel seine Hauptsekretärin und ... *Aha!* – ihren „ach so besonderen" Adoptivsohn ausgemacht.

Mona kam eben mit dem Stuhl zurück und blickte sich um. Wo war der Junge?

„Noam?"

Gerade schloss sich die schwere gepolsterte Trenntür zu Herrn Raschs Büro mit einem verhängnisvoll geräuschvollen Klack.

War er etwa einfach zu ihrem Chef in dessen Raum spaziert? Ihr wurde leicht übel, sie eilte hinterher, vergaß in ihrer Sorge aber anzuklopfen und riss die Türe auf.

„Noam! Was machst du denn da?", zischelte sie mit gepresster Stimme. „Du kannst doch nicht einfach ..."

Mit den Augen versuchte sie ihm klarzumachen, wieder zu ihr und aus dem Zimmer herauszukommen, aber es war bereits zu spät.

Herr Rasch hatte soeben sein Telefonat beendet. Seinem Gesichtsausdruck war nicht wirklich klar zu entnehmen, wie seine momentane Stimmungslage aussah. Da aber Mona ihn dank der vielen Jahre ganz gut einschätzen konnte, tippte sie auf „leicht angefressen", womit man in neunzig Prozent der Fälle sowieso immer richtig lag. Sie machte sich auf eine Strafpredigt gefasst, versuchte aber noch schnell, mit ausgestrecktem Arm Noam zu erwischen und einzufangen, der sich leider gerade völlig unbeeindruckt in Bewegung setzte und zielsicher auf den großen Schreibtisch zusteuerte.

Polternd hob Rasch die Stimme, er stand schon von seinem Platz auf und mit Sicherheit war es spätestens jetzt um die vormorgendliche Ruhe geschehen. Mona erstarrte.

„Ja, wer platzt denn hier einfach so unverfroren rein?" Er nahm Noam ins Visier und funkelte ihn düster an. „Lernt man das heutzutage so in der Schule? Wohl noch nie was von Anklopfen gehört, wie? Soso."

Schnaufend kam er auf Noam zu und wandte sich an Mona: „Dem müssen Sie aber ein paar Manieren beibringen! Ich würde sagen, Sie, meine Gute, machen sich jetzt ganz schnell nach drüben zur Buchhaltung auf und besorgen mir mal schleunigst die Unterlagen, die ich schon vor einer halben Stunde auf meinem Tisch haben wollte, ja?" Das sagte er in einem für ihn ungewohnt schmeichelnden, fast zärtlichen Tonfall. Dann beugte er sich langsam und schwerfällig zu Noam herunter. „Da bist du ja nun, von dir hab' ich schon einiges gehört! Marschierst einfach drauflos, gar nicht schüchtern, was? Das ist ja mal was Neues!"

Mona war ganz durcheinander. Sie wollte ihr Kind höchst ungern mit ihrem unberechenbaren Chef in seiner Raubtierhöhle alleine lassen, aber sie hatte eine klare Anweisung von ihm erhalten.

Wie zur Bestätigung schnauzte er los: „Sie sind ja noch immer hier! Hab‘ ich mich zu undeutlich ausgedrückt? Ich will mich nicht aufregen, wollen Sie, dass ich meinen Tag mit mieser Laune starten muss?"

Mit einem unguten Gefühl in der Magengegend machte sie sich zügig auf den Weg, um möglichst schnell wieder zurück zu sein. Beim Verlassen des Raumes hörte sie ihren Boss noch in einem gruselig ruhigen Tonfall sagen: „So, dann wollen wir uns mal ein bisschen kennenlernen, junger Mann!"

Sie durchquerte eiligst den Vorraum, entlang der langen Glasscheibe, hinter der sie gerade noch sehen konnte, wie Noam auf den Stuhl vor Herrn Raschs Schreibtisch kletterte.

Herr Rasch hielt sich für einen ausgezeichneten Menschenkenner. Er liebte es, sein Gegenüber einzuschüchtern und direkt wissen zu lassen, wer am längeren Hebel saß.

Kinder zu beeindrucken, dachte er, hatte er nicht nötig, er war ja schließlich kein Unmensch. Er konnte aber nicht anders, als ständig den großen Oberboss heraushängen zu lassen, die Macht der Gewohnheit und die vielen Jahre in seiner Position ließen ihn praktisch nicht mehr aus dieser Rolle fallen. Und er spielte, nein, er lebte und genoss die Rolle des unnahbaren und strengen Alphatieres. Sein Credo war Machtausübung durch strenge Präsenz. Mit zu vielen freundlichen Worten kam man seiner Meinung nach nicht besonders weit. Die Leute versuchten einem erfahrungsgemäß bei der erstbesten Gelegenheit auf der Nase herumzutanzen. Wenn er über Leichen gehen musste, bitte.

In der langen Zeit als Hauptverantwortlicher der großen Firma hatte er schon alles gesehen. Leute kamen und gingen, wie er wollte, und wenn er hart durchgreifen musste, hatte er überhaupt kein Problem damit, für geeigneten Ersatz zu sorgen. Unfähige und unwillige Arbeiter waren schließlich austauschbar. Persönliche Schicksale blendete er aus, das musste man, wenn man den Anspruch hatte, professionell in seinem Tun zu bleiben und den Job eine lange Zeit ausüben zu können, ohne frühzeitig zusammenzubrechen. Er selbst, das wusste er nur zu gut, musste ja schon zur Genüge dagegen ankämpfen, nicht tagtäglich Geduld und Fassung zu verlieren.

Hier also saß nun dieses Wunderkind, dieser „außergewöhnlich begabte“ Adoptivsohn seiner zuverlässigen Lieblingsangestellten.

Sie war wichtig für ihn und er mochte sie gerne, aber das musste er ihr ja nicht unnötigerweise auf die Nase binden. Wie er sich schon gedacht hatte, war auch an dem Kind nichts Besonderes. Es saß vor ihm auf dem absichtlich wenig luxuriösen und extraharten Besucherstuhl und ließ frech die Beine baumeln.

Mal sehen, was du für einer bist!, lachte Herr Rasch in sich hinein.

Die meisten Menschen wurden bereits nach kurzer Zeit in seiner Gesellschaft ihm gegenüber immer unsicherer, kleiner und verließen eigentlich oft auch den Raum in gebeugter Haltung. Nicht, dass er es genoss, Menschen einzuschüchtern, nein! Er hatte ganz einfach eine besondere Wirkung auf die Leute, eben einer wahren Respektsperson angemessen. Wie hätte er denn auch sonst so viel im Leben erreichen können?

So mitten in Gedanken der Selbstbeweihräucherung verstrickt, fiel ihm erst jetzt auf, dass dieser kleine Frechdachs ihm die ganze Zeit unverfroren direkt und fest in die Augen starrte. Zudem grinste er auch noch unverschämt.

Recht bald merkte er, dass dieser Junge hier merkwürdig anders war, er zeigte keinerlei Ehrfurcht oder gar Angst. Saß einfach nur so da und musterte ihn, sah ihn so eigentümlich und befremdlich an, schon fast ein wenig unangenehm, fand Rasch. Er drückte schnell einen der Knöpfe auf dem in den Tisch eingelassenen Pult und grunzte ein lautes „Kaffee und heiße Schokolade!“ in die Sprechanlage.

Das Lachen wird dir schon noch vergehen, Bürschchen!

Er beugte sich vor, stemmte die breiten Unterarme auf die Tischplatte und machte sein „Gleich setzt‘s was“-Gesicht.

„So. Du bist also dieser ... Bengel, von dem hier so viel, besonders von deiner Mami, geschwärmt wird, stimmt's?“

Er lehnte sich betont langsam zurück und faltete die Hände. Sein Gegenüber verzog keine Miene und schaute ihn weiterhin aus der Tiefe seiner großen und leuchtenden Augen an. Ein leichtes Schulterzucken war die einzig sichtbare Reaktion.

Es klopfte leise an die Tür, die heißen Getränke wurden hereingebracht. Herr Rasch nickte nur kurz und die Dame mit dem Tablett verschwand schnellstens und diskret wieder auf dem Weg, den sie gekommen war.

Rasch nahm einen tiefen Schluck der schwarzen Brühe und schob Noam, der weiterhin keine Regung zeigte, die Tasse mit dem dampfenden Kakao entgegen.

Den Alleinunterhalter spielen, konnte Herr Rasch bestens, seine einfachste Übung. Dennoch nervte ihn allmählich die übertrieben stoische Teilnahmslosigkeit dieses unmöglichen Kindes.

Im Ton nun schon etwas weniger herzlich, wenn man das überhaupt so sagen konnte, raunzte er: „Was ist los mit dir? Willst du nichts trinken und mich die ganze Zeit anglotzen und anschweigen? Hast du vergessen, wie man sich unterhält? Ganz schön unfreundlich, dieser Dreikäsehoch, von dem hier alle so begeistert sind!“ Langsam wurde er ungeduldig. „Hm. Was ist denn nun sooo besonders an dir? Also auf mich machst du einen ganz stinknormalen Eindruck, öde und banal. Keine Ahnung, was für einen Narren alle an dir gefressen haben! Was ist? Kannst oder willst du nicht reden? Hältst dich wohl für besonders pfiffig, was? Mach‘ doch mal was Besonderes, oh du begnadeter Möchtegernwunderknabe!“

Noam blinzelte kurz, dann ging alles ganz schnell.

Die Jalousien entwickelten ein Eigenleben und fuhren herunter. Erst als sich der Raum merklich verdunkelte, bemerkte es Herr Rasch.

„Was zum ...?“

Er drückte einen der Knöpfe auf seinem Schaltpult, aber das Rollo befolgte den Befehl nicht. Alle Lampen im Büro leuchteten gleichzeitig auf. Die moderne Glastrennwand kam ihrer Sonderfunktion nach und wurde milchig trüb, blickdicht zum Vorraum. Mit einem leisen schnappenden Geräusch verriegelte sich das Schloss der Bürotür.

Zornig und mit nicht ganz jugendfreien Kraftausdrücken presste Herr Rasch wie wild auf den Knöpfen herum und fummelte an den Schaltern, immer wieder und wieder, doch nicht einer gehorchte. Er wurde ungehalten und hämmerte mit den Fäusten auf das Pult ein, das es wagte, sich ihm zu widersetzen.

Auf dem Tisch tanzte der Briefbeschwerer mit den Stiften eine wilde Polka und die Leselampe schwankte hin und her. Er zischte wie eine Stahlpresse und fuhr ungestüm mit einem Ruck in seinem Sitz nach hinten, bis ihn die Wand jäh bremste. Unartikulierte Flüche speiend sprang er polternd auf und fuchtelte wild um sich.

Wütend blitzte er Noam an, der noch immer regungslos auf seinem Stuhl saß und mit den Beinen hin und her wippte.

Herr Rasch langte nach dem Telefon, aber nachdem er gemerkt hatte, dass es ebenfalls unbrauchbar war, flog es krachend gegen die seitliche Wand, in unzählige Teile zerberstend. Die Gegensprechanlage gab ebenfalls keinen Ton mehr von sich. Er geriet außer sich und steigerte sich in Rage. Er hob die Stimme zu einem erneuten Ausbruch – doch ein gedämpftes Stöhnen war alles, was man hätte hören können. Seine Augen weiteten sich vor Schreck und überraschter

Fassungslosigkeit, denn sein Mund, der erneut eine Unflätigkeit formulieren wollte, führte die Aktion nicht aus. Besser gesagt, an der Stelle, an der eigentlich sein Mund sein sollte, befand sich nichts weiter außer Haut – als wäre ihm nie einer gewachsen.

Kalter Schweiß trat ihm in Perlen auf Stirn und Nase, der beleibte Mann ruderte wild mit den Armen und seine butterweichen Beine ließen ihn unkontrolliert vor und zurück tänzeln.

Er war völlig außer Atem, da er in seiner Hysterie zu wenig Luft durch die Nase bekam. Er versuchte, nach etwas zu greifen, aber bevor er die Standleuchte packen konnte, verlor er das Gleichgewicht und fiel rückwärts in seinen Stuhl. Das war auch besser so, denn so ganz ohne Arme hätte er einen Sturz auf den Boden nur schwerlich abfangen können.

Die Arme … bis zur Schulter. Einfach verschwunden!

Er hatte zwar keine Schmerzen, war aber armlos, als wären da nie welche gewesen! Ein erstickter Laut des Entsetzens entfuhr seiner Kehle, er spürte zwar seine Hände noch, aber es waren keine mehr zu sehen!

Jetzt übernahmen die niederen Instinkte: er drehte durch, wälzte sich hin und her, fürchterlich stöhnend und rasselnd durch die Nase nach Luft ringend. Sein Gesicht hatte eine weinrote Färbung angenommen, die Ader auf seiner Stirn trat bedrohlich hervor. Rasend und suchend rollte er die Augen hin und her, sein Blick fiel auf Noam, der ihm lächelnd zunickte, den Zeigefinger an den Lippen.

Vor seinem inneren Auge lief sein bisheriges Leben im Zeitraffer ab, Rasch meinte jeden Moment ohnmächtig zu werden. Zuerst Panik, Verzweiflung, Zorn, dann Hilflosigkeit und Selbstmitleid waren gerade die stärksten Empfindungen in ihm. Ein Meer tosender Emotionen brandete gegen die dunklen, verdichteten Felsen seiner über die Jahre aufgebauten Gefühlsklippen, unterspülten sie und rissen sie mit Leichtigkeit davon. Zügellos galoppierende Gedankenfetzen, willkürlich aneinandergereiht, durchzuckten seinen fiebrigen Geist.

Noam schaute ihn unverwandt an, irgendwie beruhigte er sich dadurch ein wenig, aber er verstand nicht, warum.

Das nächste starke Gefühl tauchte aus dem überkochenden Kessel seines schäumenden inneren Durcheinanders auf: Resignation.

Den verzweifelten Blick noch immer starr auf Noam gerichtet, formten sich Gedanken aus.

Bitte, bitte! Lass das nur einen bösen Traum sein! Es war kein Traum und er wusste es. *Das war's. Ich kann nichts mehr ... Ich bin ... nichts. Mein ... kein Geld hilft mir, das war's! Aus und vorbei ... fast gar nichts mehr alleine können. Essen ... trinken ... mein ... ich ... warum? Ich ... ein Pflegefall! Oh Gott, bitte ... nein!*

Zu weiterer Gegenwehr war er nicht mehr in der Lage, seine Kräfte hatten ihn verlassen.

Jetzt atmete er halbwegs gleichmäßig, aber immer noch zu schnell und voller Anspannung. Sein Geist raste nicht mehr ungebremst und impulsiv durch lähmende, sumpfige Finsternis.

Zwei weitere Gefühlszustände traten soeben in seinen inneren, leergefegten Raum des Herzen: die Geschwister Reue und Demut nahmen bedächtig am großen Tisch Platz.

Tränen flossen nun schrankenlos und ungehemmt aus Raschs flehend flackernden Augen, zusammengesunken saß er da, schweißgebadet und die Hände gefaltet betend – wenn er welche gehabt hätte.

Im Moment tiefster Reue und Scham verließ ihn jegliches Körpergefühl, es wurde dunkel um ihn herum.

Allmählich sah er gedämpft Farben, Umrisse, Figuren, Gestalten, Menschen. Sich selbst, viele Gesichter, deren Namen er lange vergessen hatte. Alles fiel ihm wieder ein, nach und nach.

Er spürte Wärme wie von Sonnenstrahlen auf der Haut und er hörte eine Stimme, die ihn durchdrang. Weit entfernt und trotzdem aus seinem tiefsten Inneren.

Tröstende Worte, die sich wie Schwingungen und Klangformationen, wie Töne einer unendlichen kosmischen Melodie anhörten und -fühlten, beschrieben komplexe, vielschichtige Zusammenhänge voller Sinn und Logik. Sie strahlten Wärme aus, waren voller Liebe und Fürsorge. Er konnte sie klar und deutlich verstehen, ohne sich zu erinnern, jemals diese wunderbare, angenehme und wohlklingende Sprache gehört zu haben. Es fühlte sich an, als sei er ein verschwindend kleiner Teil davon, ein Sandkorn in einer unermesslich großen Wüste. Wie Wasser ein Stück Stoff durchdrang ihn diese Schwingung völlig und er war ganz ruhig und glücklich. Sie vibrierte wie eine Stimmgabel und stiller

Frieden herrschte in seinem Herzen. Er ließ sich treiben und hatte kein Gefühl mehr für Zeit.

Er schlug die Augen auf, schaute sich um, an sich herunter. Er saß immer noch in seinem Sessel, um ihn herum war sein Büro, wie eh und je. Er hob die Hand, schaute sie ungläubig an und bewegte die Finger.

Still weinend seufzte er ein leises, absolut ehrlich gemeintes „Danke“ und war zutiefst verwundert über den Klang seiner eigenen Stimme.

Augenscheinlich war alles wie immer. Äußerlich war er der alte Herr Rasch, innerlich war er ein anderer. Er fühlte sich wie verjüngt, wie frisch erstarkt, völlig ruhig und gelassen. Sein Kopf war aufgeräumt, die Wogen des Zorns geglättet. Erleichtert stand er auf und ging ein paar unsichere Schritte.

Er schaute aus dem Fenster und freute sich über den hellen Sonnenschein, der schräg von oben in den Raum fiel. Er wirbelte herum und sah Noam, der, wie als wenn nichts gewesen wäre, noch immer auf seinem Stuhl mit baumelnden Beinen saß und grinsend den Zeigefinger auf den Lippen hatte.

Rasch verstand. „Es tut mir so endlos leid, ich weiß nicht ... ich war ...“

Noam stand auf und nahm seine Hand. „Ich weiß. Du siehst jetzt, wie schnell alles gehen kann. Du hast gespürt, wie klein und bedingt du bist und wie schnell du machtlos und hilflos sein kannst. Du hast gesehen, was du bist und wie unbedeutend alles, womit du dich täglich hier umgibst, überall um dich herum ist. Aber du hast verstanden, dass nichts selbstverständlich ist, dass alles, auch du im Hier und Jetzt, endlich ist und wie schnell du in der Dunkelheit stehst."

Die Gestalt der Bilder, der Farben und Töne, das gigantische klingende Konstrukt, welches er in stetiger Bewegung gesehen und zu Teilen in dessen Gesamtheit erahnt hatte, durchdrang noch immer jede Faser seines Körpers. Dieses Gewebe, von dem er wusste, dass er davon nur ein winziger Bestandteil war, hatte er noch vor seinem geistigen Auge. Die Schwingung hallte weiterhin in seinen Ohren nach.

Innerlich verwandelt und noch ein wenig zittrig auf den Beinen tastete Herr Rasch sich zurück zu seinem Chefsessel. Er setzte sich und tat ein paar tiefe Atemzüge der frischen kühlen Luft, die durch das weit geöffnete Fenster hereinströmte.

Noam hatte gerade die umgefallene Tischlampe wieder auf ihren Platz gestellt, als sich im Nebenraum die Tür öffnete.

Mona betrat das Vorzimmer, mit einem schweren Papierstapel bepackt. Durch die mittlerweile wieder durchsichtige Scheibe hatte man sehen können, wie sie sich beeilt und mit besorgtem Blick immer wieder ins Chefbüro geschielt hatte.

Herr Rasch empfand plötzlich Mitleid. Wie hatte er sie eigentlich behandelt? Diese von Herzen nette und aufrichtige Person, die, wenn er ehrlich zu sich selbst war, mehr oder weniger seinen Job für ihn machte, tagtäglich. Die ihm immer ein Lächeln schenkte, selbst wenn er sie ungerechtfertigt mit Missachtung und Gemeinheiten gestraft hatte.

Er kam sich klein und schäbig vor, schämte sich für die Art, wie er mit ihr, aber auch unzähligen anderen Menschen über die Jahre umgesprungen war.

„Das Jetzt ist entscheidend und nie zu spät“, flüsterte Noam ihm zu.

Rasch stand auf und mit den Worten „Dann wird‘s Zeit …" öffnete er seine Bürotür und hielt sie auf.

Dann wartete er, dass Mona hereinkam. Sie huschte schnell hinein, legte den Aktenstapel auf den großen Schreibtisch und sah sich irritiert und nervös um.

Hat mein Chef gerade die Tür für mich aufgehalten?

Noam saß unvermindert fröhlich an Ort und Stelle. Herr Rasch sah ... irgendwie anders aus. Ein wenig lädiert, aber ... lächelte er ihr zu?

Jetzt war sie verwirrt. Um das zu überspielen, fragte sie einfach ohne nachzudenken: „Habe ich was verpasst? Noam? Geht es Ihnen gut, Herr Rasch? Ihr Hemd ist ja ganz nass und warum ist es hier so kalt?“

Herr Rasch schloss das Fenster und lachte beschwichtigend.

„Ach, Ihr Sohn und ich, wir haben ein bisschen Frühsport gemacht. Wer kann mehr Liegestütze machen, hehe. Ich habe verloren, bin ja sowas von aus der Form! Mir ist plötzlich schlecht geworden und ihr Sohn war so nett, die Wasserflasche über meinem Kopf auszuleeren, sonst hätte es wohl ein böses Ende genommen. Wir sind nämlich schon sowas wie Kumpels, wissen Sie.“

Beide zwinkerten sich zu.

Jetzt war es Mona, die sich wie eine Nebendarstellerin in einer Schmierenkomödie vorkam.

„Ja, gut. Ähm, wir werden dann mal gehen und lassen Sie in Ruhe arbeiten, ich bin vorne. Sie wissen ja, wenn Sie mich brauchen sollten ...“

Mona legte den Rückwärtsgang ein und fischte nach Noam, bekam ihn am Arm zu fassen und verließ mit ihm vorsichtig den Raum.

Als sie an ihrem Platz angekommen war, hielt sie Noam an den Schultern fest und schaute ihm in die Augen. „Willst du mir sagen, was da drinnen passiert ist, als ich weg war? Das waren doch allerhöchstens zehn Minuten!"

Er tat ganz überrascht und lächelte verlegen. „Der gute Herr Rasch hat sich ein bisschen zu sehr verausgabt und dann gemerkt, dass er zu alt für Ärger und Stress geworden ist."

Dann musste er laut lachen, während Mona mit süßsaurem Gesicht nicht wusste, was sie denken sollte.

Als sie sich aber an den hochroten und verschwitzten Kopf ihres Vorgesetzten erinnerte und wie er völlig geschafft dagestanden hatte, konnte sie dann aber doch ein wenig schmunzeln. So hatte sie ihn noch nie gesehen! Was es auch immer gewesen sein mochte, Noam musste etwas bewirkt haben.

Sogleich kam die Bestätigung, denn eben verließ der bestens gelaunte Firmenleiter, ein unbekanntes Liedchen trällernd, sein Büro und blieb neben Mona und Noam stehen.

„Ach wissen Sie", begann er in einer nie zuvor gehörten Tonlage flötend, „Sie nehmen sich heute am besten einfach mal den restlichen Tag und die Woche frei. Soweit ich informiert bin, haben Sie da doch einen Engpass mit dem Kindergarten und der Junge langweilt sich hier doch bestimmt fürchterlich. Verbringen Sie ein bisschen Zeit zu Hause oder unternehmen Sie etwas Spannendes. Ich gehe mich eben umziehen – und wenn ich wieder da bin, sind Sie beide verschwunden. Ist das klar?“

Der letzte Satz hatte nun wieder sehr nach dem Rasch, den Mona kannte, geklungen.

Als er aus dem Raum verschwunden war und nachdem Mona so richtig verstand, was er da eben gesagt hatte, packte sie schulterzuckend ihre Sachen zusammen.

Jetzt konnte sie sich kaum mehr beherrschen und als sie dann noch Noam dabei sah, wie er Herrn Raschs Gang beim Verlassen des Sekretariats imitierte, hätte sie um ein Haar vor Lachen laut losgebrüllt. Aber gut – das war mal ein großzügiges Angebot von ihm. Wie käme sie auch dazu, ihrem strengen Boss widersprechen zu wollen? Grinsend sagte sie: „Was für eine nette Über...RASCHung!“

Bewegungsdrang und Flötenklang

„Kommst du gleich, Paps?“

Noam stand auf einer der oberen Stufen des Hauptflurs und lugte durch die Geländerstäbe in die offene Wohnung.

Die warme, stickige und abgestandene Heizungsluft im Treppenhaus des mehrstöckigen Gebäudes roch nach aufgequollenem Holz und altem Staub, obwohl hier immer vorbildlich saubergemacht wurde.

Noam war keineswegs ungeduldig, aber er freute sich schon seit dem Morgen auf einen ausgedehnten Spaziergang mit Jacob an der frischen und eisigen Luft dieses herrlichen Tages.

Es war zwar immer noch klirrend kalt und überall türmten sich Berge von Schnee in der Gegend auf, doch schien den ganzen Tag ununterbrochen die Sonne. Es wäre viel zu schade gewesen, die Zeit vor dem Abend nicht zu nutzen, um sich noch ein bisschen die Beine zu vertreten. Außerdem wollte er zu gerne seinem Vater etwas Besonderes zeigen.

Mona wurde noch schnell zum Abschied geküsst und kurz darauf eilte Jacob schon die Treppen hinunter, um Noam endlich einzuholen.

Als er auf den kleinen Platz im Hof des Mehrfamilienhauses hinaustrat, sah er den Jungen balancierend auf einem Pfeiler des Zaunes stehen. Er war damit beschäftigt, einer Amsel über ihm im Baum etwas vorzupfeifen.

„Ach, da bist du ja endlich Paps.“

Noam sprang in hohem Bogen in einen der aufgeschütteten Schneehaufen und rutschte auf dem Hosenboden hinunter, landete auf den Füßen und hopste Jacob hinterher.

Die direkten Sonnenstrahlen fühlten sich angenehm an, machten die Minusgrade erträglicher. Der Bürgersteig auf der anderen Straßenseite glitzerte strahlend hell.

Jacob dachte halblaut: „Da war der gute Nachbar wohl mal wieder sehr bequem gewesen. Hut ab, hat einfach mal mit massenhaft Streusalz großzügig den Gehsteig gepökelt, dass es locker bis zum nächsten Winter reicht."

Dass er damit sein geliebtes, direkt daneben geparktes Auto langsam gleich mitauflöste, schien er gerne in Kauf zu nehmen. Was das fürs Wasser und alles darin Lebende bedeutete, höchstwahrscheinlich auch.

„Du Paps, wollen wir ein bisschen am Fluss entlanglaufen?"

Jacob nickte und ergriff die ihm hingestreckte behandschuhte Kinderhand.

„Klar, warum nicht? Gute Idee, Kleiner."

Als sie auf einer der Brücken über das träge, dunkle und langsam dahinfließende Wasser des Flusses trotteten, zog Noam an Jacobs Hand und fragte: „Hörst du das auch? Eine leise Melodie, weit weg?"

Jacob konnte nichts hören. Er gab sich Mühe, drehte den Kopf und lauschte angestrengt in alle Richtungen.

„Bist du dir sicher? Von wo? Was denn überhaupt, ich meine, was für ein Instrument?"

Sie blieben stehen und er horchte angestrengt, aber außer Gebell und Motorengeräuschen konnte er beim besten Willen nicht einmal eine Andeutung von Musik heraushören.

Ein älteres Pärchen stapfte Arm in Arm knirschend durch den Schnee an ihnen vorüber.

„Ich glaube, es ist eine Flöte, Paps. Eine Querflöte oder wie die heißt."

Jacob setzte sich wieder in Bewegung. „Eigentlich höre ich ja noch ganz gut, hab' ich immer gedacht." Er wunderte sich nicht, denn er wusste, mit Noam unterwegs zu sein wurde nie langweilig. Warum sollte er seinen Worten keinen Glauben schenken? Früher oder später passierte mit ziemlicher Sicherheit sowieso wieder etwas, über das man sich zur Genüge wundern konnte.

Eigentlich wartete er in letzter Zeit mehr oder weniger gespannt auf ein erneutes außerordentliches Erlebnis. Alles war so anders, wundersam, manchmal grenzwertig, aber zugegebenermaßen sehr lehrreich geworden, seit Noam in Monas und besonders sein Leben gepurzelt war.

„Noam, was sagst du zu diesen zwei älteren Menschen hier vor uns, die in Zweisamkeit ihre Zeit genießen, auch wenn sie wissen, dass ihnen vielleicht nicht mehr viel bleiben wird? Die wirken auf mich, als wären sie immer noch sehr, sehr verliebt."

Noam blinzelte zu ihm nach oben. „Sie tun das Richtige. Sie nutzen ihre Zeit, Energie und Aufmerksamkeit, um sich auf sich selbst und ihr gemeinsames Wir und Uns zu richten. Wir alle sind hier der Zeit unterworfen. Schon vor der Geburt werden wir älter, sobald die ersten Zellen unseres wachsenden Körpers mit Leben erfüllt sind. Alles Lebendige verändert sich solange, bis es gegen Ende seiner gegebenen Zeit verwelkt und vergeht. Dinge werden älter, nutzen sich ab und gehen schließlich kaputt. Das weiß jeder. Genießen ist immer zeitweilig, besonders gegenständlicher Genuss mit dem Ziel, die Sinne zu befriedigen. Die Sinne können aber nur unzureichend und nie lange zufrieden gestellt werden. Warum ist man nie oder nur eine Zeit lang zufrieden mit dem, was man besitzt? Immer besser, immer teurer, neuer, schöner und bequemer müssen die Sachen für den täglichen Gebrauch sein. Diese beiden hier vor uns teilen zwar sicher auch Gegenständliches, aber viel wichtiger für sie ist, dass sie ihre begrenzte Zeit dazu nutzen, etwas viel Beständigeres miteinander zu teilen. Ihre Liebe wird nicht alt und nutzt sich nicht ab wie alles andere. Wie eine Blume, die jeden Tag ihre Blütenblätter öffnet, um das Sonnenlicht aufzufangen, solange sie lebt und funktioniert. Er und sie werden älter und ihre körperliche Attraktivität nimmt stetig ab. Trotzdem würde ihnen bestimmt nicht einfallen, den anderen deswegen zu ersetzen wie einen ausrangierten Gegenstand. Im Gegenteil, ihre Beziehung wird immer stärker. Wenn man zum Beispiel ein Werkzeug braucht und man kauft sich das Beste, das man für Geld bekommen kann, erwartet man sich doch immer etwas davon im Gegenzug."

Jacob kratzte sich am Kinn. „Willst du damit sagen, dass Zuneigung und Liebe, die man gibt, ohne eine Gegenleistung zu erwarten, glücklich machen können?"

Noam nickte.

„Aber was, wenn man das Gefühl hat, dass die Zuneigung nur sehr einseitig ist und man nicht die Menge an Liebe zurückbekommt, die man investiert hat?“ Jetzt fand Jacob seine Denkweise egoistisch.

„Paps, überleg‘ mal. Liebe ist immer persönlich. Liebe kann nur zwischen zwei Lebewesen stattfinden. Und wahre unvoreingenommene Liebe ist ein Austausch auf höchster persönlicher und vertrauensvoller Ebene und ich rede jetzt von einer Liebesbeziehung wie der des älteren Pärchens, das du vorhin gemeint hast. Ein Geben und Nehmen, sonst funktioniert es nicht. Wenn nur der eine Teil ständig gibt und der andere immer nur nimmt, wird zuerst der Gebende unglücklich werden und in absehbarer Zeit auch der Nehmende. Ersterer wird deshalb irgendwann unweigerlich weniger geben. Letzterer, der sich daran gewöhnt hat, nur zu nehmen, wird unvermeidlicherweise merken, dass er weniger bekommt. Die Beziehung ist unausgeglichen, was oftmals der Grund zur Trennung ist. Geben aber beide Personen gleich viel, um damit nur den jeweils anderen glücklich zu machen, werden durch den Vorgang automatisch beide gleichermaßen glücklich sein, jedes Mal aufs Neue.“

Jacob dachte nach. „Du hast recht. Wenn ich deiner Mom eine Freude bereiten will, mache ich das in erster Linie, um ihr etwas Gutes zu tun und nicht mir selbst. Wenn ich sie dann glücklich und fröhlich sehe, wirkt sich das automatisch auf mich aus.“ Das war tatsächlich das Wichtigste und Schönste für ihn. „Da bin ich vollkommen deiner Ansicht, Noam. Aber das moderne Leben ist doch darauf aufgebaut, dass man viele

Dinge im Alltag benötigt. Besonders Werkzeuge sind doch hilfreich und nützlich. Ich kann doch auch meinen Hightech-Akkuschrauber total gerne haben, weil er mir die Arbeit so sehr erleichtert, oder?“

Noam schaute ihn amüsiert an, als hätte Jacob ihn auf den Arm zu nehmen versucht. „Klar, natürlich kannst du dich auch über deinen Akkuschrauber freuen, Paps! Erinnerst du dich noch daran, als du nach dem Instrument im Kindergarten gefragt hast und ich geantwortet habe, dass es in dem Moment nur ein passendes Werkzeug für mich war? Schau mal hier.“

Er beugte sich nach unten, griff sich eine Handvoll Schnee und formte einen Ball.

„Ich könnte den Schneeball dazu benutzen, um ihn jemandem ins Gesicht zu werfen. Ich könnte ihn aber auch schmelzen und mit dem Wasser demselben Jemand helfen, seinen vielleicht schrecklichen Durst zu stillen. Instrument und Werkzeug sind nur zwei verschiedene Wörter für ein und dasselbe. Ausschlaggebend ist, wofür und wie ich das Ding gebrauche. Werkzeuge oder Hilfsmittel sind wichtig und richtig eingesetzt unerlässlich, praktisch und hilfreich. Es ging ja im Grunde auch nur um den Unterschied zwischen gegenständlicher und persönlicher Anziehung und ihren Stellenwert! Übrigens, eigentlich so ziemlich alle Gegenstände sind Werkzeuge. Der Mantel, den du anziehst, um warm zu bleiben, zum Beispiel. Das Auto, mit dem jemand sein Ziel erreichen will. Der Motor, der das Auto antreibt. Das Geld, das man dazu benutzt, um sich Essen, Kleidung, Werkzeuge und Autos zu kaufen. Mein Körper, der mir die Möglichkeit bietet, das alles tun zu können. Mein Geist, um ihn auf das Wichtigste zu richten und den Körper zu steuern. Meine Intelligenz, um sie als schärfstes und flexibelstes Werkzeug zu gebrauchen und den flatterhaften Geist zu lenken. Soll ich weitermachen?"

Jacob beobachtete mit gehobenen Brauen das Seniorenpärchen. „Ist schon gut, ich hab's ja kapiert! Unterm Strich betrachtet: Hingebungsvolle und aufrichtige Liebe ist das einzig nicht materielle und ultimative Werkzeug zu dauerhaftem Glück, Zufriedenheit und ... Erfüllung?"

Noam flüsterte: „Hätte es kaum besser sagen können, Paps! Jeder sehnt sich doch danach, egal wer."

Jacob legte den Kopf schief und klopfte zart auf Noams schmale Schulter.

„Du musst wirklich entweder ein weiser Geist, von einem anderen Planeten oder gleich beides sein." Er lachte.

Noam lachte ebenfalls. „So ein Quatsch, Paps! Ich bin nur ein kleiner dummer Junge, der einfach zu viel redet!"

Sie nahmen sich wieder bei der Hand und setzten ihren Weg entlang des halb zugefrorenen Flussufers unter einer weiteren Brücke hindurch fort.

„Du hörst noch immer nichts, oder, Paps?"

Sie befanden sich gerade in einer etwas ruhigeren Gegend. Weniger Verkehrslärm drang an Jacobs Ohr und überall nutzten die Leute das sonnige Wetter, um entlang des Flussufers spazieren zu gehen und frische Luft zu tanken. Eltern mit Kindern, die Schlitten hinter sich herzogen. Ein Mann warf für seinen Vierbeiner Stöckchen über die eingeschneite Wiese. Buntes Treiben rundherum füllte den späten Samstagnachmittag. Die Sonne stand schon tief, tauchte alles in einen goldenen, leicht rötlichen Schimmer, der vom perfekten Weiß der Schneedecke noch verstärkt und reflektiert wurde.

„Was meinst du? Ach so, dein Geflöte! Nein, ich höre nichts! Nur spielende lachende Kinder, bellende Hunde, rufende Eltern und unsere Schritte im Schnee. Wie kannst du da Musik hören, die müsste sich doch von allen anderen Geräuschen klar absetzen und allen hier auffallen, oder nicht?“

Noam blieb stehen und hielt grinsend die Hand auf. „Hast du ein bisschen Kleingeld?"

Jacob hielt an und drehte sich verdutzt um. „Hm? Kleingeld? Was hat das jetzt damit zu tun? Mach dich doch bitte nicht über mich lustig.“

Noam ging auf ihn zu. „Ich zeig‘ dir was, Paps. Gib einfach her.“

Achselzuckend seufzend, aber ohne weitere Gegenwehr kramte Jacob in der Innentasche seines Mantels, in der er immer ein paar lose Groschen herumfliegen hatte, und förderte eine kleine Handvoll Münzen zutage. Er ließ sie in Noams ausgestreckte Hand fallen und setzte seinen erwartungsvoll skeptischen Blick auf.

Noam scharrte mit dem Schuh den Schnee zur Seite, eine kleine Asphaltfläche freilegend.

„Es kommt immer darauf an, WAS die Leute hören wollen, was ihnen oder vielleicht auch dir gerade wichtig ist.“

Jacob verstand immer noch Bahnhof, stand weiterhin wie der Ochse vorm Berg.

„Achtung!“

Noam warf vier oder fünf verschieden große Münzen in die Luft, sodass sie mit unterschiedlich lautem Geklimper auf die kleine freie Fläche fielen.

Im näheren Umkreis von bis zu etwa zehn Metern drehte sich jeder um und hielt kurz inne. Man vergewisserte sich, ob es nicht die eigenen Münzen waren, die versehentlich heruntergefallen waren. Als die meisten merkten, dass es sie nicht betraf, drehte man sich zügig um und zog weiter seines Weges.

„Siehst du! Was war wohl in dem Moment wichtig für sie?“

Jacob fand das Beispiel nur bedingt anschaulich, horchte jedoch noch einmal angestrengt in sämtliche Richtungen. „Ich höre trotzdem immer noch nichts von deiner Musik. Du musst wohl einfach ein Wahnsinnsgehör haben.“

Noam sammelte die Münzen wieder ein und gab sie seinem Vater zurück. „Meine Ohren sind genauso gut oder schlecht wie deine, ich habe meine gesamte Aufmerksamkeit nur auf etwas anderes gerichtet. Habe mich einzig und allein auf die Musik einer Flöte konzentriert.“

Jacob stapfte wieder los. „Lass gut sein, vielleicht hör ich‘s ja irgendwann auch noch mal.“

Noam holte ihn ein und ging neben ihm her. „Also weißt du, Paps! Wenn ich dich wirklich an der Nase herumführen wollte, dann aber richtig. Ungefähr so wie damals, als du in dem Gemüsemarkt fast aus den Latschen gekippt bist. Aber damit hatte ich unmittelbar nichts zu tun!“

Hell kicherte er los, bis ein ausgewachsener Lachanfall ihn erwischt hatte; er hatte sich an Jacobs grünlich-blasses Gesicht von damals erinnert. Kleine Dampfwölkchen ausstoßend, stand er vornübergebeugt da, die Hände auf den Oberschenkeln.

Jacob war zuerst nicht so recht zum Lachen zumute, doch dann steckten ihn Noams hohe Stimme und seine Ausgelassenheit am Ende doch an.

Sie waren eine Zeit lang und ein gutes Stück weitergewandert, die Gegend war hier nicht mehr so dicht bebaut und mittlerweile traf man auch kaum noch Menschen an.

Die Sonne war schon kurz davor, sich hinter einem bewaldeten Bergrücken, der sich in der Ferne blass vor einem glutroten Vorabendhimmel mit violett getupften Schäfchenwolken abzeichnete, in Deckung zu bringen. Bald würde es dunkel werden.

Linkerhand sahen die beiden den stillen Fluss, eine weite Biegung beschreibend. Vereinzelt säumten kleinere Bäume den Wegesrand, als wollten sie ihnen Spalier stehend den Weg weisen. Die Grünfläche zu ihrer Rechten wurde weitläufiger und außer ein paar vereinzelten Buschgruppen wies sie kaum auffälligen Bewuchs auf, bis auf einen riesenhaften Baum, der allein für sich dastand und in majestätischer Ruhe alles andere überragte.

Noam zog Jacob am Ärmel in die Richtung des Baumes. Jacob ließ sich mitziehen und staunte über die schiere Größe des mit Sicherheit uralten Riesen, der selbst aus einigen hundert Metern schon beeindruckend wirkte.

„Wolltest du mich die ganze Zeit hierher bringen, Noam?“

Sie stoppten ihre Schritte in einiger Entfernung vor dem

leicht geschwungenen, massiven Stamm. Der Wind rauschte eisig kalt durch die unzähligen Äste und Zweige, die weit in den mittlerweile blauviolett-schwärzlichen Himmel reichten. Die ersten Sterne grüßten bereits von oben herab mit silbrigem Licht, kalt und flackernd.

„Ja Paps, ich wollte dir noch etwas zeigen. Du weißt noch, unser Gespräch auf dem Weg vorhin über gegenseitige Zuneigung und das Verlangen der Menschen, die auch immer und immer auf der Suche sind? Von dem Suchenden, der aber allen Sinn und Zweck in der Zufriedenstellung seiner Bedürfnisse, in gegenständlicher Befriedigung seiner Gelüste zu finden hofft und dadurch immer unzufrieden ist? Anstatt einmal innezuhalten in seinem Egoismus, um sich anderen zuzuwenden."

Jacob ging in die Hocke und blickte in Noams bernsteinfarbene Augen, die im schwindenden Tageslicht schwach aufblitzten. „Na? Was kommt denn jetzt?"

Noam drehte leicht den Oberkörper, schaute nach oben, streckte den Arm aus und deutete mit dem Finger auf den uralten Baum. Jacob wandte sich ebenfalls um und was er sah, ließ ihn erstarren und verschlug ihm augenblicklich die Sprache.

Der ganze Baum leuchtete und erstrahlte in gleißender Helle – aber er wurde nicht von einer externen Lichtquelle angestrahlt. Vielmehr schien er von innen heraus zu glühen und zu flimmern. Er schimmerte pulsierend in verschiedenfarbigem Glanz. Jacob konnte richtig sehen, dass er lebte, und spüren, wie er atmete.

Die Krone funkelte blendend silbrig, aber der knorrige Stamm strahlte am hellsten, wie mit Adern aus flüssigem Gold und Platin. Seine Zweige schimmerten in verschiedenen Farbtönen, deren Namen er nicht kannte und die er auch noch nie zuvor in seinem bisherigen Leben gesehen hatte. Von der Basis des Stammes bewegte sich das Licht in Wellen spiralförmig nach oben, schmiegte sich um die Haupttriebe und floss weiter in die äußeren Äste.

Das ganze Schauspiel war so surreal, wundersam und märchenhaft anzuschauen wie ein hypnotisierendes Traumgespinst.

Jacob vergaß alle Gefühle, für den Augenblick unwichtige Gedanken und Regungen wie Zweifel, Sorgen, Ängste, Hoffnungen – alles, was seinen Geist irgendwie ablenkte. Er fühlte sein inneres Selbst, war hier und jetzt voll anwesend, spürte jedoch seine Extremitäten nicht, keinen Körper. Auch fühlte er keinen Luftzug und keine Kälte. Das Licht jedoch strahlte eine besondere Art Wärme aus.

Zeit existierte nicht, beziehungsweise schien auf unerklärliche und unbeschreibliche Art und Weise anders zu vergehen.

Wolkenschleier rasten hastig vorbei, doch einige wenige schienen verweilen zu wollen, um sich an der erhabenen Schönheit dieser überirdischen Szenerie zu erfreuen, wurden dann aber nach und nach von den anderen mitgerissen.

Jacob spürte, dass er sich inmitten eines unermesslich großen und fantastischen Konstrukts befand, das einfach zu unfassbar war, als dass er es mit seiner limitierten menschlichen Auffassungsgabe im Ansatz hätte begreifen oder erklären können. Ein schwacher Vergleich schien ihm das Gefühl, er stünde im Auge eines gigantischen Wirbelsturms, in dem tropische Wärme und völlige Windstille vorherrschten, während ringsum alles in ständiger Bewegung kreisend vorbeiflog. Dennoch hatte diese Gewalt etwas tiefgründig Freundliches und Beruhigendes.

In diesem unmittelbaren Moment gewahrte Jacob eine Bewegung. Schräg unten neben sich erkannte er eine kleine Figur, Noam. Er verstand, dass er ihm scheinbar noch etwas zeigen wollte, denn er deutete auf etwas, auf einen größeren Ast im Farbspiel der Krone des Lichtbaumes.

Jacob gab sich alle Mühe und schaute genauer hin. Ihm fiel eine Bewegung auf, die von einer kleinen Gestalt ausging. Auf dem Ast saß tatsächlich ein kleiner Vogel, umgeben von traumhaft schön gefärbten prallen Früchten. Der Vogel war vollauf damit beschäftigt, sich eine Frucht nach der anderen einzuverleiben – mit beachtlicher Geschwindigkeit. Kaum war eine vertilgt, entstand innerhalb von Sekunden an anderer Stelle eine neue, noch größere.

Jacob begann zu schwanken und schaute hilfesuchend und fragend zu Noam herunter. Der lächelte ihm aufmunternd zu, wie ein strahlender Edelstein, fing seinen Blick ein und schaute erneut zu dem Ast empor. Jacob folgte seinem Blick.

Nun sah er unweit von dem ersten noch einen zweiten Vogel auf demselben Ast sitzen. Dieser Vogel saß einfach nur da und schaute dem Fressenden zu. Der Fruchtgenießer hatte ihm den Rücken zugekehrt und bekam in keinster Weise mit, dass ihn die ganze Zeit über still und ruhig ein Artgenosse beobachtete. Er war zu beschäftigt damit, über die unerschöpfliche Fülle der Früchte herzufallen.

Jacob hörte eine Stimme, merkwürdig weit weg, aber auch gleichzeitig in unmittelbarer Nähe. In sich, aus ihm heraus erkannte er sie. Es klang nach Noam, von gleicher Qualität, aber in einer viel tieferen Tonlage. Er erkannte sie und wusste nun endlich, warum ihm diese Stimme so eigentümlich bekannt vorkam. Es war zweifelsohne Noams Stimme, aber sie sprach aus ihm selbst heraus. SEINE innere Stimme ...?

„Siehst du, wie er schlingt, Paps? Er merkt nicht einmal, dass er schon Bauchschmerzen hat, so gierig und beschäftigt ist er, sich den Bauch vollzuschlagen. Den Schnabel verschmiert, das Gefieder schmutzig und verklebt, den eigentlichen Hunger schon lange gestillt. Wenn er kurz, nur ganz kurz innehalten und sich umsehen würde, wäre ihm schon längst der andere Vogel aufgefallen. Siehst du, Jacob? Er enthält sich der Beeren, hat sein Ego komplett ausgeblendet, sitzt einfach nur aufmerksam dabei, weil ihm selbst der unwissendste Nimmersatt am Herzen liegt und leidtut. Weil er gerne möchte, dass er sich ihm einfach nur zuwendet. Mehr nicht. Weil er der Einzige weit und breit ist, der sich gerade aufrichtig und ernsthaft Sorgen um ihn macht. Erkennst du sein Problem?“

Hatte Noam ihn gerade zum ersten Mal Jacob genannt?

Und jetzt ... hörte Jacob sie. Ganz fein und leise, von einer ruhigen, aber gleichermaßen unbändigen Kraft und Fülle, durchdrang sie ihn. Die Musik, es war die Melodie der Flöte, die Noam gemeint haben musste.

Seine Augen oder womit auch immer er momentan sehen konnte, waren nicht müde, aber die Reizüberflutung war zu viel auf einmal. Er konnte sich schlecht auf Details konzentrieren in all dem Durch- und Ineinander. Aber was war das?

Dem zarten Klang folgend, erkannte er ganz unten, dort, wo der Stamm des Baumes aus dem Boden zu ragen begann, eine kleine Gestalt. Sie stand auf einem Bein an den Stamm gelehnt, das andere locker angewinkelt. In den Händen eine Flöte, quer vor das Gesicht gehalten. Die Person hatte zweifelsfrei und klar erkennbar menschliche Proportionen, doch auch sie umgab ein Schimmer, ein Lichtglanz, aber gänzlich anders als der des Baumes.

Als Jacob sich näher an den Baum bewegte, schaute er zurück, sah Noam noch an der Stelle stehen, von wo aus er ihm die Vögel gezeigt hatte.

Sich weiter der Lichtgestalt mit der Flöte nähernd, registrierte er mehr und mehr Details.

Die Flöte sandte zusammen mit den Klängen der Melodie, die sie erzeugte, ebenfalls Lichtfäden verschiedener, aber noch viel fantastischerer Farbspiele ab. Diese verwoben sich spielerisch mit den Farben des Baumes zu immer noch komplexeren Mustern regelmäßiger Unregelmäßigkeiten.

Jetzt konnte Jacob Teile des Gesichts der Gestalt erkennen. Es handelte sich fraglos um einen Mann, einen älteren Herrn mit einem wahrscheinlich weißen Bart. Da aber alles so hell leuchtete, konnte man sich bei der Färbung nicht völlig sicher sein, doch der Bart war unverkennbar. Auf dem Kopf thronte ein Hut, an dessen oberen Ende eine Feder halbkreisförmig in die Höhe ragte, leicht hin und her schwingend. „Robin Hood“ war Jacobs erste Assoziation, aber das klang albern, fand er sogleich.

Auch behielt die Kleidung des Mannes so gut wie keine einheitliche Farbe, sie wechselte in ihrer Helligkeit und veränderte sich je nach Tonlage des jeweiligen Themas, das er gerade auf der Flöte spielte.

Je näher er dem bärtigen Mann kam, desto lauter, vielschichtiger und durchdringender klang das Flötenspiel. Jacob fühlte sich an große, auf ihn zurollende Wellen und das Tosen der Brandung wie an einem weißen Strand erinnert, denn die wechselnden Melodien wurden von weiteren Geräuschen begleitet. Das Meeresrauschen, das er schon gehört hatte, untermalte die Tiefen der Melodie. Darunter mischte sich nun zusammen mit den mittleren Tönen ein Seufzen wie das von Windböen, mal stärker, mal schwächer. Nach einer Weile gesellte sich auch noch eine Vibration dazu, gewaltig und so tief und schwer, dass man sie kaum hören konnte. Sie war jedoch klar spürbar, einer Art Erdbeben ähnelnd. Der Flöte entsprangen immer neue, kompliziertere, verschnörkelte Kunststücke.

Der Alte sah Jacob, wie er ihn erstaunt beobachtete, und hob mit einer Hand den Federhut nach oben zum Gruß, ohne die Flöte abzusetzen. Jacob winkte zurück, zumindest meinte er, dass er das tat, genau aber wusste er es nicht. Der andere nickte ihm zu, hatte es zur Kenntnis genommen.

Jacob drehte sich und bewegte sich mit der Kraft seiner Gedanken wieder zurück. Dorthin, wo Noam noch immer stand und auf ihn zu warten schien. Jacob hätte lachen, weinen, schreien, tanzen und singen können, alles zugleich. Es war unmöglich in Worte zu fassen, was er in diesen Momenten erlebte. Die menschliche Sprache war dafür schlicht und ergreifend zu beschränkt. Er wusste, dass er zu klein, zu bedingt und zu wenig in der Lage war, all das, so wie es vor ihm ausgebreitet lag, auf einmal zu begreifen. Ein tiefes Verständnis vom Gewicht dieser Bedeutung erfüllte ihn, doch für die unerschöpfliche Gesamtheit der Eindrücke und Zusammenhänge war seine Kapazität einfach zu begrenzt. Ebenso vergeblich hätte ein vollgesogener Schwamm versuchen können, alles Wasser des ihn umgebenden Meeres in sich aufzunehmen.

Er erreichte Noam, der ihm zublinzelte. Jacob wandte sich noch einmal um, zum Baum, der nun einem Feuerwerk gleichend in allen Farben verrückt zu spielen schien, und zum Flötenspieler, der offenbar das große Finale einleitete.

Jacob sandte aus vollem Herzen seinen aufrichtigen Dank aus, ebenfalls in Form von Schwingungen und Vibrationen. Als sie den Flötenspieler und den Baum erreichten, nahmen auch sie verschiedene Farbtöne an und vermischten sich mit der gigantischen Symphonie orchestraler Farben und harmonischer Tonfolgen.

Innerhalb eines Augenblicks stand Jacob wieder in einer Winterlandschaft vor einem schwarzen Baum. Das Körpergefühl, von seinen fast tauben Fingerspitzen beginnend, kehrte zurück und setzte sich widerwillig fort bis in seine Körpermitte.

Hatte er geträumt? Keine Spur mehr von dem Flötenvirtuosen, der den Baum zur Bühne gehabt hatte. Kein Wirbel mehr, keine Unruhe in der Ruhe, kein ...

Noam?

Eine kleine Hand rüttelte seine eigene.

„Oh Gott sei Dank, du bist noch da!"

Jacob fiel vor ihm auf die Knie in den Schnee und nahm ihn in seine Arme.

„Alles in Ordnung, Paps. Ich bin ja da und war doch die ganze Zeit bei dir. Wir sind hierhergekommen, damit du die Dinge aus einer allumfassenden Perspektive sehen konntest, durch eine übersinnliche Brille, wenn du so willst. Praktisch ein Blick hinter den Spiegel."

Jacob stand wieder fest auf den Beinen, schaute seinen Sohn voller Dankbarkeit an und hielt ihn an den Unterarmen fest.

„Ich weiß nicht, was ich sagen soll. Das war das gewaltigste und zugleich verrückteste Geschenk, das ich je bekommen habe."

Noam grinste. „Ich war doch dabei Paps, wir waren doch so gut wie eins!"

Sie hatten den Heimweg durch die Dunkelheit angetreten. In Jacobs Kopf kreisten die Gedanken wieder wild in Dauerschleife.

„Ich bin noch immer ganz benommen, Noam. Ich weiß auch gar nicht, wohin mit alledem. Okay, von vorne: Was genau habe ich da gesehen? Was hat es mit dem Baum auf sich? Ich meine, WOFÜR stehen der Baum, der Vogel und die Musik, die Farben darin?“

Noam holte tief Luft. „Es ist eigentlich ziemlich einfach. Aber ich versuche, es dir anhand von Beispielen ausführlich zu beschreiben. Der Baum kann für das Leben eines jeden stehen. Die Biegungen, Verzweigungen und Äste zeigen die verschiedenen möglichen Lebenswege. Alle Möglichkeiten sind bereits vorhanden, so wie auch der Baum in seiner Gänze schon vor uns steht. Der Mensch ist als einziges Lebewesen durch seinen freien Willen in der Lage, zu entscheiden, an welcher Verzweigung er abbiegt. Manche Lebenswege sind kürzer, andere länger, einige geradlinig, manch andere wiederum komplizierter und gewunden. Aber eins haben alle gemeinsam, genau wie die Äste am Baum: Alle enden irgendwann.“

Nach einer kurzen Pause sprach Noam weiter.

„Den fressenden Vogel kannst du mit dir oder mir oder irgendwem vergleichen. Indem er frisst und genießt, „erleidet“ er die Früchte seines Lebens, in erster Linie nur seine Gelüste befriedigend. Die Natur erzeugt immer Gleichgewicht, sorgt ständig für Ausgleich. Hell und dunkel, Tag und Nacht, Sommer und Winter, heiß und kalt. Nach einem verheerenden Waldbrand sprießen explosionsartig neue Triebe junger nachwachsender Pflanzen und nach einem alles vernichtenden Vulkanausbruch entsteht an selber Stelle neues, jungfräuliches und sehr fruchtbares Land. So folgt vergleichbar nach übermäßigem Genuss auch übermäßiges Leiden. Zu viele Früchte und man bekommt Bauchschmerzen. Übermäßig viel Wohlschmeckendes, aber Ungesundes und man wird krank."

Sie blieben stehen und schauten sich an.

„Ich weiß, Paps, ich habe schon wieder viel und lange gequasselt, nur eins noch: Dieser Moment, den du eben hattest, war eine losgelöste Sicht auf die Dinge. Der Baum steht gleichzeitig für das Gefüge des Kosmos oder des Naturkonstrukts mit allem, was es umgibt und beinhaltet. Du hast alles auf einmal und gleichzeitig gesehen, wie es zusammenhängt und verbunden ist, bis zum Ursprung in die allerletzte Verzweigung der Wurzel des Baumes."

In Jacobs Gedanken setzte sich das Mosaik aus Eindrücken und Einsichten immer vollständiger zusammen. „Ich meine, nun endlich ein bisschen mehr verstanden zu haben. Ich durfte sehen, wie deine Sicht auf die Welt ist. Wie faszinierend der Kreislauf des Lebens ist und der Baum war ein Hilfsmittel, um mir möglichst alles in allem begreiflich zu machen, was für ein Wunderwerk die Natur ist. Dass kaum jemand so richtig das System des Lebens mit allem, was darin geschieht, wahrnimmt, sondern dass die meisten es als normal und selbstverständlich abtun. Die wenigsten gehen verantwortungsvoll damit um. Ich habe diese Zyklen in ihrer ganzen Fülle gesehen. Die Komplexität, wovon der Mensch nur ein winzig kleiner, aber nicht unwichtiger Teil ist. Der Mensch, das einzige Lebewesen der Erde mit einem freien Willen. Fähig, für seine Handlungen die Verantwortung zu übernehmen, und zugleich gezwungen, sie tragen zu müssen. Ebenso die Konsequenzen. Der Mensch, nicht jeder natürlich, ist durch eigensinnigen Hedonismus geblendet. Weil er ständig seine Sinne befriedigen will, immer und immer wieder, nimmt er wenig Rücksicht auf Verluste. So greift er in den Kreislauf der Natur ein, bewusst wie unbewusst, mit Absicht wie unbeabsichtigt."

Noam klatschte in die Hände. „Nicht schlecht, Paps!"

Küchenzweimaleins

Für Mona war Sonntag der Tag der Entspannung und des ruhigen Zusammenseins. Sie freute sich, wenn alle zu Hause waren und sie ihre Lieben um sich und in ihrer Nähe hatte, gerade jetzt, da sie eine richtige kleine Familie waren. In gemütlicher und ungezwungen fröhlicher Atmosphäre ging dann jeder seinen wenigen Tätigkeiten nach – oder auch nicht, döste ein wenig oder beschäftigte sich mit dem, was ihn oder sie gerade umtrieb.

Jacob hatte wieder begonnen zu malen, verschwand aber nur selten in den Keller, in dem er sich ein kleines Atelier eingerichtet hatte. Viel lieber verbrachte auch er die freie Zeit mit Noam und Mona.

Noam war sowieso immer gut für alles und nichts. Wilde Action war natürlich jederzeit willkommen, genauso gut aber konnte er sich auch einfach still für sich alleine beschäftigen.

Mona pflegte meist am Morgen nach ihren Fitnessübungen ein wenig zu lesen. Für den heutigen Nachmittag hatte sie einen besonderen Plan. Sie wollte mit Noam zusammen einen Tag der Zubereitung süßer Leckereien veranstalten. Ein oder zwei verschiedene Rezepte für Kuchen, für die eine oder andere Torte und vielleicht auch ein paar herzhafte Snacks ausprobieren. Eine Kuchen-Küchenparty, sozusagen.

Mit Noam an ihrer Seite zu kochen und in der Küche zu werkeln war immer ein großer Spaß, beide ergänzten sich glänzend und für Mona gab es meist eine Menge zu lachen.

Von ihrer Schwester hatte Mona kürzlich ein neues Rezept bekommen, für die – um ihre eigenen Worte zu gebrauchen – „schokoladigste Schoko-Sahnetorte, die ihr je gegessen habt".

Nach einem leichten, aber gehaltvollen Mittagessen drehten Mutter, Vater und Sohn eine kleine Runde an der frischen Luft durch die nähere Umgebung. Sie unternahmen eine spontane kleine Schneeballschlacht, die Jacob mehr oder weniger für sich entscheiden konnte. Er wurde bald darauf aber von den Verbündeten Mona und Noam quer durch den Park gejagt.

Nachdem sie sich alle eine kalte Nase geholt hatten, waren sie froh, wieder zurück in der warmen Wohnung zu sein und sich ein wenig ausruhen zu können.

Mona kam sich schon fast lächerlich seltsam vor, so wie sich ihr Leben zu einer Art „Heile-Welt-Bilderbuchgeschichte" entwickelt hatte. War es vielleicht zu schön, um wahr zu sein?

Mona hatte Tage zuvor sämtliche Zutaten zum Backen und noch mehr eingekauft. Voller Vorfreude und Tatendrang bereitete sie die Küche vor und stellte alles vor sich auf der Anrichte, den Seitenablagen, dem kleinen und dem großen Tisch auf. Bei einem ersten Blick konnte man den Eindruck bekommen, dass es sich bei Anordnung und Sortierung um ein heilloses Durcheinander handelte, zumindest war das der bevorzugte Ausdruck, den Jacob gerne dafür gebrauchte.

Mona pflegte es aber eher scherzhaft liebevoll als „Chaos mit System“ zu bezeichnen.

„Geht‘s denn gleich los, Mom?“

Noam saß mit zappelnden Füßen auf einem der Küchenhocker inmitten von aufgetürmten Zutaten und umringt von Lebensmitteln.

„Ich überlege gerade, ob ich noch irgendwas vergessen habe ...“

Sie ging im Kopf noch einmal die Zutatenliste, speziell die für die Torte durch, denn die wollte sie bis zum frühen Abend auf jeden Fall perfekt hinbekommen haben.

„Darf ich bitte schon was naschen“, quengelte Noam in professioneller Manier, „nur ein paar kleine Schokoflocken, biiitte?“

Mona lächelte, drehte sich dann aber mit gespielt strenger Miene und erhobenem Zeigefinger zu ihm um und mahnte in vorwurfsvollem Ton und ihrer tiefsten Stimmlage: „Aber, aber mein lieber kleiner Herr! Wissen Sie denn nicht, dass man sich vor dem Backen und dem fertigen Kuchen nicht den Magen verderben sollte? Kleine vorlaute Herren mit verrenktem Magen sind nämlich nicht mehr in der Küche zu gebrauchen. Lernen das die kleinen nimmersatten Damen und Herren nicht bereits im Kindergarten?“

Dann winkte sie ab und schüttete grinsend vor ihm ein paar Nüsse und Schokoladenflocken auf den Tisch. Triumphierend grabschte er sich eine Handvoll und warf sie in die Luft, um sie geschickt restlos mit dem Mund aufzufangen. Über seine Siegerpose, wie er mit vollem Mund und demonstrativ dicken Backen kauend dasaß und sie so süß und frech dabei ansah, musste sie herzhaft lachen. Einerseits, weil sie sich so wunderbar, quasi blind verstanden und nie für einen Spaß zu schade waren und weil Noam andererseits gerade einfach nur zu komisch dabei aussah. Natürlich wusste sie, dass es Absicht war, aber das machte es nicht weniger lustig.

Albernheiten gehörten mittlerweile dazu und machten eben einfach Spaß. Wie sie ihn so ansah, spürte sie, dass sie endgültig gefunden und erhalten hatte, wonach sie sich so verzweifelt gesehnt hatte: ihre Bestimmung, die ihr inneren Frieden und Sinnhaftigkeit verlieh und sie stärkte. Überwältigt von dieser besonderen Art von Liebe, die sie vorher so noch nie kennengelernt und verspürt hatte, bahnten sich zwei kleine Freudentränchen ihren Weg über Monas Gesicht.

Noam wusste natürlich, was in ihr vorging, doch fragte er in sanftem, vorsichtigem Ton: „Was hast du, Mom? Ist alles in Ordnung mit dir?“

Sie lächelte ihn an.

„Ja schon gut, es ist alles bestens, mein Schätzchen. Ich freue mich nur so, dass du bei uns bist und ich deine Mom sein darf.“

Die Tränen waren ihr egal. Sie würde alles für Noam tun und alles für ihn aufgeben. Sie war Mutter und sie liebte es. Leid und Schmerz von vorher hatten ein Ende.

Jacob saß im Wohnzimmer, schaute ab und zu von seinem Fachbuch, das er für die Arbeit lesen wollte, auf und schmunzelte, als er die beiden dabei beobachtete, wie sie sich gegenseitig neckten.

Er musste selbst mitlachen, denn die Art und Weise, wie gut Mutter und Sohn sich verstanden, war für ihn die pure Freude. Er hielt sich abseits, gönnte ihnen ihre unbeschwerte Zeit zusammen von Herzen, besonders seiner geliebten Frau, ihr tat es sichtlich gut.

Es war zu schön, Mona so gelöst und überglücklich wie selten zuvor zu sehen, wie sie wieder zu einem kleinen frechen und überdrehten Mädchen wurde. Die Beziehung der beiden war schon sehr besonders. Ja sicher, sie waren in erster Linie Mutter und Kind, aber auch noch mehr – sie waren die besten Freunde. Wenn sie zusammen waren, fühlte sich Mona in ihre Kindheit zurückversetzt.

Jacob wurde sich immer bewusster, wie positiv sich Noam auf ihr gesamtes näheres Leben auswirkte und sich die Dinge mehr und mehr zum Guten wandelten. Das beste Beispiel, das ihm dazu einfiel, war Herr Rasch. Jacob konnte sich gut vorstellen, dass Noam wahrhaft mit ihm aufgeräumt haben musste. Wie genau, war ihm nicht wichtig. Es war wohl ähnlich bewusstseinserweiternd gewesen wie sein eigenes Erlebnis. Vermutlich ziemlich drastisch, denn laut Mona war er ein anderer Mensch geworden – innerhalb von Minuten!

Noam war einfach zu außergewöhnlich, nicht von dieser Welt. Allein seine Anwesenheit, sein Lachen, der Blick in seine Augen ließen einen jeden direkt gute Laune bekommen. Grimmige Unwetterwolken wurden augenblicklich vom düster verhangenen Gemütshimmel hinweggefegt.

Jacob erinnerte sich an den Tag damals in dem „kleinen Haus“ bei der Adoptionsfee. Nicht er selbst, nein, es war

Mona gewesen, die den ersten Schritt gemacht hatte, auf Noam zugegangen war und mit ihrer herzlichen und unkomplizierten Art das Eis zu brechen versucht hatte.

Diese beiden nun hatten irrsinnigen Spaß daran, miteinander zu lachen und wilden Unsinn zu treiben. Noam liebte es, seine Mutter aus der Reserve zu locken, und Mona bereitete es die größte Freude, alles Unangenehme für eine Zeit lang vergessen zu können und einfach nur die Mutter zu sein, die sie schon immer hatte sein wollen. Nun endlich konnte sie das alles und noch viel mehr.

Aus dem Lesen und Sinnieren wurde Jacob ziemlich unsanft durch ein Krachen und Poltern aufgeschreckt, gefolgt von lautem Gelächter. In der Küche schien es recht turbulent zuzugehen.

Mehrere Einmachgläser hatten gleichzeitig während einer lebhaften Verfolgungsjagd eine äußerst unsanfte letzte Begegnung mit den Küchenfliesen machen müssen.

Jacob stand schon halb in seinem Sessel, der Puls pochte in seinen Trommelfellen und alles, was einer, besser gesagt eine der beiden Spaßvögel in der Küche dazu zu sagen hatte, war: „Hoppsa, das waren jetzt wohl die guten Kirschen und Stachelbeeren!“

Von Lachen unterbrochen kam ergänzend quer zu ihm durch die Länge des Raumes herüber: „Nix passiert, alles noch dran!“

Quer über den Boden der Küche erstreckte sich ein grünlich-roter Teppich aus eingemachten Früchten und in alle

Richtungen verspritzter Flüssigkeit, der aussah wie nach einer Invasion außerirdischer Monster in einem schlechten und brutalen Sciencefiction-Film. Grobe Spritzer erstreckten sich in dynamisch-kreativen Formen und Arrangements über die gegenüberliegenden Wände. Einzelne hatten es sogar bis an die Decke geschafft. Der Tisch war ebenfalls nicht verschont geblieben.

Die Schlacht hat wohl begonnen.

Jacob war gerade im Begriff, zur Hilfe zu eilen, aber durch das Gekicher hindurch hörte er Mona rufen: „Alles gut, ich mach das eben sauber, bleib, wo du bist, Schatz. Hier liegen überall Scherben rum und wir hier drüben sehen sowieso schon wie nach einer Katastrophe aus!"

Putzen konnte sehr spaßig sein. Mona stellte die Stereoanlage an, es lief ein beliebig banaler Popsong mit einem recht eingängigen Refrain, den man leicht beim zweiten Mal mitsingen konnte.

Noam drehte die Lautstärke auf und Mona schnappte sich den berühmten Wischmopp, der schon zuvor als Fahnenmast zweckentfremdet worden war. Jetzt wurde er zwar seiner ursprünglichen Bestimmung gemäß benutzt, musste aber von Zeit zu Zeit zusätzlich als Mikrofonständer herhalten.

Sie sang laut und schief und mit leidenschaftlich verzerrtem Gesicht nach vorne gelehnt jede Wiederholung des Refrains aus dem Radio ins obere Stielende und wirbelte tanzend um Noam herum. Der begleitete sie stimmlich mit ebenfalls schrillem und lautem Katzenjammer, während er wie eine

Statue mit beiden Beinen im Putzeimer stand. In den Händen hielt er Handfeger und Kehrschaufel, zu Rhythmusgeräten umfunktioniert. Sehr viel sauberer wurde die Küche dadurch nicht – aber vielleicht musste man sich zuerst einmal einen umfangreicheren Überblick verschaffen, indem man den Schmutz zuvor großzügig auf der gesamten Bodenfläche verteilte, sodass man ihn anschließend auch fachgerecht und zuverlässig loswerden konnte.

Jacob hatte schon längst kapituliert und sich eiligst in sein Arbeitszimmer geflüchtet.

„Uuund jetzt", erklärte Mona, nachdem sie den Küchenboden wieder saubergeschrubbt und getrocknet hatte, „können wir endlich loslegen!"

Aus einem der unteren Eckschränke holte sie im Nu zwei bunte Schürzen, band Noam schnell die kürzere um den Bauch und schnürte sich die größere um die Taille. Sie klatschte in die Hände und stellte eine riesige Schüssel auf den Tisch. Noam drehte die Musik leiser und stieg auf einen der Stühle neben ihr. In Windeseile gesellten sich ein halbes Dutzend verschiedener Zutaten in die Schüssel.

„Fangen wir mit einem einfachen Kuchenteig an!"

Sie stupste Noam in die Seite. Er war schrecklich kitzelig und machte einen Hopser auf dem Stuhl.

„Wo ist denn jetzt nur die Butter hin? Ich hab' sie doch eben noch gesehen ..."

Noam kletterte von seinem Aussichtspunkt herunter. „Ich such' sie, Mom!"

Mona durchforstete den Kühlschrank, dann schaute sie nach links und rechts.

„Ich hatte doch extra mehrere Päckchen beim Bauern gekauft, schaust du vielleicht bitte mal auf dem ...“ Da saß doch dieser kleine Frechdachs breitbeinig auf dem Boden, dazwischen eine offene Packung der gesuchten Zutat, mit verschmierten Fingern und mit einer Hand im Mund.

„Suchst du die hier?“

Mona schnappte nach Luft. „Hey du Schlingel, die isst man nicht einfach so pur, das ist ja eklig! Ich brauch‘ die doch noch zum Backen, du vollgeschmierter Wicht! Du kannst die Teigreste später aus der Schüssel haben, wirst du wohl …?“

Sie versuchte, ihn zu erwischen und die Packung zu fassen zu bekommen, aber er war schon laut kichernd um den halben Tisch geflohen, mit den Fingern fettige Spuren und Flecken an den Stühlen hinterlassend.

Lachend jagte sie ihn um den Tisch, aber der Kleine war einfach wendiger und flinker als sie.

Plötzlich tauchte er ab. Mona ging in die Hocke und fand ihn unter dem Tisch sitzend zwischen den Stühlen.

„Jetzt gib schon her, du hast deinen Spaß gehabt!“

Er streckte ihr die blitzsauberen Hände entgegen und schaute ganz unschuldig.

„Was denn geben? Schau du mal lieber in die Tasche deiner Schürze! So backt man heute also, Mama Mona?“

Erstaunt stand sie auf und ging einen Schritt zurück, tastete die Schürze vor ihrem Bauch ab, fuhr in die Tasche – und hatte einen halb geschmolzenen Klumpen Butter zwischen den Fingern, der ihr halb zerquetscht entgegenkam.

Von unterm Tisch kam jetzt ein selbstgefälliges „Hehehe!".

Am liebsten hätte sie den Inhalt ihrer rechten Hand in seinem Gesicht verteilt, sollte er doch haben, was er wollte. Dann landete der Rest aber doch in der Schüssel, wo er eigentlich auch zuerst hinsollte.

„Schön, dass DU deine Freude hast! Also ich mach' jetzt den Teig fertig, mit dir oder ohne dich!"

Kurz darauf waren alle nötigen Zutaten vermischt. Mona holte einen großen Klumpen aus der Schüssel und legte ihn auf den Tisch.

„Nur noch ein bisschen mehr Mehl darunter streuen und wenn du möchtest, kannst du den Teig jetzt ein bisschen auf der Fläche hier kneten, Noam."

Keine Antwort.

Sie spähte unter den Tisch – niemand saß da. Sie ging einmal im Kreis und schaute umher, keine Spur von ihrem schelmischen kleinen Backpiraten.

„Noam?"

Hatte er die Lust verloren und war in sein Zimmer gegangen?

Sie umrundete die Arbeitsfläche und holte von der Anrichte den großen Beutel mit dem Dinkelmehl. Es war ein relativ schweres Säckchen, sie brauchte beide Hände.

Ruhig drehte sie sich zur Tischplatte, wo die Teigkugel auf ihre weitere Bearbeitung wartete, und ...

„Buh!“

In dieser Sekunde ereigneten sich mehrere Dinge auf einmal: Zuerst einmal stand Noam auf dem Tisch, direkt mit seinem vor ihrem Gesicht. Förmlich aus dem Nichts – sein lauter, wohl berechneter Ruf ging Mona, die er damit völlig unvorbereitet überrumpelte, dermaßen durch und durch, dass ihre Füße gleichzeitig für einen kurzen Moment jegliche Bodenhaftung verloren.

Zugleich durchfuhr der Schreck ihren gesamten Körper von unten nach oben. Die Augen aufgerissen, alle Muskeln verkrampft, war die logische darauffolgende Konsequenz ein heftiger Ruck, der sich von unten nach oben hin fortsetzte. Dieser kurze, aber kräftige kinetische Stimulus reichte aus, dass sich der Sack mit dem besonders gesunden Dinkelmehl blitzartig selbstständig machte, Monas Griff entwich und unaufhaltsam kerzengerade in die Höhe schoss. Dabei vollführte er eine leichte Drehung nach vorne, erreichte den höchsten Punkt seiner Flugbahn und eilte, unaufhaltsam der Gravitationskraft gehorchend, wieder nach unten, mit der Öffnung voran. Man hörte nur so etwas wie ein gedämpftes „Paff!“ und auf dem Tisch stand ein schneeweißer kleiner Junge, den sonst eigentlich alle mit einem eher dunklen Hautton samt Goldschimmer kannten.

Über und über mit Mehl bedeckt auf dem Tisch stehend, lachte Noam aus voller Kehle, dass es nur so staubte.

Mona ihrerseits hatte einen unfreiwilligen Sprung zurückgetan, war dadurch nur teilweise bestäubt worden und wusste noch nicht so recht, was da soeben genau passiert war.

Von den Schultern, den Armen, aber besonders aus Noams wildem, zerzaustem Haar rieselte das Mehl in unzähligen Rinnsalen nur so herunter, ein fantastischer Anblick.

Als Mona die Küchensituation und ihre Rolle darin halbwegs erfasst hatte, wurde sie durch diesen unerwartet grotesken Anblick unvermittelt von einem Lachanfall erfasst. Noams eigenes Gelächter und freilich sein Aussehen trugen zusätzlich zur gegenseitig ansteckenden „Reinsteigerung" bei.

Sie musste sich auf der Anrichte hinter sich aufstützen und festhalten, sonst, so aufgekratzt sie auch war, hätten ihre Knie fast nachgegeben.

Dann tätschelte sie Noams Rücken und Schultern, was jedes Mal weitere Staubwolken freisetzte. Immer wieder rieselte das Mehl effektvoll aus den Haaren vom Kopf herunter.

Mona musste nach Luft ringen, was dazu führte, dass sie den feinen Mehlstaub einatmete und sich ihr Lachen in keuchendes Hüsteln verwandelte.

Unfähig, in ganzen Sätzen zu sprechen, schleppte sie sich zur Wand und öffnete das Fenster. Die Sonne warf ihre Strahlen in den Raum und tauchte die Küche in blendend helles Licht, wie bei einer großen Party mit Lightshow und künstlichem Nebel in einem Nachtclub. Mit dem Unterschied, dass es sich hier um Tageslicht und Mehl handelte.

Die frische kalte Winterluft sorgte für freies Atmen, Mona hustete weiße Partikel aus.

„Wir ... also viel haben wir heute noch nicht gebacken bekommen!"

Noam schüttelte sich wild und wieder war er in einem Schwall aus dichtem Dunst verschwunden. Mona schüttelte sich ebenfalls, der Grund war aber ein erneuter Lachkrampf, der sie überrollte.

„Wenn das so weitergeht ... gibt‘s heute nichts mehr zu essen!“

Als sich – im wahrsten Sinne – der Staub gelegt hatte, bekamen Handfeger und Kehrschaufel einen weiteren Auftritt, wurden diesmal aber ihrer Grundfunktion entsprechend sinnvoll eingesetzt.

Mona hatte Noam in die Badewanne gesteckt, der fröhlich pfeifend und planschend Schaumflocken in die Luft blies, während sie die Küche mit Lappen und Staubsauger wieder in ihren Normalzustand versetzte.

Der Boden war wieder blank und zumindest das Mehl vom Tisch war noch zu gebrauchen.

„Der Teig hat jetzt wohl genug abgekriegt, dass er nicht klebt. Noam! Lange genug eingeweicht! Zieh dich bitte an und wir können weitermachen.“ Sie förderte den Teigklumpen aus einer weißen Dinkelmehldüne.

„Schon da und bereit, yes, Ma‘am!“ Noam war schon um die Ecke und durch die halbe Küche auf sie zugelaufen, machte einen Satz auf den Stuhl, sprang ab und landete in ihren Armen. Sie fing ihn geschickt mit einer federleichten Drehung auf, drückte ihn an sich und setzte ihn wieder ab. Sie wuschelte durch sein wildes und leicht nasses Haar.

„Mmh, wie gut du riechst! Jetzt lass uns endlich dafür sorgen, dass es hier überall nach leckerem Kuchen duftet!"

Wenig später war auch tatsächlich ein kuchenähnliches Etwas dabei, im Ofen aufzugehen, und es begann angenehm süßlich nach Nüssen, Schokolade und Gewürzen zu riechen.

Noam stand wieder am Tisch und stach abwechselnd Plätzchen aus heller und dunkler Teigmasse aus, in aller Ruhe.

„Warum nehmen du und die Tante keine Eier zum Backen, Mom?"

Mona war gerade dabei, die „Superschokotorte" vorzubereiten.

„Ich glaube nicht, dass deren wichtigster Sinn und Zweck zuerst darin besteht, gegessen zu werden. Außerdem brauche ich keine, um eine Torte zu backen, die so schokoladig schmeckt, dass es einen glatt umhaut. Man wird ja nicht mal merken, dass ich sie weggelassen habe. Außerdem kann ich der Art und Weise, wie größtenteils die ‚Nutztiere' – was für ein Wort, brrr", sie schauderte, „überzüchtet und behandelt werden, nichts Positives abgewinnen. Und ich rede jetzt nur von eierlegenden Hennen."

Leise öffnete sich eine Tür in der Wohnung und kurz darauf tauchte Jacob hinter der Ecke zum Flur auf.

Von dem Duft angelockt, der mittlerweile das ganze Appartement durchdrang, hatte er versucht nachzuforschen, wie weit die beiden mit ihrer Kunst waren und ob es nicht vielleicht schon eine Kleinigkeit zu stibitzen gab.

Er tat schwer beschäftigt, schlenderte außerordentlich unauffällig an Mona und Noam vorbei durch die Küche, holte sein Buch vom Zeitschriftentisch im Wohnzimmer und lugte verstohlen auf dem Rückweg zu seinem Arbeitszimmer nach links und rechts.

Noam und Mona wechselten einen kurzen amüsierten Blick. Mona war nicht zu täuschen und hielt ihm breit grinsend mit der einen Hand die leergeschabte Schüssel vor die Nase, mit der anderen zeigte sie auf den Ofen.

„Oh, der arme Schatz hat sich umsonst auf Raubzug begeben!"

Erfolglos und überführt trat Jacob mit demonstrativ traurig hängenden Armen schweigend den Rückzug an.

Bevor er den Raum verließ, schaute er seinem Sohn kurz über die Schulter. Noam neigte den Kopf zur Seite und stach lächelnd einen großen gelben Plätzchenrohling in Elefantenform aus.

Die Dämmerung kündigte den frühen Abend an. Gemütlich schummrige Stimmung herrschte in der Wohnung. Draußen in der Kälte begannen die Laternen mit ihrer Nachtwache. Besonders in der Küche war es mollig warm und auch in den anderen Räumen roch es feierlich nach frischem und süßem Gebäck.

Alles war soweit vollbracht. Mona und Noam lagen in den letzten Zügen; die Torte wurde gerade fertiggestellt und verziert. Mit dem Spritzbeutel erhielt sie einen letzten Schliff und Noam ließ auf jeden Tupfer eine Kirsche fallen.

„Das, das kann ich wohl behaupten, ist eine der schönsten Schokotorten, die ich je gesehen habe. Ob die auch so gut schmeckt, wie sie aussieht? Was meinst du?"

Strahlend und zwinkernd machte er wieder seine Tauchergeste. Zufrieden und auch ein klein wenig stolz stand Mona hinter ihm, die Hände an der Lehne des Stuhls, auf dem er saß. Zärtlich strich sie ihm durch die wilden Haare.

„Jetzt stellen wir das Ganze ein paar Stündchen in den Kühlschrank, ein bisschen Geduld müssen wir noch haben. Aber wenn du willst, können wir den Kuchen schon mal anschneiden. Die Plätzchen sind fertig, aber lassen wir sie auch noch etwas abkühlen."

Der Kuchen duftete herrlich, ein paar Scheiben wurden geschnitten und lagen bereit.

„Ich bringe dem Paps ein dickes Stück davon!", erklärte er und schon war Noam mit dem ganzen Teller um die Ecke verschwunden.

Was ist gelb und freut sich?

„Alles in Ordnung, Paps?"

Jacob schlang sich den Schal doppelt um den Hals und zurrte den Mantelgurt enger um die Hüfte.

„Schon gut, alles bestens. Es ist nur immer noch so kalt, ich hätte die Handschuhe mitnehmen sollen!"

Es war kurz vor Frühlingsanfang, aber die Temperaturen schienen da anderer Meinung zu sein. Die beiden waren wie fast jeden Nachmittag unterwegs auf einer ihrer bevorzugten Spazierrouten.

Sie drehten eine Runde quer durch den Vorort durch eine der Parkanlagen abseits des Lärms und des Gedränges und dann immer ein gutes Stück am Fluss entlang.

Die Tage wurden bereits länger, so hatten Vater und Sohn stetig mehr Zeit und Tageslicht für ausgedehntere Spaziergänge und längere Gespräche.

Unterwegs, am Rand des Stadtzentrums mit seinen vielen Plakaten und Werbetafeln vorbei, waren die beiden irgendwie wieder auf anspruchsvollere Themen zu sprechen gekommen – Politik, Macht, Konflikte und die Medien.

„... Das ist es, was du dazu sagst? Zu Machthabern, Weltpolitik, Uneinigkeit und Krieg?"

Jacob versuchte sich die Finger warmzurubbeln, dann steckte er die Hände wieder in die Taschen zurück. Noam sprach ganz ruhig und gelassen.

„Wie kann man ernsthaft von Frieden und Einigkeit reden, wenn man keine gemeinsame Basis hat? Von Menschen in Uneinigkeit eingesetzte Machtinhaber, wie sollen die Frieden und Gleichheit für alle schaffen, wenn deren gemeinsame Basis Uneinigkeit und Streit ist? Im Wahlkampf – allein das Wort sagt schon alles – eingesetzt oder gewählt, um Streit zu schlichten, ist kein besonders gutes Konzept, oder? Feuer mit Feuer zu bekämpfen hinterlässt meines Erachtens immer verbrannte Erde.“ Er zupfte sich die Pudelmütze auf dem Kopf zurecht und schaute zu Jacob auf.

„Immerzu von Liebe und Einigkeit in der Theorie zu reden, ist einfach“, meinte Jacob und legte die Stirn in Falten, „aber schwierig umzusetzen, in einer Zeit voller Neid und Egoismus. Verzeih meine Drastik – aber die Kinder bekommen ja in der Schule bereits eingetrichtert, Leistung zu bringen, koste es, was es wolle. Erfolg um jeden Preis, egal ob andere dabei auf der Strecke bleiben. Das WIE scheint egal zu sein. Wo man auch hinschaut, überall Werbung, Plakate, Schilder und Bildschirme, die dir sagen, was du alles konsumieren sollst. Aufrichtige Nächstenliebe und Gerechtigkeit haben da nicht allzu viel Platz in unserer Zeit. In den Medien haben Elends-, Mords- und Vernichtungsmeldungen mehr Gewicht und Anteil als Neuigkeiten über positive Entwicklungen, wie zum Beispiel Umweltschutzmaßnahmen, Bildungsangebote oder Hilfsprogramme für Benachteiligte. Wenn man Geld spendet, dann meist ohne sich wirklich darum zu kümmern, wo und wem man damit tatsächlich hilft. Eine Spende für das eigene gute Gewissen, praktisch eine erhoffte Gegenleistung, so wie du einmal gesagt hast. Elend und Gewalt verkaufen sich besser, negative Sensationen verbreiten sich einfacher."

Noam nickte ihm zu und erwiderte: „Bei sich fängt niemand an, weil das heutzutage als Akt der Schwäche, nicht als Akt der Größe ausgelegt wird. Geld scheint alles zu sein, was als Erstes wichtig ist, und man geht mit der Welt um, als hätte man noch eine Ersatzerde im Rucksack, für später." Er lachte. „Bei sich anfangen – die Vergangenheit ist nicht mehr zu ändern, die Gegenwart jedoch in jedem einzelnen Augenblick."

Jacob seufzte laut. „Ach, eigentlich ist der Großteil der Gesellschaft doch heute sowieso nur noch auf Macht, Ruhm, Besitz fixiert, was sie mit Ansehen gleichsetzen. Gibt es denn überhaupt noch einen Menschen, der nicht von Neid getrieben ist?"

„Paps", sagte Noam, „sieh's nicht so schwarz-weiß, so schlecht sind nicht alle Menschen. Und Hoffnung gibt es immer, solange sich jemand die richtigen Fragen stellt. Über Meldungen und Nachrichten positiver Art, dazu möchte ich dir gerne was sagen." Er blieb stehen, grinste und fragte dann: „Willst du etwas Erstaunliches und Erbauliches hören? Darf ich dir eine Geschichte erzählen?" Jacob blieb ebenfalls stehen, verwundert und verblüfft. „Das verrate ich aber nur dir. Einverstanden?"

Jacob nickte unschlüssig, harrte dessen, was da wohl wieder kommen mochte.

„Es war einmal in einem fernen und sehr warmen Land. Ein Mann, nicht jung, nicht alt, wohnte dort mit seiner Familie am Rande eines Schutzgebietes für wilde Tiere ..."

Jacob räusperte sich lautstark. „Wirklich jetzt, Noam? Eine Märchenstunde?"

Noam winkte ab und fuhr mit seiner Erzählung fort: „Dieser Mann hatte eine Familie, die er über alles liebte: Eine herzensgute und schöne junge Frau, zwei Kinder, Söhne, um genau zu sein. Einer war etwa in meinem Alter, der andere schon einige Jahre älter, sodass er schon seinem Vater bei der schweren Arbeit helfen konnte. Soll ich weitersprechen?"

Jacob zwinkerte Noam zu, nahm ihn bei der Hand und beide setzten ihren Weg fort.

„Das Land, um ihm einen Namen zu geben, wird Namibia genannt. Die Familie war nicht reich an materiellen Gütern wie Geld zum Beispiel. Genau genommen waren sie sogar, daran gemessen, ziemlich arm. Dieser Mann und seine Familie hatten aber einen Reichtum ganz anderer Art: zum einen die innige Liebe zueinander, zum anderen etwas, worauf ich gleich zu sprechen komme. Das Land dort war trocken und die nächste große Stadt weit weg. Harte Arbeit war alles, was dem Vater blieb, um seine Familie zu ernähren. Sie wohnten in einem kleinen Dorf, das ein gutes Stück weit in einem Naturreservat lag. Der Vater und seine entfernten Verwandten, Bekannten und Freunde versorgten sich größtenteils selbst und lebten von dem wenigen, was sie der strengen Natur abringen konnten, nicht viel, gerade eben genug, dass es für alle in seinem Dorf und den Nachbardörfern zum

Überleben genügte. Man half sich nachbarschaftlich aus. Ein bisschen zusätzliches Geld verdiente er mit seiner anderen großen Liebe, einem Reichtum, der mit Geld nicht zu bezahlen ist. Er war zusätzlich zu seiner Farmertätigkeit Fährtenleser und tierkundiger ehrenamtlicher Ranger. Touristen kamen gelegentlich in sein Dorf, die – jedenfalls für seine Verhältnisse – viel Geld dafür bezahlten, wilde Tiere sehen zu dürfen. So führte er gelegentlich Touristen in den Park auf Safari. Wilde und große Tiere gab es zur Genüge in dem großen Nationalpark zu sehen, besonders die größten unter ihnen: Elefanten. Er und seine Familie lebten auf einer Art Bauernhof, welcher von einer riesigen Fläche umgeben war, die er mit eigenen Händen teilweise eingezäunt hatte. Wie es das Schicksal wollte und ihn und seine Familie segnete, kamen immer wieder Elefanten dorthin. Niemand wusste, warum sie das mit Vorliebe taten. Manchmal blieben sie sogar für mehrere Tage und Wochen bei ihm auf der Farm, um sich in dem Verschlag vor seinem Haus unterzustellen. Ab und zu gab es für sie auch etwas von dem wenigen Wasser, das er entbehren konnte, und so dankten sie es ihm mit ihrer Zutraulichkeit. Das machte freilich auch bei den Touristen die Runde. So besuchten allmählich immer mehr von ihnen die Farm, um „seine“ Elefanten zu sehen. Das ließ man sich natürlich gerne auch einiges kosten. Man konnte mit Fug und Recht behaupten, dass beide Familien, die des herzlichen Mannes und die Elefantenfamilie, eine ganz besondere, vertrauensvolle und innige Freundschaft verband. Ein Geschenk, wie schon gesagt, mit keinem Geld der Welt zu bekommen.“

Jacob unterbrach kurz. „Ich höre dir wirklich gerne zu, aber warum erzählst du mir das genau? Wir müssen langsam kehrt machen, ist noch ganz schön weit bis zurück."

Noam ließ sich nicht aus der Ruhe bringen und fuhr einfach mit seinem Vortrag fort.

„Anschnallen, Paps! Eines Abends passierte etwas Unglaubliches auf der ‚Elefantenfarm'. Etwas, das so einmalig und außergewöhnlich war, dass anfangs niemand in der Gegend wissen und ahnen konnte, was für hohe Wellen dieses Ereignis schlagen sollte und welche globalen Konsequenzen es auslösen würde."

Jacob stoppte seinen Gang. „Globale Konsequenzen!? Okay, jetzt hast du mich. Weiter bitte!"

Noams Stimme nahm einen feierlichen, geheimnisvollen Klang an.

„Eines Abends, es war schon recht spät und dunkel, saß der Vater mit seiner Familie beim Abendessen. Laute Geräusche von außerhalb erschreckten die Familie, der Vater ahnte etwas. Der Lärm kam aus dem Verschlag, in dem die Elefanten vor dem heftigen Wind geschützt die Nacht verbrachten. Eine Elefantin hatte offensichtlich große Schmerzen, sie lag in den Wehen. Nach langem Kampf kam ein kleines Elefantenmädchen zur Welt. Äußerlich völlig gesund und normal, außer einer entscheidenden Tatsache. Sie war von knallgelber Farbe – zitronengelb!"

Jacob lachte laut auf. „Ach Noam! Dass du mir eine fantasievolle Geschichte erzählst, war mir ja klar, aber das ..."

Noam zischte und in altbekannter Pose hielt er den Finger vor die Lippen. „Willst du nun hören, wie es weitergeht, oder nicht?“

Jacob nickte und war wieder ruhig, konnte sich aber ein belustigtes Schmunzeln nicht verkneifen.

„Ein gelber kleiner Minielefant wurde in dieser Nacht geboren. Der Vater traute seinen Augen kaum. Er war zwar schon bei einigen wenigen Geburten der Dickhäuter dabei gewesen, aber ein gelbes Neugeborenes hatte er noch nie gesehen, geschweige denn jemals von einem ähnlichen Fall gehört. Alle waren völlig aus dem Häuschen. Etwas Außerordentliches und Einmaliges war dort an diesem späten Abend passiert. Ein Wunder. Nun ja Paps, um die Geschichte abzukürzen: So etwas macht natürlich die Runde. Zuerst im näheren Umkreis, dann verbreitete sich die Neuigkeit immer schneller und schneller. Irgendwann wusste es das ganze Land, dann machte die Kunde vor den Grenzen und dem großen salzigen Wasser nicht halt ...“ Noam kicherte. „Und dann kamen die ersten Menschen von außerhalb und von weit weg. Mit Fotoapparaten und mit Kameras. Schließlich wusste es die halbe, dann die ganze Welt. Alle waren wie verrückt nach diesem kleinen gelben Rüsseltier. Experten diskutierten, Zeitungen und Fernsehen, alle, ob groß, ob klein, wollten wissen, wie so etwas sein konnte. Wildeste Theorien wurden aufgestellt. Man stritt sich, man war sich uneins – aber in einem waren sich alle einig: Dieses kleine gelbe Elefantenmädchen war das süßeste Geschöpf seiner Art, das man je gesehen hatte. Nicht nur das. Unzählige

Menschen wollten es mit eigenen Augen sehen. Zoos hätten sich darum gerissen, ein solches Exemplar ausstellen zu können. Andere wollten natürlich auch Kapital daraus schlagen, das gab es freilich auch. Aber etwas anderes, viel Wichtigeres und Schöneres entwickelte sich ganz nebenbei. Über die ganze Welt verteilt redeten die Menschen wieder öfter miteinander. Das Elefantenkind war DAS Gesprächsthema. Jeder merkte eine Anziehung, manche mehr, manche weniger."

Ironisch und betont langsam klatschte Jacob Beifall.

„Schöne Räuberpistole, die du mir da erzählt hast! Soll mir das jetzt irgendwas Bestimmtes sagen? Keine Lektion diesmal, kein tieferer Sinn wie sonst so oft? Da hast du aber schon weitaus bessere Geschichten auf Lager gehabt, Noam!"

Sie sahen sich an.

Noams Stimme hatte wieder ihre gewohnte Klangfarbe zurück, aber es schwang etwas Felsenfestes und Herausforderndes mit.

„Abwarten, Paps! Das Beste kommt ja jetzt. Was würdest du denn sagen, wenn das eben gar kein Märchen war? Was, wenn ich dir sage, dass diese Geschichte noch gar nicht passiert ist, und was wäre, wenn ich dir sage, dass das alles noch passieren wird? Genau so und zwar heute in zwei Wochen?" Er hüpfte rückwärts auf einem Bein an der Kante des Bordsteins entlang.

Darauf wusste Jacob erst einmal gar nichts mehr zu sagen. Das war nun doch ein wenig mehr, als er erwartet hätte. Jetzt war er fast sprachlos und ein weiteres Mal wie vor den Kopf gestoßen.

Es dauerte eine Weile, dann fragte er: „Das ist jetzt nicht wirklich dein Ernst, oder? Wieder ein Noam-Scherz der ungelenkeren Art? Das ist ... ist es das?“

Noam stand ihm zugewandt fest und solide wie ein Denkmal reglos auf dem gepflasterten Fußweg. Sein Gesicht blieb vollkommen ernst und aufrichtig nickend schaute er seinem Vater in die Augen.

„Das ist ja ... wie kannst du das ... Gut, das ist jetzt ‘n ziemliches Ding. Aber wenn du da so sicher bist ... ich find‘s ... toll! Dann bin ich ja mal wirklich auf die nächste Zeit gespannt!“

„Das darfst du auch ruhig sein. Komm, lassen wir die liebe Mom nicht so lange alleine und mit dem Abendessen auf uns warten!“

Fröhlich pfeifend ging er hopsend weiter, ein paar Schritte voraus.

Worum die Welt sich dreht

Taio war spät dran auf seiner Fahrt zurück in das Dorf, in dem sein Bruder lebte. Er beeilte sich, da er nicht bei völliger Dunkelheit durch die Wildnis fahren wollte. Das konnte selbst für ihn, einen erfahrenen einheimischen Tierkundler und Ranger, gefährlich werden.

Allzu schnell war es Abend geworden, denn die Sonne ging in Äquatornähe bekanntermaßen schnell unter. Der betagte und klapprige Geländewagen ohne Türen und Dach, der noch aus alten Armeebeständen stammte, brüllte heiser und holperte quietschend und ächzend über eine der vielen ungeteerten und mitunter sehr abenteuerlichen Pisten, die rund um die riesenhafte Ebene der Salzpfanne führten.

Na Gott sei Dank, wenigstens habe ich alles beisammen, wofür ich heute so früh losgefahren bin.

Er schielte kurz nach rechts und tastete über das Polster. Auf dem Beifahrersitz neben sich hüpfte die kleine Papiertüte mit der Medizin für seinen kranken Bruder auf und ab, der gleichzeitig auch sein bester Freund und Arbeitskollege war. Dafür war er lange gefahren, denn der nächste „Doc" war weit weg. Für Arztbesuche und umfangreichere Besorgungen musste man schon einen weiten Weg bis zu einem der größeren Orte der Gegend in Kauf nehmen. Ohne fahrbaren Untersatz war das in verhältnismäßig kurzer Zeit unmöglich zu schaffen.

Taio war heilfroh und auch ein bisschen stolz, diesen alten Jeep zu besitzen, denn er war in seinem Dorf und von dort aus weit und breit einer der wenigen, die so etwas wie ein Auto besaßen, mit dem er auch bei Gelegenheit die Safarigäste auf Tierschau durch den Park kutschierte.

Grinsend strich er zärtlich über das abgegriffene Lenkrad. Abgesehen von seinem Alter hatte sich das Fahrzeug als äußerst verlässlich und robust erwiesen. Es hatte schon einiges erlebt, sämtliche Ausbesserungen und kleinere Reparaturen durch unzählige wechselnde Besitzer erfahren. Besonders Taio und seinen Bruder hatte das gute alte Fahrzeug in der einen oder anderen gefährlichen Situation vor Schlimmerem bewahrt.

Da das Gefährt für alle, die Familien und die anderen Menschen in seinem Dorf, eine solche Wichtigkeit darstellte, hatte er seinem alten Wagen, der praktisch einen Teil der Gemeinschaft darstellte, liebevoll den Namen Buck – die Kurzform von Bucket, also englisch für Eimer – gegeben. Außerdem fand er, hatte diese Blechkiste Persönlichkeit.

So kämpften sich die beiden, vor der fallenden Nacht flüchtend, Kilometer um Kilometer über den losen Belag der kleinen Straße, auf der einen Seite die Leere der Ebene, auf der anderen der dichter werdende Bewuchs der Steppe.

Taio wollte seinem Bruder, dem es wirklich schlecht ging, schnellstens die Medizin bringen, für die er so lange und weit gefahren war. Außerdem wartete seine eigene kleine Familie auf ihn, die er schon, wie er fand, zu lange alleine gelassen hatte.

Er schaute mit besorgtem Blick zum mittlerweile fast dunklen Himmel auf und erschauderte.

Das fehlt noch, heute Nacht wird es sicher ziemlich ungemütlich!

Im Nachbardorf angekommen, eilten ihm die Leute, von Weitem schon auf Bucks lautes und wohlbekanntes Motorengeheul aufmerksam geworden, entgegen. An der Spitze der auf ihn zukommenden Menschen erkannte er seine besorgte Schwägerin. Er hielt an, ließ den Motor weiterlaufen, winkte schnell allen in die Runde und drückte der erleichterten Frau die Papiertüte in die Hände.

„Ich habe es leider sehr eilig, muss zu Hause sein, bevor es richtig losgeht. Aber das hier wird ihm sicher helfen."

Die Frau seines Bruders dankte ihm leise, mit flackerndem gesenktem Blick und einem schmalen gepressten Lächeln.

Kurz darauf saß er auch schon wieder hinterm Steuer, holte das Möglichste aus seinem Fahrzeug und dem unebenen Untergrund heraus und fuhr auf der letzten Etappe seines Tagesausflugs dem Ziel entgegen – seinem Dorf, zu Frau und Kindern, mit aller gebotenen Eile.

Eine knappe halbe Stunde später traf er zu Hause ein und, wie es schien, gerade noch rechtzeitig. Es war mittlerweile stockdunkel, der Wind hatte stark aufgefrischt und erste Sturmböen peitschten über das Land, auf dem seine Farm stand.

Die Sichtweite betrug bereits nur noch ein paar Meter, der Sand wirbelte aus verschiedenen Richtungen über den Vorplatz und gegen die zusammengedrängten Gebäude. Durch den ohnehin schon hohen Geräuschpegel des hereinbrechenden Sturms und des Schleifens der Sandkörner an den Wänden seines Hauses hörte er entfernt in dem Unterstand, etwas abseits der Hauptgebäude gelegen, lautstarken Tumult.

Er schwang sich aus dem Wagen und rannte geduckt zur Haustür. Er vergewisserte sich zuerst, dass es seiner Familie gut ging, richtete seiner Frau aus, sie solle die Fenster verbarrikadieren und die Tür geschlossen halten, bis er zurückkam. Dann machte er sich zu dem Verschlag auf, aus dem er bei seiner Ankunft alarmierende Geräusche wahrgenommen hatte. Er war besorgt, sehr sogar – und das zu Recht.

Je näher Taio dem selbstgezimmerten Unterstand kam, desto lauter wurde das Schnauben, untermalt von langgezogenem tiefem Grollen.

Sollte es ausgerechnet heute Abend soweit sein, mitten in einem Sturm der heftigeren Sorte? Er begann zu sprinten.

Die Elefantenfamilie von fünf Tieren, drei ausgewachsene und zwei halbwüchsige, drängte sich aneinander in Taios sehr geräumigen und recht komfortablen Stall, der zuverlässig Wind und Wetter vor ihnen abschirmte.

Bevor Taio um die Ecke gerannt kam und sehen konnte, was sich abspielte, wurde er von einem schrillen, ohrenbetäubenden Ruf aus dem Innern des Verschlags vorgewarnt, was ihn zur Ruhe gemahnte und zu kontrolliertem, ruhigem Atmen veranlasste. Auf keinen Fall wollte er noch mehr Unruhe stiften.

Obwohl „seine“ Elefanten wilde und freie Tiere waren und ihn unter sich tolerierten, wusste er doch allzu genau, wie unberechenbar und gefährlich sie in manchen Situationen werden konnten – und diese hier war alles andere als alltäglich und ungefährlich. Er hatte schon ein paarmal das Vergnügen gehabt, einer solch intimen und besonderen Angelegenheit unter Elefanten beiwohnen zu dürfen.

Also näherte er sich sehr vorsichtig und äußerst langsam, stieß ein paarmal vorher seinen speziellen und markanten Ruf, den sie kannten, aus, um sich anzukündigen. Die Tiere hatten ihn dank ihres feinen Gehörs natürlich schon viel früher vernommen. Sie hatten ihn vorweg ermahnt, aber Vorsicht war immer besser als Nachsicht. Keiner mochte bei Elefanten das Nachsehen haben – schon gar nicht Taio, ihr engster menschlicher Freund.

An der Ecke des Eingangs machte er halt. Er hielt die Luft an und Zentimeter um Zentimeter beugte er sich um die Ecke und spähte ins Halbdunkel des Verschlags, der von einer kleinen trüben Glühbirne ausgeleuchtet wurde.

Die großen Tiere blieben relativ ruhig, als sie ihn erkannten, tappten aber vor allgemeiner Aufregung von einem Fuß auf den anderen. Die beiden Jungtiere standen etwas abseits der Erwachsenen und schienen ratlos das Geschehen aus sicherer Entfernung zu beobachten.

„Hey ihr Lieben, ich muss leider gleich ein bisschen stören, bitte bleibt ruhig und friedlich, okay?“

Taio hatte richtig gelegen, es war soweit. Heute Nacht stand der Beginn einer Elefantengeburt an. Der verlässlichste Anzeiger dafür war, soweit er wusste, immer der Vater, also der Elefantenbulle. Wenn der nervös und laut wurde, konnte man mit großer Sicherheit davon ausgehen, dass es sehr bald soweit war. Da der Vater sich aber nicht bei der Gruppe aufhielt, waren es einzig Taios Gefühl und seine langjährige Erfahrung mit den Tieren, den ungefähren Zeitpunkt festzustellen und dementsprechend in Aktion zu treten.

Taio fühlte sich sehr geehrt, dass sich die Tiere ausgerechnet den Unterstand auf seinem Grund und Boden und seine Nähe für das bevorstehende „schwerwiegende" Ereignis ausgesucht hatten. Für gewöhnlich blieben wildlebende Elefanten in solchen sehr speziellen Momenten lieber für sich und duldeten dabei höchst ungern Menschen in der Nähe. Taio wusste auch, dass eine solche Geburt gut und gerne zwei Tage beziehungsweise Nächte dauern konnte. Diese stürmische Nacht sollte wohl die erste sein.

Er entfernte sich leise und lief geduckt zurück zum Haus, um ein paar Vorkehrungen zu treffen. Er machte sich Gedanken, wie er am besten helfen würde, was er an Hilfsmitteln aufbieten konnte und sorgte sich ein wenig wegen der eingeschränkten Bewegungsfreiheit im Stall. Schließlich standen darin fünf Exemplare dieser riesigen Geschöpfe!

Türknallend polterte er in sein Haus mit dem Lehmfundament, den Wänden aus Holz und dem Wellblechdach. Die Fenster waren schon winddicht verrammelt, trotzdem klapperten die Läden und der Sand wehte unaufhörlich durch die Türöffnung in den großen Hauptraum. Kurz angebunden rief er ein paar knappe Instruktionen um sich, während er in den hinteren Teil des Hauses eilte.

Wenig später kam er mit Decken zurück, die er in einen großen schweren und verbeulten Waschzuber aus Metall gelegt hatte. Den schleppte er unter heftiger Anstrengung ächzend vor sich her.

Auf dem Weg zurück zur Haustür, die noch immer offenstand, hörte man ihn noch etwas sagen, aber das Getöse von draußen übertönte seine letzten Worte. Dann war er auch schon wieder von den wütenden Elementen verschluckt worden.

Seine herzensgute und hübsche Frau Asali hatte zusammen mit den Kindern lange auf ihn mit dem Abendessen gewartet. Sie hatte aber sofort und wortlos verstanden, dass sie und die Kinder an diesem späten Abend alleine essen würden.

Sie kannte ihren Mann besser als jeder andere und konnte direkt an ihm ablesen, was in ihm vorging. Wenn er so aufgebracht und hektisch wie gerade eben war, was selten vorkam, sparte sie sich unnötige Diskussionen und packte unterstützend mit an, soweit es in ihrer Macht stand.

Äußerlich mochte sie einen zarten und zierlichen Eindruck machen, doch sie war sehr praktisch veranlagt und machte auch bei schwerer körperlicher Tätigkeit eine gute Figur, wenn es sich nicht vermeiden ließ.

Dass sich eine schwangere Elefantenkuh auf ihrem Land aufhielt, war ihr logischerweise bekannt, nur nicht der genaue Zeitpunkt der Niederkunft. Nun wusste sie es genau. Sie schärfte den Kindern ein, im Haus zu bleiben, bis sie oder ihr Vater zurückkam und nach ihnen rief.

„Seid brav und passt aufeinander auf!“ Dabei sah sie den älteren ihrer beiden Jungs streng an.

Verständnisvoll nickte der zurück und legte gleich etwas Holz in die Feuerstelle nach.

„Ich bin nicht lange weg. Haltet die Tür geschlossen und bleibt im Haus!“

Asali drehte sich schnell um, schlang ein großes und robustes Tuch um sich, verbarg damit auch den Kopf und teilweise ihr Gesicht und eilte ebenfalls hinaus in das immer lauter anschwellende Gebrüll des Sturms, die Tür hinter sich zuschlagend.

Sie taumelte, der Windstoß um sie herum zerrte an ihr, die Kleidung flatterte und der Sand prasselte von allen Seiten prickelnd und schmerzend auf die wenigen freien Stellen wie die Augenpartie und die Hände.

Nach einer gefühlten Ewigkeit, die sie sich gegen den Wind stemmte, konnte sie nicht weit vor sich ihren Mann erkennen. Er bewegte sich ebenfalls gegen den Wind gelehnt voran, den schweren Wasserschlauch vom Brunnen über der Schulter, und schleppte sich zum Stall, dessen Umrisse sich unwirklich und schemenhaft vor ihnen aufbauten.

Am Unterstand angekommen, warf Taio das Schlauchende neben sich auf den Boden und machte sich daran, langsam, aber bestimmt den Kübel, den er zuvor dort abgelegt hatte, in die Nähe der trächtigen Elefantenkuh zu bugsieren, was ihm auch ungehindert gelang.

Als hätten die anderen erwachsenen Tiere sein Vorhaben direkt durchschaut, traten sie zur Seite und machten ihm Platz, sodass er das Behältnis in bequeme Reichweite der tapferen Elefantendame platzieren konnte.

Normalerweise war es für die Tiere ein Leichtes, sich draußen an der Wasserstelle neben dem Brunnen ohne fremde Hilfe am Wasser zu bedienen, aber der Sturm und die momentanen Umstände machten diese Option zunichte.

Der tapfere Farmer und Elefantenflüsterer sah zu, dass er sich nicht länger als nötig zwischen den grauen Riesen aufhielt. Als er wieder am Eingang des Unterstandes angelangt war, blickte er auf und sah seine Frau auf ihn zukommen. Er schimpfte laut, aber sie konnte in dem Lärm nicht eines seiner Worte verstehen.

„Nicht die Zeit der vielen Worte, mein Liebster!", dachte sie laut.

Da sie einen größeren Dickkopf als er selbst besaß und man sich besser nicht mit ihr anlegte, gab er das Lamentieren auf und machte eine sich wiederholende und ausladende Geste mit den Armen. Asali wusste genau, was zu tun war, lief zurück und entschwand seinem Sichtfeld.

Er hob den Schlauch vom Boden auf und trug ihn behutsam und vorsichtig vor die werdende Mutter. Das dicke und angerostete metallene Schlauchende legte er ganz sachte auf den Boden des schweren Bottichs.

Angespannt wartete Taio in sicherer Entfernung – und ja, seine Frau hatte seine Gebärdensprache verstanden. Erst langsam und stoßweise, dann immer heftiger und gleichmäßiger plätscherte das Wasser aus dem Schlauch in den Behälter. Asali stand am Brunnen und bediente die Pumpe mit aller Kraft. Taio schnalzte stolz mit der Zunge, was er sogleich bereute, denn keinesfalls hatte er die Elefanten erschrecken wollen.

Die alten ebenfalls mitgebrachten Decken und Lumpen verstaute er in der Ecke neben dem Eingang und kauerte sich darauf. Fürs Erste hatten er und seine Frau das wenige Machbare, aber alles Nötige getan.

„Bitte, lass alles gutgehen!“

Es war kurz nach Mitternacht. Der Sturm hatte seine volle Kraft entfaltet und jagte grölend und heulend, Sand peitschend und schmirgelnd über und gegen die Gebäude der kleinen Farm am Rande des Etosha-Nationalparks im nördlichen Namibia.

Dieser Elefantenverrückte von einem Ehemann vergisst vor lauter Für-sorge und Aufopferung doch glatt, dass er seine Kräfte noch brauchen wird. Wenn er nicht isst, fällt er am Ende noch zwischen den Tieren in Ohnmacht. Aber nicht mit mir!

Asali stand an der Kochstelle und wärmte in dem großen gusseisernen Kessel die Reste vom Abendessen über der Flamme auf.

Sie war nicht wütend, aber sie konnte sehr streng sein, wenn die Herren in ihrem Haus dazu neigten, Dummheiten zu machen, so wie sie es sah.

Vor einer Weile hatte sie die Kinder schnurstracks ins Bett verfrachtet. Danach hatte sie sich alle halbe Stunde aufgemacht, um nach ihrem Mann, der bei den Elefanten im Stall Wache hielt, zu sehen.

Auf dem Weg hin und zurück sorgte sie immer wieder an der Pumpe für Wassernachschub. Sie wagte sich nicht in den Verschlag. Das musste sie auch nicht, aber sie war trotz der innigen Beziehung ihres Mannes zu diesen faszinierenden Tieren sehr um seine Sicherheit besorgt.

Sie füllte eine Holzschüssel mit dem heißen Hirsebrei und wickelte sie in ein Tuch ein. Dann quälte sie sich damit ein weiteres Mal durch die Nacht, in deren Finsternis das Wetter seiner noch immer nicht gestillten Tobsucht freien Lauf ließ.

Eine weitere Welle der Müdigkeit rollte an und legte sich schwer und dumpf auf Taios Kopf und Schultern. Er hatte sich bis in den hintersten Winkel seiner Stallecke verzogen, saß noch immer auf dem Lumpen- und Deckenstapel. Zwei der Decken, in die er sich eingepackt hatte, hielten die gröbste Kälte von ihm fern, doch immer, wenn sich im Stall etwas regte oder ein lauteres Geräusch an seine Ohren drang, schreckte er hoch.

Gerade als ihm die Augen erneut zuzufallen drohten, spürte er eine sanfte Berührung an seiner Seite. Asali ließ sich neben ihm nieder und reichte ihm mit ernstem Gesicht sein verspätetes Abendessen.

„Keine Widerrede jetzt!“

Er lachte leise, er wollte auch gar nicht streiten. Taio war in der Tat furchtbar hungrig und die Wärme der Mahlzeit tat ihm gut.

Die Elefanten verströmten ebenfalls permanent Körperwärme und abgesehen vom lärmenden Wind draußen war es recht behaglich im Stall. So saßen sie beide lange dort, Mann und Frau, füreinander da und unter einem Berg aus Lumpen und Decken aneinandergelehnt, froh und dankbar über die Gesellschaft und Nähe des anderen.

„Meine kleine zähe und hübsche Prinzessin. Sind die Kinder in Ordnung?“

Taio drückte seine Frau fest an sich. Mit ihren großen dunklen Augen sah sie ihn zärtlich an.

„Du bist und bleibst ein hoffnungslos dickhäutiger Romantiker, wie deine Freunde hier! Elefantenritter Taio der Erste! Du musst doch todmüde sein. Wenn du ein bisschen schlafen möchtest, werde ich hier neben dir sitzenbleiben und aufpassen. Die Kinder schlafen auch schon, zumindest wissen sie, dass ich laut und ungehalten werde, wenn sie ihr Zimmer verlassen.“

Sie hielt ihn am Arm, er breitete eine weitere Decke über ihr aus und hielt sie seinerseits fest.

„Schlafen kann ich wohl erst, wenn wir die Bescherung haben. Vorher weckt mich jeder Windstoß und das kleinste Geräusch hier drin sowieso jedes Mal. Lass uns einfach hier sitzen, Wache halten und zusammen sein, einfach zusammen sein. Wie damals, als wir uns für eine Nacht vor deinen Eltern und Brüdern hinaus in die Wüste geflüchtet haben, weißt du noch?“

Asali musste lachen, aber tat sie das vorsorglich leise hinter ihrem Tuch und den Decken.

„Ja. Wie könnte ich das vergessen! Das war vielleicht eine verrückte Geschichte, typisch mein Mann. Abenteuer und Durcheinander ziehen dich magisch an!“

Sie legte den Kopf auf seine Schulter und begann leise zu summen, eine alte Melodie, die sie als Kind von ihrer Urgroßmutter gelernt hatte.

Sie spürte, wie sich Taios Körper langsam entspannte, die Aufregung weniger wurde und die Unruhe um sie herum nachließ. Auch die Elefanten schienen dadurch ein wenig ruhiger zu werden, ihre schweren Leiber hin und her wiegend.

Hektik, aufgeregtes Geschnaube, Getrampel und physische Anstrengung füllten das Innere des Elefantenunterstandes mit Dynamik. In der Luft lag ein leicht eiserner Geruch.

Asali schreckte hoch, halb vergraben unter Stoffresten und in eine Decke gehüllt. Aus ihrer Ecke konnte sie ihren Mann zwischen den massigen grauen Körpern ausmachen, wie er sich flink und geschickt hin und her bewegte, ohne die Tiere zu verschrecken. Ein Schrubben war zu vernehmen, wie von einer Bürste auf rauem Untergrund. Etwa faltiger Haut?

Sie richtete sich langsam zur Gänze auf und als er sie im Augenwinkel sah, kam Taio bedächtig zu ihr herübergeschlichen.

Er hatte Mühe, seine Aufregung in Zaum zu halten und nicht zu laut zu sprechen.

„Es ist da! Du hast alles verpasst!“

Sie rieb sich die Augen, sah noch einmal hin, aber die Elefantenfamilie hatte sich vor dem Muttertier in Stellung gebracht. Vielleicht um Sichtschutz zu spenden oder um sich selbst erst einmal persönlich vorzustellen und sich von der Unversehrtheit des neuen Familienmitglieds zu überzeugen.

Bei all den Eindrücken fiel Asali erst jetzt auf, dass der Sturm vorübergezogen war und sich die Sonne bereits zeigte, immer mehr Licht und Wärme spendend.

Soeben gerieten die Tiere in Unruhe. Mit einem Mal setzten sie sich in Trab, wie auf ein gemeinsames Signal. Asali konnte gerade noch, als sie an ihr vorüberrannten, etwas kleines Gelbes zwischen den großen Elefantenleibern aufblitzen sehen, hielt es für das auftreffende Sonnenlicht.

Taio sah glücklich, aber auch müde und nachdenklich aus. Er nahm sie in den Arm und führte sie mit sich nach draußen.

„Da ... ist etwas mit dem Elefantenbaby ...“, begann er und wusste nicht, wie er fortfahren sollte. Sprachlos war er eigentlich eher selten.

„Ist es denn nicht wohlauf?“ Asali bekam einen heißen Schreck.

„Sie. Ein Mädchen, Asa. Es ist völlig gesund und quietschfidel, soweit ich das beurteilen kann. Aber irgendwie …“

Sie gingen um die äußere Stallwand herum und an einer Sandverwehung vorbei. „Aber sieh einfach selbst ...“

Asali traute ihren Augen kaum: Sie hatte nun einen ungetrübten und freien Blick auf die große Fläche der Koppel, in deren Mitte sich auch der Brunnen und die Sickerstelle befanden. Nicht weit davon standen fünf graue Elefanten und eine Miniversion davon. Knallgelb! Zitronenfarben, von der Rüsselspitze bis zum Hinterteil. Von Kopf bis Fuß, fast weißlich in der steigenden Morgensonne strahlend und leuchtend.

„Prema ...!“, entfuhr Taios Frau ein Seufzer.

Warum, wusste sie nicht, auch war es kein ihr bekanntes Wort.

Taio selbst war ebenfalls völlig ratlos, konnte sich den Anblick auch nicht erklären, der sich ihnen aus der Ferne bot. Er kratzte sich am Hinterkopf.

„Eigentlich kein schlechter Name für ein Elefantenmädchen, wie bist du denn jetzt darauf gekommen?“

Bevor sie etwas darauf entgegnen konnte, verschwand er hinter dem Verschlag. Kurz darauf kehrte er zurück, mit dem schweren Wasserschlauch über der Schulter.

„Hol die Kinder!“, rief er ihr im Vorbeilaufen zu.

Asali trat wenig später durch die Haustür und auf den großen Platz hinaus ins Freie. Ihre beiden Kinder hatten sie nach überbrachter Nachricht von der reibungslosen Geburt des Elefantenkalbs noch im Haus überholt und liefen auf ihren Vater zu, der sie in geduckter Haltung dazu anhielt, ruhig und langsam zu ihm zu kommen.

Die beiden lachten und scherzten und konnten sich gar nicht sattsehen an dem sonderbar gefärbten Tierkind. Sie fanden es einfach großartig.

„Kommt jetzt endlich her und seid bitte leise!“ Taio war aufgeregt und ein bisschen verzweifelt. „Das kann doch nicht normal sein! Es muss eine simple Erklärung und Lösung dafür geben ... Moment, das werden wir gleich haben!"

Seine beiden Söhne standen auf sein Geheiß wenig später in Position am Brunnen, den Pumphebel in den Händen. Taio selbst schlich sich auf allen Vieren mit dem Schlauch im Anschlag wie ein Soldat unter Beschuss jede Bodendeckung nutzend vorwärts, so nahe an die Elefantengruppe ran wie nur möglich. Auf sein Zeichen – er winkte mit dem Arm – gaben die beiden Jungs an der Wasserpumpe Vollgas. Mit aller Kraft holten sie lachend alles aus sich heraus. Taio zielte vorsichtshalber erst einmal auf eines der Alttiere, die einer kalten Dusche so gut wie nie abgeneigt und auch daran gewöhnt waren. Es handelte sich sogar um das Muttertier. Genüsslich drehte sie dem Wasserschützen ihre Seite zu, sichtlich bereitete es ihr großes Behagen.

So weit, so gut, dachte Taio zufrieden, *das wäre schon mal die halbe Miete!*

Klein Prema, ein – verglichen mit den anderen – winziges gelbes, noch ein wenig taumeliges Rüsseltier, kam neugierig und übermütig näher. Der kleine Rüssel schlenkerte wild und unkontrolliert hin und her, sie wollte aber unbedingt sehen, was die Frau Mama denn da Interessantes machte.

Taio wechselte das Ziel innerhalb einer Sekunde und ein wohlplatzierter trüber Wasserstrahl schoss auf die Kleine zu und traf mitten ins Schwarze. Ins Gelbe, um genau zu sein. Komischerweise erschreckte das die kleine Frohnatur überhaupt nicht. Relativ unbeeindruckt blieb sie stehen und stemmte sich sogar gegen den Wasserschwall, sie schien einen

Riesenspaß dabei zu haben. Auch die Mutter, der natürlich nichts entgangen war, kümmerte sich nicht weiter darum, sondern blieb ganz entspannt in der Nähe an Ort und Stelle stehen.

Ein wildes Siegesgebrüll kam vom Brunnen und der Pumpanlage herüber. Taios Jungs feierten das kleine Elefantenkind, wie es mutig und völlig vergnügt vor und zurück hopste.

„Wie süß! Schau doch mal, Papa!“

Taio freute sich zwar auch, dass alles so gut lief, aber diese verflixte gelbe Farbe wollte und wollte sich doch einfach nicht abwaschen lassen! „Das kann doch nicht wahr sein. Das kann doch einfach nicht wahr sein! Jungs! Pumpt schneller!“

Asali stand, die Hände vor dem Gesicht gefaltet, noch immer auf dem Vorplatz ihres Hauses, von der Szene ergriffen, von herzhaftem Lachen geschüttelt.

Wie Spielkinder, lachte sie, *meine herrlich liebenswert verrückten Männer! Kinder, besonders das große mit dem Schlauch!*

Irgendwie hatte sie gleich gewusst, dass hier etwas Besonderes passiert war.

Nach der stürmischen Nacht und allem, was sich abgespielt hatte, war Asali klar, dass sich so etwas wie ein kleines Wunder auf ihrem Land ereignet hatte. Sie spürte das irgendwie, selbst wenn sie sich keinen Reim darauf machen konnte. Da konnte ihr Ehemann noch so verzweifelt versuchen, die Realität vor sich herzuschieben, es war kein normales Elefantenkind zur Welt gekommen. Hier, bei ihnen! Taio war doch der Experte – der Fachmann, der gerade nichts Besseres zu tun hatte, als den Animateur zu geben.

Der Name, der eigentlich nicht einmal von ihr beabsichtigt war, hatte sich sofort etabliert. Die Kinder riefen die Kleine schon damit. Ihr helles Lachen und ihre Ausgelassenheit waren einfach herzerwärmend.

Noch sehr tollpatschig und ungelenk stolpernd rannte Prema auf die beiden zu, drehte sich und baumelte mit dem Rüssel wie zum Gruß. Dann flüchtete sie sich wieder zurück in die sichere Nähe ihrer Mutter, verfolgt von einem Wasserstrahl.

Ob sie vielleicht so etwas wie ein Albino ist? Nein, sie ist anders. Ist ja auch eigentlich egal, Hauptsache, sie ist gesund und fröhlich.

Asali hatte ihren Mann fast erreicht, Taio drehte sich zu seiner Frau um, ließ den Schlauch sinken und gab den Kindern das Zeichen, das Pumpen einzustellen.

„Ein gelber Elefant. Frau! Das ist doch nicht normal. Wenn sie jetzt vielleicht krank ist?"

Er räusperte sich, sie legte ihm die Hand auf die Schulter.

„Dann können wir gerade jetzt auch nichts weiter tun. Mir scheint sie aber mehr als gesund zu sein. Du kennst dich doch viel besser aus als ich. Ich persönlich glaube, dass sie etwas ganz Besonderes ist. Eine Art Naturwunder vielleicht. Komm, lass erstmal gut sein, gönnen wir ihr und ihrer Familie ein wenig Ruhe nach all dem Stress und der Aufregung."

Er nickte, ließ den Schlauch fallen und drehte sich zu ihr um. Sie nahm ihn am Arm und beide gingen zurück zum Haus.

Asali rief die Kinder zur Ordnung. Etwas widerwillig kamen sie zögernd hinterher. Sie wollten doch so gerne noch ein bisschen mit dem gelben Tierchen spielen.

Eine Sensation hatte es auf dem Hof schon lange nicht mehr gegeben und eine solche schon gar nicht.

Im Haus versammelt, dauerte es längere Zeit, bis sich alle ein wenig beruhigt hatten, das Thema sollte aber für den restlichen Tag dasselbe bleiben.

Später saß die Familie beim Essen, der erste Schock war halbwegs überstanden und man versuchte nun, mit Vernunft und Logik das Erlebte zu erfassen.

„Wir sollten vielleicht doch einen Arzt oder Tierarzt holen, sicher ist sicher. Wahrscheinlich hat unser Doc von der Parkstation so etwas auch noch nie gesehen oder Ähnliches gehört. Trotzdem kennt der sich besser mit Elefanten aus als ich. Wenn er das Kalb mal auf Herz und Nieren durchchecken könnte, wäre mir wohler."

Taio saß nachdenklich, den Kopf auf die Hände gestützt am Tisch. Sein Essen stand mittlerweile kalt und noch immer unberührt vor ihm.

„Dann musst du aber wieder losfahren. Das kann dauern und wer weiß, vielleicht sind die Elefanten dann auch schon wieder weg und weiter draußen unterwegs?"

Taio schnaufte. „Wenn sie gehen wollen, tun sie das sowieso wann es ihnen gefällt. Sie sind und bleiben ja immer noch freie Tiere, aufhalten kann und werde ich sie nicht. Ich muss es riskieren und den Doc holen, die nächste große Wasserstelle ist nicht allzu weit weg. Ich kann mir nicht vorstellen, dass sie mit der Kleinen lange Gewaltmärsche unternehmen werden. Ansonsten müssen wir sie suchen, aber sowas haben wir schon öfter gemacht und außerdem", er lachte, „findet sich ein knallgelber Elefant bestimmt leichter." Er zog den Teller zu sich und fing an zu essen.

Die Kinder durften die Tiere weiterhin beobachten, das hatte ihr Vater ihnen erlaubt. Im Grunde hatte er ihnen sogar aufgetragen aufzupassen, dass sie an Ort und Stelle blieben und dass sich niemand von außerhalb zu nahe an die Koppel bewegte. Darauf sollten sie ein Auge bei ihrem Job als Koppelwächter haben. Bevor er aber das Haus verlassen hatte und davongefahren war, hatte er ihnen klar eingeschärft, sich still und leise zu verhalten und die Elefanten, besonders das Jungtier, nicht zu erschrecken. Die schienen aber nicht die geringste Absicht zu haben, sich von der Farm entfernen zu wollen, es war ein warmer angenehmer Tag, der Himmel leicht bewölkt und kein Wetterumschwung in Sicht.

Wie alle Neugeborenen schlief auch das kleine gelbe nach einer Muttermilchmahlzeit viel, aber im Stehen, eben nach Elefantenart.

Ungefähr zwei Stunden später waren Asali und die Jungs dabei, Unmengen von Heu, die in einem der Schuppen hinter dem Haupthaus lagerten, mit einem Karren auf die Koppel zu schaffen. Es war bestimmt schon die elfte Ladung, die sie zwischen die nimmersatten Tiere kippten, als Motorengeräusche aus der Ferne zu ihnen herüberdrangen.

Wenig später hoppelten zwei Geländewagen auf den Platz vor dem Haus, einer davon war Buck, mit Taio am Steuer und seinem jüngeren Bruder auf dem Beifahrersitz. Aus dem anderen Wagen stieg ein großer, schlaksiger Mann mit Cowboyhut und dunkler Fliegerbrille.

Taio hatte großes Glück gehabt: Er war ins Nachbardorf gefahren, um auf seinem Weg zur nächsten Parkstation nach seinem kranken Bruder zu sehen. Dort hatte er praktischerweise auch den Arzt vorgefunden, den er zuvor aufgesucht und von dem er die Medizin bekommen hatte. Der hatte auf seiner Runde durch die Dörfer am Rande des Parks ebenfalls bei Taios Bruder haltgemacht, um sich über dessen Gesundheitszustand zu informieren. Er war zwar kein ausgebildeter Veterinär, doch zog man ihn des Öfteren auch bei medizinischen Fragen in Sachen wilder Tiere zu Rate.

Ein doppelter Glücksfall für Taio also, der direkt, nachdem er von den Vorkommnissen auf seiner Farm erzählt hatte, prompt vom Doktor und seinem neugierigen Bruder, einem ebenfalls unbelehrbaren Dickkopf, zurückbegleitet wurde.

„Da ist sie also, ich werd‘ verrückt!“

Der Doc zog ungläubig blinzelnd die Brille ab und nahm seinen breiten Hut unter den Arm.

„Zuerst hab‘ ich dich ja für wahnsinnig gehalten, oder dass du mir ein kleines Buschmärchen erzählen wolltest, aber das, mein lieber Taio … ist faszinierend ...“

Er ging um sein Auto herum und holte eine schwere Tasche von der Heckablage seines rostigen Pick-ups.

Taios Bruder, der eigentlich hatte zu Hause bleiben und weiterhin das Bett hüten sollen, stand mit offenem Mund und großen Augen, die Hände am Rahmen der Windschutzscheibe von Taios Jeep festgekrallt, auf dem Beifahrersitz.

Er war nicht aufzuhalten gewesen, wollte nach den Neuigkeiten allen Warnungen zum Trotz unbedingt mitkommen, um die kleine Prema zu sehen. Nicht aber ohne dem Doc, seiner eigenen Frau und Taio vorher fest zu versprechen, dass er nach der Elefantenvisite des Doktors mit selbigem auch wieder in sein Dorf, zurück nach Hause fuhr und sich schleunigst ins Bett legte.

Der Doktor biss auf den Zahnstocher in seinem Mundwinkel, packte den Griff seiner Arzttasche und setzte sich als Erster mit den Worten „Na, dann lasst uns mal loslegen!" in Bewegung, auf die Mitte der großen Koppel zu.

So gingen die drei Männer im Gänsemarsch los, langsam und vorsichtig.

Der Erste war fasziniert und von wissenschaftlicher Neugierde angezogen, der Zweite wollte aus Liebe und Fürsorge seinem kleinen gelben Schützling nah sein und der Dritte konnte noch immer nicht so ganz fassen, was er da sah. Er war sich nicht sicher, ob er aufgrund seiner Krankheit oder der Nebenwirkungen seiner Medikamente möglicherweise ein wenig halluzinierte.

Am späten Nachmittag saßen die Männer vor dem Haus zusammen. Asali brachte gerade eine Kanne Tee heraus.

„Was sagen Sie nun, Doc? Fehlt der Kleinen etwas?"

Der Doktor räkelte sich auf einem der Plastikstühle, streckte die langen Glieder und gähnte. Dann sagte er knapp: „Nein."

Die anderen sahen sich gegenseitig an. Asali wollte nicht auf eine detailliertere Antwort warten, doch unhöflich wollte sie auch nicht wirken, indem sie dem Mann eine aus der Nase ziehen musste.

Mit diplomatischem Geschick wandte Taio ein: „Schatz, ich glaube, der Doc meint damit, dass es ihr an nichts fehlt, innerlich wie äußerlich – wenn man mal von der Färbung absieht."

Sie stellte die Kanne in die Mitte auf den Campingtisch. „Ist das sicher, ich meine, sonst ist sie ganz normal?"

Der Doktor zog sich betont lässig den Hut ins Gesicht. „Ja. Ich konnte keine Missbildungen feststellen und bei näherer Untersuchung auch keine Fehlfunktionen der inneren Organe finden. Abgesehen von der Hautfarbe – und das ist die einzige Anomalie, die mir aufgefallen ist – handelt es sich um ein quietschfideles, überraschend zutrauliches und kräftiges kleines Elefantenjunges. Von so etwas habe ich bisher weder gehört noch gelesen, geschweige denn leibhaftig und lebend in, hehe, Farbe gesehen! Die Geburt schien ja laut Ihres Mannes ebenfalls sehr schnell und glimpflich für Elefantenverhältnisse verlaufen zu sein. Alles in Ordnung soweit also. Wie war noch der Name? Prema?"

Taio biss sich auf die Zunge, um nicht zu lachen. „Prema hat meine Frau sie getauft."

Achselzuckend meinte der Doc: „Eine kleine wissenschaftliche Sensation haben Sie da, meine lieben Leute! Würde mich nicht wundern, wenn Sie bald regen Besuch bekämen. Die Touristen ... ähem, Leute kommen ja schon alleine wegen der ‚normalen' Elefanten gerne zum Anschauen, aber ein gelbes Elefanten…kind!" Er pfiff durch die Zähne und stand auf.

„Wollen Sie nicht noch auf einen Tee bleiben?"

Er beugte sich nach unten, hob seine Tasche auf und wandte sich zum Gehen. „Nein, vielen Dank meine Liebe! Ich muss noch weiter und für unseren bettflüchtigen Patienten hier wird es ohnehin höchste Zeit, stimmt's alter Junge?"

Dabei tippte er Taios Bruder im Vorbeigehen auf die Schulter. Der rollte mit den Augen und stand ebenfalls von seinem Stuhl auf. Man verabschiedete sich und Taio begleitete die beiden Männer zum Pick-up des Doktors.

Bevor er sich hinters Lenkrad klemmte, fasste er Taio noch einmal beim Arm und sagte halblaut: „Mein lieber Freund, machen Sie sich auf was gefasst! Hier wird es über kurz oder lang ein wenig unruhig werden. Leute werden kommen, gute und weniger gute. Man wird förmlich durchdrehen, die Nachricht über das hier wird sich in Windeseile verbreiten. Früher oder später stehen dann mit Sicherheit die Zeitung und auch das Fernsehen vor der Tür und auf Ihrem Grund und Boden. Passen Sie mir schön auf diese Tiere auf. Ich will auch gar nicht daran denken oder davon sprechen, was alles da draußen im Busch passieren kann. Wir haben es hier mit einer absoluten Seltenheit zu tun, da bin ich mir sicher. Diese Tiere haben sich dafür entschieden, bei Ihnen zu sein. Seien Sie sich der Verantwortung bewusst, aber erzwingen Sie auch nichts. Stellen Sie sich darauf ein, dass sich die Dinge drastisch ändern werden. Ich habe Ihnen ja bereits ein Funkgerät im Wagen gelassen. Im Notfall erreichen Sie mich damit, aber nur im Notfall. Scheuen Sie sich nicht, es zu benutzen, wenn etwas sein sollte! Irgendwelche Fragen?"

Taio war komplett überrollt und wusste im Augenblick keine Fragen zu stellen. Er hatte sich noch gar keine Gedanken über die nähere Zukunft gemacht. Darüber musste er erst einmal gründlich nachdenken und auch darüber schlafen.

Er war hundemüde nach allem, der Reise vom Vortag, der schlaflosen Sturmnacht und Premas Geburt. Auch der heutige Tag hatte ihn noch nicht eine Minute zur Ruhe kommen lassen.

Während er noch wie benommen und völlig gedankenversunken dastand, dröhnte der Truck mit dem Doktor und seinem Bruder an ihm vorbei, verschwand hinter einer Biegung, erklomm eine Anhöhe und wurde schließlich leiser, bis nichts weiter als das Flüstern des Windes zu hören war.

Mitten aus seinem traumlosen und tiefen Schlaf schreckte Taio hoch. Unsanft war er geweckt worden.

Noch gar nicht richtig wach und nicht wissend, warum und wie, fand er sich schon halb aus dem Bett, mit einem Fuß auf dem Boden.

Etwas zerrte an seinem Arm, immer wieder, Stimmen wurden lauter. Er riss sich los und rappelte sich auf, dann verstand er die Situation.

Seine Kinder hatten ihn so aufgebracht geweckt. Der Kleine saß auf der Bettdecke, der Ältere hatte seinen Arm gepackt und ihn so teilweise aus dem Bett gezogen.

„Papa! Na endlich bist du wach! Komm schnell, komm schnell raus!“

Taio durchzuckte ein Schreck, sein Blut kochte und seine Muskeln spannten sich. Augenblicklich war er hellwach. Er sprang auf und riss dabei fast seinen Jüngsten mit sich vom Bett herunter.

„Oh nein, wie konnte ich das vergessen?"

In den Schläfen hämmerte es, im Laufen griff er sich die Hose vom Stuhl und sprang hinein.

Er war mit wenigen Sätzen durch das Haus und an seiner Frau vorbei, die beschäftigt schien, aber er lief zu schnell, um zu erkennen, womit. Sie hatte ihn nicht bemerkt, da sie mit dem Rücken zur Raummitte stand. Dafür erschreckte sie die Haustür, die er ungebremst in vollem Lauftempo mit der Schulter krachend aufstieß.

Ohne Schuhe, Shirt und Hemd landete er auf dem ausgetrockneten und sandigen Weg vor seiner kleinen Veranda. Suchend blickte er sich hektisch um. Seine Kinder kamen ebenfalls gerade aus dem Haus und rannten bereits an ihm vorbei um die vordere Häuserecke.

„Hier entlang, Papa! Komm schnell!"

Er nahm die Verfolgung auf, die Hauswand gab den Blick auf das hintere Grundstück frei.

Jetzt sah er die Leute auf dem Platz zwischen Farm und Stall. Er analysierte kurz die Sachlage und legte dann einen Tiefstart aus dem Stand hin, dass der Sand nur so spritzte. Mit wenigen Schritten hatte er die Kinder eingeholt und raste am Haus vorbei.

Ach herrje, wie lange habe ich bloß geschlafen?

Er steuerte direkt auf die Menschengruppe zu. Ganz sicher waren es die Parkgäste, die sich für diese Woche angekündigt hatten. Bevor er sie erreicht hatte, verlangsamte er seine Geschwindigkeit, da er nahe an der Koppelseite entlanglaufen musste, auf der sich die Elefanten aufhielten. Zum Glück waren sie auf der anderen Seite des Stalls, was wohl auch der Grund dafür war, weshalb sich die Leute nicht bei ihren Wagen auf dem Vorplatz oder direkt beim Haus aufhielten.

Es schienen einige Touristen aus dem Ausland dabei zu sein, die ersten Fotoapparate waren schon in Anschlag gebracht worden und es wurde eiligst geknipst, was der Film oder die Speicherkarte hergab. Eigentlich gab es nichts wirklich Spannendes zu fotografieren, außer der Gegend und den paar Gebäuden.

Die Elefanten hielten sich wohl glücklicherweise noch innerhalb ihres Verschlags auf und verhielten sich leise. Ein paar der Leute hatten sich aber leider bereits an den Koppelzaun vorgewagt, ein Halbwüchsiger machte sogar Anstalten über den Zaun zu klettern.

„Guten Morgen, entschuldigen Sie mich bitte einen kurzen Moment!“, rief Taio dem zurückgebliebenen Teil der Reisegruppe in feinstem Englisch zu, während er an ihnen vorüberrannte, kleine Sandwölkchen aufwirbelnd.

Es mochte sich um etwa ein Dutzend Menschen handeln, überschlug er im Kopf auf dem Weg zum Gehege.

„Ich würde Sie bitten, sich nicht so nahe an die Koppel zu bewegen, ohne Aufsicht kann das gefährlich werden, Ladies and Gentlemen! Und du, lass dir bloß nicht einfallen über den Zaun zu steigen!“, ermahnte er den Jungen, als der schon fast hinübergeklettert war.

„Entschuldigen Sie, aber wie reden Sie mit meinem Sohn?“ Der Vater hatte den Fotoapparat sinken lassen und kam in seinen Sandalen auf Taio zu. „Außerdem hat man uns in der

Lodge im Reservat gesagt, dass man hier Elefanten sehen kann und sie gerne auch gezeigt bekommt. Ich habe auch nirgendwo ein Schild gesehen, das verbietet, sich hier aufzuhalten."

Taio bemühte sich, ganz ruhig und gelassen zu bleiben. Höflich, aber bestimmt entgegnete er: „Verzeihen Sie bitte, aber ich bin der Besitzer dieses Landes, auf dem Sie sich aufhalten. Ja, man kann hier Elefanten sehen, insofern sie sich gerade hier aufhalten. Ich wollte Ihren Sohn nur davor bewahren, einen vielleicht verhängnisvollen Fehler zu begehen. Eine Führung kann nur stattfinden, wenn auch jemand da ist, der dazu befugt ist. Das wäre in dem Fall auch wieder ich. Da ich aber bis eben noch nicht hier war, kann niemand sonst für ihre Sicherheit garantieren. Ach – und eigentlich bin ich kein Freund von Verboten. Aber vielen Dank, gleich nachher werde ich ein großes, gut lesbares Schild hier vorne aufstellen. Wollen Sie wissen, mit welcher Aufschrift?"

Der Mann schnaubte beleidigt und nahm seine Frau beim Arm. „Komm, wir gehen, Schätzchen! So etwas müssen wir uns nicht gefallen lassen! Ruupert!"

Bockig ließ der Junge vom Koppelzaun ab und folgte trotzig seinen Eltern. Als er Taio passierte, streckte er ihm kurz die Zunge heraus. „Hier gibt's ja auch überhaupt gar keine blöden Elefanten!"

Taio wollte gerade etwas sagen, als hinter dem Stall ein lautes Trompeten ertönte.

Wie erstarrt standen die kleine Familie und ein jüngeres Pärchen, das sich stillschweigend in der Nähe befand und zugehört hatte, an Ort und Stelle. Ganz langsam drehten sich alle zu Taio um, doch schauten sie an ihm vorbei. Ihre Gesichter nahmen längliche Züge an, eine Mischung aus Schrecken, Verwunderung, Staunen und ungläubiger Fassungslosigkeit.

Dem Mann glitt der Fotoapparat aus den Händen und fiel in den Sand, seine Frau verkrallte sich fest in seinen Arm. Dem Jungen kippte die Kinnlade herunter und die Augen schienen ihm fast aus den Höhlen zu treten. Taio war ebenfalls verblüfft, drehte sich um und sah es auch: Die Elefanten waren aus dem Stall ins Freie gekommen. Allen voran die frechste und zugleich kleinste von ihnen, die sich auch schon unmittelbar hinter ihm an den Zaun gesellt hatte.

Das gelbe Elefantenkind Prema. Neugierig musterte es die komischen Zweibeiner, die da so regungslos wie Kegelstümpfe im Sonnenlicht herumstanden.

Nun gab es kein Halten mehr. Die Leute, die noch weiter entfernt standen, hatten ebenfalls die Elefanten und den farblich herausstechenden Sonderling erblickt und begannen, sich ihrerseits der umzäunten Anlage zu nähern.

„Oh nein“, seufzte Taio, „dass es so schnell die Runde machen wird, hätte ich nicht erwartet!“

Er versuchte zu retten, was zu retten war und ging zügig auf die Gruppe zu.

„Ja, Sie dürfen gerne schauen. Bitte tun Sie mir und besonders den Tieren einen Gefallen und verhalten Sie sich leise. Ob Sie Fotos machen dürfen? Von mir aus, ja. Auch bitte keine hektischen Bewegungen – und bleiben Sie bitte ein paar Meter vom Zaun weg!"

Er begann zu schwitzen. Er winkte seine Kinder, die ein paar Meter entfernt zusammenstanden und sich amüsierten, zu sich.

„Geht schnell ins Haus und sagt Mama, sie soll für Getränke sorgen. Wasser herausbringen, Tee kochen oder Kaffee, wenn wir noch welchen haben. Holt die Bänke, den großen Klapptisch und die Campingstühle aus dem Schuppen und baut sie vor dem Haus und der Veranda auf, bitte."

Dann wandte er sich wieder seinen Gästen zu, die mittlerweile vollzählig und in Reih und Glied beieinanderstanden und nicht schlecht staunten.

„Bitte, Sie können ja alles sehen. Nicht so nah heran! Die Kleine ist erst ungefähr anderthalb Tage alt, bitte nehmen Sie darauf Rücksicht!"

Als Baby Prema plötzlich lustig zu seiner Mutter trappelte und gierig zu trinken begann, ging ein Raunen durch die Reihe der Schaulustigen.

Taio wäre am liebsten im Boden versunken. Jetzt wurde fotografiert und gefilmt, als gäbe es kein Morgen mehr. Zu den Fotoapparaten kamen nun auch die Handkameras und wer nicht derartig ausgestattet war, zückte das Mobiltelefon und hielt drauf, ohne Rücksichtnahme auf Kapazität und Akkustand. Wäre eventuell später unterwegs in der Wildnis etwas passiert, niemand hätte um Hilfe telefonieren können.

Es wurde getuschelt, immer wieder von Entzückungsrufen begleitet, die Leute waren durch nichts, keine vernünftigen

Worte, flehende Ermahnungen oder höfliche Bitten davon abzubringen, das kleine gelbe Wunder in aller Ausgiebigkeit auszukosten.

„Ach wie putzig! Sie wurde aber nicht etwa gelb angemalt? Ich meine, um uns Touristen ein bisschen zu locken?“

Irgendwie kam das Taio auf eine Art und Weise bekannt vor.

„Nein, ich bitte Sie! Ich konnte es ja anfangs selbst nicht glauben und dachte, dass es ein schlechter Scherz sei. Aber ich war live dabei, als sie auf die Welt … äh, auf den Boden hier in meinem Stall geplumpst ist!“

Die Frau lachte.

„Ich wollte Sie doch nur ein bisschen auf den Arm nehmen! Aber einen gelben Elefanten habe ich noch nie im Leben gesehen. Ich wusste gar nicht, dass es so etwas gibt!“

Taio kratzte sich verlegen am Hinterkopf.

„Ich auch nicht“, gab er zu, „ich auch nicht!“

Die junge Frau in ihrem geblümten Sommerkleid kam auf Taio zu.

„Hat der Kleine denn auch schon so etwas wie einen Namen?“

Sie hielt sich die Hand über die Augen.

„Ähm, sie … ist ein Mädchen, sie heißt Prema. Meine Frau hat sie so getauft, als sie sie das erste Mal gesehen hat.“

Eigentlich war an diesem Tag für die Besucher auf Taios Farm eine Fahrt in den Nationalpark und zur Etosha-Salzpfanne geplant gewesen. Mit einer Autokolonne und mit Taio und Buck zuvorderst.

Nach der ganzen Aufregung und den Ereignissen der letzten Tage hatte er den Termin schlicht und ergreifend verschlafen, im wahrsten Sinne des Wortes. Er war ja in seiner Nebenbeschäftigung auch als Guide für derlei Unternehmungen, also Ausflüge in und um den Park tätig.

Nachdem man hier aber einen kleinen gelben Elefanten bestaunen konnte, war eine Fahrt durch die Hitze und in eine menschen- und eventuell tierleere Ödnis keine attraktive Option mehr für die anwesenden Leute gewesen.

Alles hatte nur noch Augen für das ungefähr 160 Kilogramm schwere, knallig gelbe Energiebündel, das übermütig und mit sichtbarem Vergnügen vor aller Augen seine Posen machte, ab und zu stolperte und nicht mehr außer Sicht gelassen wurde.

Zwischendurch zogen sich die Tiere sehr zum Missfallen der Gäste zurück, doch das viele Herumgetolle machte müde und Baby Prema brauchte seinen Schlaf. Diese Gelegenheit nutzte Taio dankbar und geschickt aus, um die Menschen, die nun wieder seine Sprache zu verstehen schienen, einzufangen und zurück, weg vom Gehege in Richtung Haus zu lotsen.

Asali und die Kinder hatten ganze Arbeit geleistet. Vor dem Freisitz am Haus sah es hergerichtet aus wie für eine große Kindergeburtstagsparty, nur eben ohne Kuchen. Dankbar setzte man sich zusammen und bediente sich an Getränken und kleinen Snacks. Pfiffig wie sie war, hatte Asali in weiser Voraussicht eine beachtliche Menge von flachen Broten und anderem Gebäck improvisiert und auf dem Tisch inmitten der Sitzgruppe aufgefahren. Genüsslich schwatzend und lachend labte man sich an den Erfrischungen, verglich seine Fototrophäen und kontrollierte die Filmaufnahmen. Kurzum, es gab nur ein einziges Gesprächs- und Diskussionsthema, natürlich.

Inmitten der Gesellschaft ausgelassener und fürs Erste ruhiggestellter „Zaungäste" saß, von allen anderen unbeachtet, still und unauffällig Ric.

Er hatte seine teure Kamera vor sich auf dem Tisch liegen und ließ sich bei der Durchsicht seiner Aufnahmen eine Tasse dünnen Kaffee munden. Zufrieden grinsend spulte er vor und zurück. Ungeduldig freute er sich schon, später von seinem Hotelzimmer aus seinen Arbeitgeber anzurufen.

Ric war aus Kapstadt, Südafrika angereist, hatte sich unter eine der Reisegruppen gemischt, die von den Touristenunterkünften Tagesausflüge in den Park buchten. Er war Fotograf, machte vornehmlich Tier- und Landschaftsaufnahmen. Über Umwege war er mit einer Truppe von Besuchern hier auf Taios Farm gelandet, unermüdlich auf der Suche nach einem neuen und spannenden Motiv.

Was er heute vor die Linse bekommen hatte, war ein unbeschreiblicher Glücksfall, eigentlich ein Wahnsinn, innerlich rieb er sich die Hände.

Fein säuberlich verstaute er verstohlen seine Reiseausrüstung in seinem Wanderrucksack.

Wenn das nicht der Jackpot, der Million-Dollar-Shot ist, dachte er bei sich und sah schon den riesigen Haufen Geld vor sich. *Ich will verdammt sein, wenn ich nicht der erste Profi bin, der das geschossen hat!*

Er war in Hochstimmung, konnte den Champagner schon förmlich riechen und es gar nicht erwarten, zurück ins Hotel gefahren zu werden.

Die Mittagssonne knallte vom Himmel herunter, das spürten alle Anwesenden. Die Frage, ob man denn heute noch einmal das Elefantenkalb zu Gesicht bekäme, beantwortete Taio mit einem entschiedenen „Heute bitte nicht mehr“, man müsse verstehen und respektieren, dass die momentanen Umstände hier auf der Farm, auch für ihn, noch sehr frisch und ungewohnt seien und man auch besonders die Privatsphäre der Dickhäuterfamilie zu respektieren habe. In Zukunft sei man aber besser auf Besuchergruppen vorbereitet.

Ric war das ziemlich egal, er hatte ja, was er wollte – und mehr noch! Es hätte gar nicht besser laufen können, wenn er seine Karten jetzt schnell und geschickt ausspielte, war er ein gemachter Mann, todsicher! Er lachte gehässig in sich hinein. Die armen Irren um ihn herum! Und dann dieser ärmliche und simple, einfältige Farmerbursche von einem semi-professionellen Elefantendompteur! Der hatte ja nicht die leiseste Ahnung, auf was für einer Goldmine er da saß!

Er leerte seine halbvolle Tasse in einem Zug und stand auf, um sich noch ein wenig im Schatten des Hauses auszuruhen, bevor sich die Gruppe sammelte und die staubige und beschwerliche Rückfahrt antrat.

Ric war eigentlich weder paranoid noch unterstand er irgendwelchen Zwängen, aber mit diesen Sensationsaufnahmen in der Tasche begann er vorsichtig zu werden. Das ging irgendwann so weit, dass er mit der Zeit immer unruhiger wurde und die gespeicherten Daten ständig aufs Neue durchging und zu jeder Zeit bei sich am Körper trug.

Als er endlich in einem kleinen Flieger über den Wolken des afrikanischen Kontinents saß, erlaubte er sich ein kleines Schläfchen. Traumfetzen peitschten durch kurze Pausen der Ruhe und ließen keinen erholsamen Schlaf zu, der länger als zehn Minuten andauerte. Immer wieder schreckte er auf, griff hastig zu seinem Hüftgürtel und vergewisserte sich, dass alles noch an seinem rechtmäßigen Platz, verborgen und sicher vor den gierigen Händen von wem auch immer war.

Lass mich endlich in meinem Hotel in Windhoek sein, in Sicherheit ...

Ein weiteres Mal kippte sein Kopf zur Seite, umhüllt von dunkler Müdigkeit, ehe er erneut hektisch und schnell atmend hochfuhr.

Verdammt nochmal! Wenn ich erstmal da bin, schließe ich alles in einem Safe ein. Ich werd' nichts über E-Mail verbreiten, nichts übers Internet! Moment mal, besser noch: Ich mache Kopien und packe die in ein anonymes Schließfach. Zur Sicherheit, sollte was schiefgehen.

Ihm war aus eigener Erfahrung klar, dass sich sein kostbares kleines Geheimnis nicht ewig geheim halten ließ, aber er hatte einen beträchtlichen Zeitvorsprung und den nötigen Schneid, die Geschichte zu seinen Gunsten durchzuziehen.

Er sollte Recht behalten. Nach nicht einmal zwei Tagen belagerten schon mehrere Dutzend Menschen Taios Grundstück. Innerhalb und rund um den Nationalpark hatte sich die Neuigkeit vom gelben Elefantenkind wie ein Buschfeuer in der Trockenzeit in alle Richtungen verbreitet. Täglich wurden es mehr. Vorbei war die Ruhe.

Der Doc sollte Recht behalten und hatte es vorausgesehen. Das mussten Taio, seine Frau und die Kinder erkennen – schneller, als ihnen lieb war.

Ric hatte bereits am Vortag schnell und konsequent gehandelt, denn die Zeit spielte ihm nicht ganz so in die Karten, wie er anfangs geglaubt hatte. Nervös hing er am Telefon in seinem Stützpunkt, einem Hotelzimmer in der namibischen Hauptstadt.

„Ja! Wenn ich es dir doch sage! Keine Nachbearbeitung der Bilder ... Wie hätte ich denn in der kurzen Zeit am Computer alle Fotos retuschieren sollen … und dann erstmal das zehnminütige Video? Ich war bis gestern spät abends unterwegs! Nein, ich schicke dir nur diese eine Aufnahme, den Rest gibt‘s dann gegen Cash, sorry. Aber ich muss mich absichern, das weißt du doch wohl am besten! Sobald die Zahlung eingegangen ist, bekommst du alles, was ich habe, plus die Info, WO genau ich das herhabe. Versteh mich nicht falsch, aber das ist meine große Chance ... ja, genau. Bis später, ich gebe dir den Rat, schnell zu machen, sonst verkauf ich an den nächsten oder direkt an die Klatschpresse. Hähä, ich weiß, dass ich ein Gauner bin! Bye, bye!“

Er rieb sich die Hände. Hatte sein Kontakt angebissen? Und ob!

Ab jetzt ging alles immer schneller. Anfangs kamen viele von Taios Verwandten und Bekannten und viele Einheimische aus den anderen Orten in der Nähe, aber auch schon die Ersten aus der Ferne.

Die Afrikaner feierten spontane Feste, machten helle Feuer in der Nacht und sangen und tanzten. Für sie war es eine Art Offenbarung, ein Zeichen, für manche vielleicht auch ein Gottesgeschenk. Niemand dieser Leute sah in klein Prema eine Geldquelle, die man anzapfen musste. Für sie hatte das Elefantenmädchen eine tiefere und fast schon himmlische Bedeutung. Das änderte aber nichts an der Tatsache, dass sich die anwachsenden Menschenmassen, egal ob aus Neugierde, Wohlwollen oder Sensationsgier, pausenlos um das Freiluftgehege neben Taios Farm drängten.

„Ich muss den Zaun verstärken und so etwas wie einen Sichtschutz bauen!", hatte er zu seinem Bruder gesagt, denn die Worte des Doktors hallten immer wieder nach und ließen ihn keine Ruhe finden.

Tage vergingen. Die Elefanten waren glücklicherweise weniger schnell aus der Ruhe zu bringen, stoisch ertrugen sie Hitze und Trubel und dachten nicht ans Weggehen.

Die Menschen spendeten Futter und Wasser, das auf Karren, Autos und kleinen Lastern aus teilweise großen Entfernungen die Farm erreichte. Taio hatte alle Hände voll zu tun, um zu überwachen, dass alles korrekt und reibungslos für seine Lieblinge ablief.

Mittlerweile wurde er von mehreren Freunden und Helfern unterstützt. Wenn die langnasige Familie morgens aus dem Stall ins Freie schlenderte und Prema zwischen den anderen

Tieren auftauchte, stieg der Lautstärkepegel. Die Leute jubelten, als hätte ihre Lieblingsfußballmannschaft ein Tor erzielt.

Ric hatte den ersten Stich gemacht und damit eine Lawine ins Rollen gebracht. Danach war er abgetaucht und von der Bildfläche verschwunden.

Sämtliche Medienprofis waren nach seinem Artikel mit Farbaufnahmen sogleich aufgestachelt worden, wie wilde Wespen, nachdem ihr Nest angegriffen wurde.

Leute von mehreren Zeitungen waren schon dagewesen, hatten ihre Aufnahmen gemacht. Direkt am nächsten Tag waren Prema, ihre Familie und die Farm überall auf Seite eins zu sehen, darunter immer länger werdende Artikel.

Die Agentur, für die Ric gearbeitet hatte, war auch hier wieder die Erste gewesen. Sie hatte zusätzlich noch Taio ein Exklusivinterview über „Den Vater des gelben Elefantenwunders" abgenötigt und die ersten Bewegtbilder für die Nachrichten mit der Kamera aufgezeichnet.

Taio hatte sich gar nicht allzu schlecht geschlagen, dafür dass man ihn so überrascht und überfahren hatte.

Reporter: „Wie ist es für Sie, der Besitzer des Landstrichs, auf dem sich das gelbe Wunder ereignet hat, zu sein?"

Taio: „Ich war schon immer hier, ich habe nichts dazu getan. Die Tiere haben sich einfach nur meinen Stall ausgesucht."

Reporter: „Ein süßes gelbes Elefantenbaby, ein Wahnsinn! Haben Sie so etwas schon einmal gesehen und was sagen Sie dazu?"

Taio: „Noch nie gehört, noch nie gesehen. Aber auch darauf haben wir keinen Einfluss, es ist nun mal so gekommen, von ganz allein."

Reporter: „Aber jetzt, wo die Welt beginnt, davon zu erfahren, ich meine, Sie werden doch nun bestimmt ein reicher Mann werden wollen, oder nicht? Was glauben Sie, bedeutet das alles hier für Ihr Land, Mr. ...?"

Taio: „Ich werde daraus keinerlei Kapital schlagen, denn für mich zählt allein das Wohlergehen der Tiere. Ich werde mein Möglichstes und auch mein Äußerstes tun, wenn es sein muss, um das zu gewährleisten. Verlassen Sie sich drauf! Sicher dürfen die Leute sich alles anschauen, aber diese Massen von lauten Menschen sind nicht gut für die Tiere, speziell für die Kleine. Mein Land? Bis jetzt haben sich die wenigsten dafür interessiert, abgesehen von ein paar Urlaubern und Tierliebhabern. Jetzt scheint sich das drastisch zu ändern und alle drehen völlig durch!"

Er blickte flehend direkt in die Kamera.

„Bitte, das hier muss organisiert werden, bevor etwas Schlimmes passiert. Ich wende mich an alle, die helfen wollen. Vielen Dank."

Der Reporter machte das Cut-Zeichen, dann sagte er im Gehen: „Vielen Dank, Sir. Sie hören von uns!"

Natürlich eine glatte Lüge, aber das war Taios geringste Sorge. Ihn beschäftigte vielmehr die Sicherheit der Elefanten, besonders aber auch die seiner eigenen Familie.

Es war kaum Zeit vergangen, die Medien aber bereits voll von Meldungen und Neuigkeiten aus Namibia. Das Internet platzte vor Amateuraufnahmen, kleinen Filmchen und Artikeln.

Jeder wollte etwas dazu beitragen. Unzählige Flüge nach Afrika wurden gebucht, um das „gelbe Wunder“ mit eigenen Augen zu sehen und sich persönlich von dessen Echtheit zu überzeugen.

Die gut Betuchten zahlten gerne unverhältnismäßig hohe Preise für Anreise und Unterkunft, nur um am schnellsten am Ort des Geschehens zu sein. Schaulustige, Urlauber, Filmer, Privatpersonen aller Art. Jeder fütterte das Netz mit Blogs, Fotos, Gemälden, selbstgeschriebenen Berichten und Gedanken.

Die sozialen Medien explodierten und überschlugen sich vor News und Geschichten über das kleine gelbe Tierchen, das jeder so herzallerliebst und besonders süß fand. Kurze Zeit später wusste die halbe Welt von Prema und Namibia. Es hatte insgesamt keine drei Tage gedauert und das Thema war in aller Munde, auf dem ganzen Globus. Groß und Klein, Amerikaner und Chinese, jeder wusste, wer und wo Prema genau war. Ob im Büro, im Kindergarten, auf Partys oder im Bus und der Bahn, jeder und alle hatten nur ein Gesprächsthema.

Als die Meldungen über die Anwesenheit eines lebenden Wunderelefanten nichts großartig Neues mehr in Fernsehen, Radio und Druck brachten, bewegten sich das fachliche und auch das öffentliche Interesse in die nächste Richtung.

Nach dem ersten großen Wirbel und der geklärten Frage nach dem WAS und dem WO folgte der Aufschrei nach dem WIE und WARUM.

Eine Erklärung musste her. Warum war der kleine Elefant denn eigentlich gelb und wie konnte das überhaupt sein?

Die nächste Welle von Menschen überrollte die kleine Farm und das Land, auf der sie stand. Nun waren es diese Fragen, die gestellt wurden und beantwortet werden wollten.

Diskussionen entbrannten, Streit flammte automatisch mit auf. Jeder wollte es besser wissen. Während die Antworten auf die Fragen nach den ersten beiden Ws noch eher einheitlich und weniger kompliziert waren, ergab sich aus den beiden Letzteren ein riesiges Durcheinander, da niemand darauf eine schlüssige Antwort hatte. Nacheinander gingen die Argumente aus, Mutmaßungen und Spekulationen waren nun am schnellsten bei der Hand.

Die großen Zeitungen der USA, in den Ländern Europas, in Russland und rund um die gesamte Welt titelten reißerischer und immer absurder: „Werden in Zukunft nur noch bunte oder verschiedenfarbige Elefanten geboren?“ Oder: „Gendefekt, Mutation oder fauler Zauber?“ Immer abstrusere Überschriften waren zu lesen: „Das baldige Ende der Welt in Sicht?“

In den neueren Aufnahmen aus Namibia waren mittlerweile Tausende von Menschen zu sehen, gleich Pilgern, die Taios Farm Tag und Nacht belagerten. Die Gegend glich einem überdimensionalen Campingplatz, war kaum mehr wiederzuerkennen.

Zum Glück konnte man sehen, dass er seinen Plan eines Sichtschutzes und einige Schutzmaßnahmen in die Tat hatte umsetzen können. Die Polizei musste zeitweise für Ordnung sorgen. Glücklicher- und bemerkenswerterweise war aber auch nach mittlerweile fast zwei Wochen noch nichts Schlimmeres passiert.

Die Wissenschaft meldete sich immer häufiger zu Wort und nun hatten die Fachleute ihren großen Auftritt. Jetzt hieß es „Bühne frei“ für Diskussionen und Zwist, Argumentation und Fachsimpelei.

In sämtlichen Talkshows lud man gestandene Professoren, namhafte Forscher und Gelehrte, Meister ihrer Fachgebiete zum Auftritt und Kampf im verbalen Boxring. In solcherlei Expertenrunden ging man der Tatsache und der Frage auf den Grund, warum Elefanten denn neuerdings gelb waren. Zwischen die Experten der Wissenschaft und Forschung wie etwa Biologen, Mammalogen, Zoologen, Dermatologen, Paläontologen, Klimatologen, Neurologen, Virologen, Toxikologen, Symptomatologen, Teratologen, auch Theologen und Pharmakologen und unzähligen weiteren „Ologen“ setzte man natürlich auch gerne Naturheilkundler, Esoteriker oder auch Prominente ohne jegliche fach-spezifische Ahnung. Das sicherte die Einschaltquoten und garantierte noch mehr Kontroversität in den ohnehin schon wenig um Konsens bemühten Debatten.

Im US-Abendprogramm lief gerade eine solche Show. Überall in den Großstädten wie auch hier vor einem New

Yorker Café standen die Leute bis auf die Straße, um die Sendung zu verfolgen, in der heftig und ausdauernd wegen der kleinen Prema und über ihre gelbe Hautfarbe gestritten wurde.

Wie auch schon in den Zeitungen und Nachrichten im Fernsehen fielen mehrfach Begriffe wie Mutation, Gendefekt oder seltene Hautkrankheit. Einer in der Runde versuchte stichhaltig darzulegen, dass es sich laut seiner Hypothese dabei um weitläufige Zusammenhänge mit dem Klimawandel handelte. Dafür wurde der Forscher von fast allen anderen Anwesenden sogleich in Grund und Boden gestampft.

Ein anderer der Zusammenkunft, ein Mann der Kirche, versuchte Prema als eine Art übernatürliches, wissenschaftlich nicht belegbares, von höherer Stelle gesandtes Geschöpf zu erklären. Ihm ging es nicht anders als seinem Vorredner.

Es wurde sich natürlich geeinigt – und zwar darauf, dass sich alle uneinig waren. Jeder beruhte und beharrte auf seinem Standpunkt, man entfernte sich immer weiter voneinander. Eine Schauspielerin ergriff das Wort: „Ist es denn nicht völlig egal? Sie alle hier reden und reden, Sie wissen doch in Wahrheit gar nichts über die Herkunft des Tieres und die Ursache seiner gelben Hautfärbung. Ist es nicht viel wichtiger und schöner, dass sie gesund und das Gesprächsthema aller ist? Ich finde, dass Sie sehr engstirnig sind, wenn Ihnen die Argumente ausgehen, werden Sie laut und unhöflich!"

Nach der Aussage wurde es geräuschvoll im Fernsehstudio. Das Publikum applaudierte, alle redeten durcheinander, niemand verstand mehr sein eigenes Wort. Streit.

Das war natürlich ein Fest für die Fernsehmacher und Produzenten, das Konzept war voll aufgegangen. Ein Erfolg auf ganzer Linie, ewig wiederholbar.

So ging es eine ganze Weile lang weiter, denn das zweite Thema nutzte sich nicht so schnell ab wie das erste, die ersten beiden Ws.

Nun folgte Welle Nummer drei: die Frage nach dem WOMIT.

Womit ließ sich aus dieser Situation und dem Tier, welches mittlerweile eine regelrechte „Elephant-Mania" auf der Welt ausgelöst hatte, am meisten Kapital schlagen? Wie vermarktete man dieses Wunder am besten, sodass es den meisten Profit abwarf?

Die einfachste Überlegung war: das Tier, Elefantenkind Prema, selbst. Mit (gelber) Haut und Haaren.

Zoologische Gärten und Tierparks rissen sich förmlich um die Kleine und überboten sich ins Unermessliche. Sie hätten ohne mit der Wimper zu zucken ihre finanzielle Existenz auf eine Karte gesetzt, nur um dieses Tier in die Hände beziehungsweise ihr Gehege zu bekommen. Zoo- und Zirkusdirektoren und ihre Belegschaften hätten sich für Lebzeiten verschuldet.

Man versuchte es direkt und ging persönlich nach Namibia, fuhr in den Nationalpark und rückte dem armen Taio auf den Pelz. Unter Aufbietung aller Überredungskünste – in neun-undneunzig Prozent der Fälle war das natürlich eine Stange Geld – wurde versucht, ihn über längere Zeit beharrlich weichzukochen. Da kannte man den Farmer und Ranger Taio aber schlecht. Ihm war durch nichts in der Welt beizukommen – und waren es noch so utopische Summen und Versprechen.

Er dachte gar nicht daran, sich anzumaßen, über diese wilden Tiere zu verfügen, geschweige denn eines davon zu verkaufen. In seinen Augen gehörten sie ihm nicht einmal. Wenn man es genau nahm, war das auch genau der Fall. Er bewahrte dank seines ruhigen und friedlichen Gemüts lange Geduld und Fassung. Bis zu dem Punkt, als man seine Familie und ihn immer mehr bedrängte.

Das erste Mal in seinem Leben wurde er wirklich wütend, aber er war natürlich intelligent und gewieft genug, sich auf die Gesetze und die Hilfe der Polizei zu stützen. Wilde Tiere standen nun mal unter Schutz und so zog man mit leeren Händen und unverrichteter Dinge wieder ab.

Da also das Original tabu, unerreichbar und nicht direkt kommerzialisierbar war, ging man den logischen nächstliegenden Schritt: Die Vermarktung von dem Original ähnelnden Konsumgütern und Artikeln: gelben Elefanten.

Das waren, in kürzester Zeit global produziert – es gab ja kein Patent – allem voran Plüsch- und Schmusetiere. In allen Größen, Spielzeug wie (Action-)Figuren, Bilder, Postkarten, Geschirr, Kleidung, der Renner waren T-Shirts, Kinderschlafanzüge und Bettwäsche, Kostüme, Aufkleber, Schlüsselanhänger, Glücksbringer und alles Mögliche und Erdenkliche, auf das ein Elefantenmotiv in gelber Farbe passte oder was irgendwie in Elefantenform gebracht, gestanzt, gegossen, gebacken, gemeißelt und anschließend in Massen an die Massen verkauft werden konnte.

Ric saß ein weiteres Mal im Flugzeug. Er hatte nur eine Strecke mit mehreren Zwischenlandungen erwischt. An sich machte ihm das wenig aus, außer dass er um einiges länger als vorausberechnet unterwegs sein würde als bei einem Non-Stop-Flug.

Sein finales Ziel war London. Dort wollte er noch einem Verlag seine letzten, gleichzeitig aber auch seine ersten „Exklusivaufnahmen" mit besonderen Details und Infos verkaufen. Diese hatte er geschickterweise nicht sofort an die Agentur in Kapstadt abgetreten. Das waren Aufnahmen zum Teil mit Taio und den Leuten, mit denen er beim ersten Mal vor Ort gewesen war. Darauf waren keine Menschenmassen und das Elefantenkind noch „ganz frisch", kürzeste Zeit nach der Geburt und aus allernächster Nähe zu sehen.

Er hatte dort auch schon einen mehr als interessierten Käufer aufgetan, den bisher Meistbietenden. Zwar in Übersee, aber hier konnte er noch „das Letzte rausholen und ausschlachten". Das waren seine Worte gewesen.

Die letzte Zwischenlandung stand an, auf dem Drehkreuz Europas, dem Frankfurter Flughafen. Eben kam erneut die Durchsage mit der Bitte nach noch etwas mehr Geduld, da man eine weitere Schleife fliegen müsse, ehe man endlich zur Landung ansetzen konnte.

„Elende Ehrenrunden, elende Ferienflieger! Halten den ganzen Verkehr auf!"

Jacob stand im Büro von seinem Schreibtisch auf. Er hatte lange gesessen und brauchte frische Luft. Als er am geöffneten Fenster stand und durchatmete, fielen ihm die vielen Flugzeuge auf, die am Himmel scheinbar langsam in Kreisen ihre Bahnen zogen.

Auch Jacob hatte auf seinem täglichen Weg durch die Stadt, durch Gespräche der Leute, an Fernsehgeräten vorbei und auch über die Zeitung längst schon die Nachrichten und Neuigkeiten aus Afrika mitbekommen. Das war zuerst schon ein wenig überraschend gewesen, denn er hatte Noams Geschichte in der Zwischenzeit schon fast wieder vergessen. Der hatte es ihm ja vor etwas mehr als zwei Wochen in sämtlichen Einzelheiten prophezeit, nun war es Realität.

Ein weiteres Mal hatte der Junge, den er so liebte, seine Außergewöhnlichkeit unter Beweis gestellt. Ein schwer zu schluckender Brocken, mal wieder, aber Jacob war mittlerweile durch nicht mehr viel aus der Ruhe zu bringen und vertraute ihm in allen Belangen.

Bei der Beobachtung der Flugzeuge war ihm ein Gedanke gekommen.

Warum nicht auch ein bisschen Urlaub machen, es war ja gerade Saison. Mona und Noam wären bestimmt auch nicht abgeneigt, dachte er sich, ließ das Fenster offen und setzte sich wieder zurück an die Arbeit. Bis zur Mittagspause wollte er noch einiges geschafft haben.

Der Frühling war voll erwacht. Die Natur begann, verschwenderisch ihre Farben zur Schau zu stellen und die Vögel sangen dazu mit neuem Eifer. Die Sonne stand hoch und ungestört am Himmel, ein milder und freundlicher Bilderbuchtag.

Jacob war schon eine Zeit lang unterwegs nach Hause, hatte etwas früher Feierabend gemacht und spazierte durch die Stadt. Er genoss das schöne Wetter und tankte die warmen Sonnenstrahlen. Er hatte glänzende Laune und freute sich auf Noam und Mona.

Was der wohl gerade wieder treibt?

Als er an seiner Bahnhaltestelle ankam, ging er pfeifend daran vorbei. Er hatte beschlossen, den Rest des Weges zu Fuß zurückzulegen. Bewegung an der frischen Luft schien ihm jetzt das Beste zu sein.

Er hatte einen Weg gewählt, der ihn abermals ein gutes Stück entlang des Flussufers führte, eine der Lieblingsstrecken von Noam und ihm. Ein leises laues Lüftchen strich ihm durchs Haar und ganz zart hörte er aus der Ferne eine Melodie. Eine Flöte?

Er blieb stehen, drehte den Kopf seitlich in den Wind und lauschte. Ja, ganz sicher – er hörte eine Flöte, zwar weit weg und sehr zaghaft, aber es war der unverkennbare Klang.

Der Klang von damals im Winter mit Noam.

Ich glaub's ja nicht! Ich kann ihn hören, von ganz allein!

Er ging weiter und konzentrierte sich auf die Musik, die ihm immer bekannter und vertrauter vorkam, auch wurde sie lauter und immer klarer zu vernehmen.

Verzaubert und angezogen wie die Ratte vom Rattenfänger, freute er sich grinsend, während er dahinspazierte.

Es war ganz eindeutig die bekannte Melodie und womöglich auch dieselbe Flöte. Ob es auch derselbe alte Mann war? Jacob lief schneller.

An einem kleinen Platz am Ufer des Flusses angekommen, schaute er sich um. Etwas abseits der gepflasterten Promenade stand eine kleine Baumgruppe. Aus dieser Richtung war nun eindeutig die Flöte zu hören, aber nichts zu sehen. Jacob ging darauf zu.

Als er die zusammenstehenden Bäume fast zur Hälfte umrundet hatte, sah er ihn. Er hielt die Luft an, verließ den Trampelpfad und steuerte seine Schritte quer über den grünen Rasen zwischen Frühlingsblumen hindurch und auf einen der Bäume zu. Dort stand er, der alte Mann! An den Stamm eines Baumes gelehnt, inmitten der kleinen Baumgruppe.

Der Flötenspieler!

Anders als beim letzten Mal war er sehr schlicht und in dezente Farben gekleidet: Er trug einen grauen Mantel, eine dunkle Hose und einen Schal in Beige. Der Hut war unverkennbar, eine Vogelfeder krümmte sich in einem Bogen nach oben.

Er war es, ganz sicher! Jacobs Herz begann zu hüpfen. Während er sich näherte, schaute er noch einmal genau. Auch der weiße und struppige Bart des Mannes war exakt wie in seiner Erinnerung.

Der Alte schaute auf, hob die Brauen und zwinkerte in Jacobs Richtung. Sein Mund formte sich zu einem leichten Lächeln, während er weiter auf seiner Flöte spielte.

„Guten Tag! Entschuldigen Sie, ich wollte nicht stören. Kann es sein, dass wir uns schon einmal gesehen haben?"

Jacob fragte frei heraus, blamieren konnte er sich nicht. Was hatte er zu verlieren? Wenn er sich nicht irrte, war das vielleicht eine einmalige Gelegenheit, mit dem Mann ein wenig reden zu können.

Der Alte spielte die begonnene Strophe in aller Ruhe zu Ende und setzte dann langsam die Flöte ab. Er zog seinen Hut und erwiderte freundlich und mit ungewöhnlich tiefer Stimme: „Auch dir einen schönen guten Tag, mein lieber Jacob! Du hast Recht. Wir kennen uns bereits ganz gut, wenn auch nicht lange. Aber was bedeutet schon die Länge oder Kürze der Zeit, die wir teilten, verglichen mit der Intensität des gemeinsamen Moments, in dem wir zusammen musiziert haben?“

Jacob wurde ganz komisch. Wie freute er sich aber, heute und hier, jetzt gerade an dieser Stelle zu sein!

„Sie reden ... ähem, natürlich tun Sie das, Entschuldigung. Ich dachte mir, dass Sie es sind! Ich kann Ihnen gar nicht sagen, wie froh ich bin, Sie hier anzutreffen!“

Diese Stimme kam Jacob gleichsam fremd, aber auch wieder bekannt vor. Auch sie hatte etwas von großer Weite und Resonanz und gleichzeitig war sie unmittelbar die eines wohl sehr alten Mannes, der trotzdem vor jugendlicher Kraft strahlte. Irgendwie fühlte sich Jacob an die „Fee“ erinnert, auch sie war alt, obwohl sie gleichzeitig so frisch und unverbraucht gewirkt hatte. Auch sie hatte eine sehr angenehme Stimme gehabt und auch bei ihr war es ihm damals unmöglich gewesen, das Alter einzuschätzen.

„Ein alter Mann mit seiner Flöte. Ich glaube, dass ich einer der wenigen hier bin, auf dessen Äußeres diese Beschreibung passt. Gute Chancen also, dass gerade ich es bin, nicht wahr?" Der Alte grinste und putzte das Mundstück seines Instruments.

„Wir haben zusammen ... musiziert? Ich kann mich bei all den Eindrücken, als wir das letzte Mal aufeinandertrafen, nicht so recht daran erinnern, dass ich etwas dazu beigetragen habe. Aber es war so wundervoll, voller Klänge und voller Farben."

Der alte Mann setzte sich auf den Boden am Fuß des Baumes. „Aber fürwahr, das hast du! Du tust es jeden Tag, zu jeder Sekunde! Auch wenn du es nicht hörst, aber du hast doch vorhin auch wieder mich und meine Flöte wahrgenommen, nicht wahr? Glaube mir, deine Melodie kann man auch hören, sie ist im Übrigen schon viel klarer und freundlicher seit unserer letzten Begegnung geworden. Glückwunsch, Jacob!"

Er lachte, ein Geräusch wie das Rauschen des Windes in den Blättern der Baumkrone, unter der Jacob stand.

„Na, wenn das so ist", Jacob musste ebenfalls lachen, „dürfte ich Sie etwas fragen? Da ist etwas, das mich beschäftigt."

Der Mann lächelte und nickte.

„Was halten Sie eigentlich von der ganzen Sache mit dem gelben Elefantenbaby aus Namibia und dass alle Welt so verrückt spielt deswegen? Das haben Sie doch bestimmt auch schon mitbekommen, oder? Sie werden mir wahrscheinlich nicht glauben, deshalb habe ich niemandem davon erzählt. Aber mein Sohn, mein Adoptivsohn Noam, Sie haben ihn sicher auch gesehen damals. Er hat mir alles vorausgesagt. Alles!

Von der Geburt des Tieres bis hin zu allen Einzelheiten und Folgen danach! Das ist doch mehr als fantastisch, finden Sie nicht?“

Jetzt war Jacob gespannt auf die Antwort des Alten. Der saß ganz gelassen da und zeigte keinerlei Überraschung.

„Ja, ich habe es mitbekommen. Dein Sohn also, ich erinnere mich. Ein sehr interessanter und außergewöhnlicher schlauer Knabe. Warum sollte ich dir keinen Glauben schenken? Einen sehr intelligenten Sohn hast du da, mein Bester, das kannst du mir ruhig glauben. Warum wunderst du dich über mich? Dein Junge hat dich doch schon viele Male mehr als überrascht, habe ich nicht recht? Es ist auch gar nicht wichtig, was ich darüber denke oder ob ich dir glaube oder nicht.“

Jacob wurde neugierig. „Was denn? Was ist denn dann wichtig?“

Der Mann gähnte und packte seine wenigen Sachen zusammen in einen Beutel.

„Wichtiger ist, für was der gelbe Elefant steht, mein Lieber. Das gelbe Elefantenmädchen ist kein Statussymbol, hat selber nichts damit zu tun, was die Menschen über es sagen oder wie und womit sie es zu erklären versuchen. Es hat nichts mit der Vermarktung seiner Erscheinung zu tun und kümmert sich auch nicht um sein andersartiges Äußeres. Gelb oder grün kariert – es ist einfach nur ein kleines Elefantenkind wie jedes andere auch. Es möchte leben, möchte springen, herumtollen, fressen, schlafen, einfach nur sein. Darüber hinaus, was die Menschen aus ihm machen wollen und tatsächlich tun, ist es ihnen, außer ein paar wenigen, völlig entgangen, für was es steht: für Liebe. Für Einigkeit, obwohl die meisten über es streiten. Weil sie nicht sehen oder übersehen, was ihre erste Regung ist. In JEDEM von ihnen. Prema löst in jedem eine Emotion, ein Gefühl aus. Das Gefühl von Zuneigung und Anziehung. Das bringt die Menschen zusammen, lässt sie wieder mehr miteinander reden, ein gemeinsames Gesprächsthema, ein gemeinsames Interesse. Ist es nicht so? Jeder liebt das kleine Tierchen, der Schlachter wie auch der Tierschützer. Das Kind wie auch der Greis. Niemand lehnt es ab, weder persönlich noch kommerziell. Es ist die Sympathie für das Geschöpf Prema, um die es wirklich geht. Alles redet, diskutiert, streitet, macht Bilder, Filme, Geschichten über es und teilt auf diese Weise seine oder ihre Liebe zu ihm. Es könnte ein Symbol und der Zündfunken für Weltfrieden sein. Schwer zu glauben, ich weiß. Das kleine gelbe Elefantenkind, um das sich die Welt dieser Tage tatsächlich dreht!"

Jacob schluckte.

„Sei unbesorgt und unverzagt, mein lieber Freund Jacob", sagte der alte Mann, „wir sehen uns wieder. Es war mir eine Freude, dich in solch guter Verfassung zu sehen. Du hast jetzt alles Nötige, um glücklich zu sein. Eine geklärte Sicht auf die Dinge und eine wundervolle Familie, etwas sehr Schönes und Wichtiges auf dieser Welt, solange du hier zu Besuch bist. Nutze diese Zeit, denn sie ist leider recht kurz. Vergleichbar sind dieses Zusammensein, das Familienleben und zwischenmenschliche Beziehungen mit einer Anzahl von Gästen, die eine Zeit lang in einem Aufenthaltsraum desselben Hotels zusammensitzen. Nach einer Weile geht jeder seines Weges. Ich muss dann auch mal weiter."

Damit stand er auf und ging.

Jacob verweilte noch etwas und starrte auf die Stelle, an der der alte Mann eben noch gesessen und ihm so viel erklärt hatte. Wieder einmal war er fast sprachlos. Es war eine Menge gewesen, genug zum Nachdenken für den weiteren Weg. Den Weg zurück, zu Noam und zu Mona.

Endspiel

„Ach, heute ist wohl nicht mein Tag!“

Das letzte bisschen Luft entwich zischend aus dem hinteren Fahrradreifen, bis er auf der Felge stand. Mona stieg vom Sattel und besah sich die Bescherung.

„Bravo Mona, bravo. Warum nicht gleich beide Reifen!“

Es war nichts zu machen, zumindest nicht sofort und auf halbem Weg zur Arbeit. Wie immer hatte sie etwas früher das Haus verlassen, doch würde sie sich nun ganz sicher trotzdem verspäten. Ihr Chef hatte sich nach der Begegnung mit Noam zwar völlig verwandelt, aber Mona wusste, dass Unpünktlichkeit noch immer ein rotes Tuch für ihn war. Also legte sie sich ins Zeug und schob ihren lädierten Drahtesel die letzten Kilometer neben sich her.

Wie sie angenommen hatte, erreichte sie eine knappe Viertelstunde zu spät ihren Arbeitsplatz im Vorzimmer und Sekretariat. Sie warf ihre Jacke auf einen der niedrigen Schränke hinter ihrem Schreibtisch und blickte sich um, während sie von einer Ablage einen Aktenstapel aufhob.

Gerade als sie sich in die vor ihr ausgebreitete Arbeit vertiefte, betrat hinter ihr jemand den Raum. Sie brauchte nicht aufsehen, um zu wissen, um wen es sich dabei handelte. Die schweren Schritte und das geräuschvolle Atmen konnten nur zu einem gehören.

„Einen wunderschönen guten Morgen! Wie schön, dass Sie auch schon da sind! Wo waren Sie denn vor zehn Minuten?"

Mona überlegte, ob sie antworten sollte, blieb aber erst einmal stumm sitzen. Herr Rasch fuhr fort.

„Ach halb so wild, nicht wahr? Ich war ja selbst auch gerade noch unten im Haus. Aufregung und Schimpferei ist nicht gut für mich, das habe ich ja zur Genüge ausprobiert und eingesehen, dass ich's besser sein lassen sollte. Seitdem ich mich nicht mehr so sehr ärgere, geht es mir auch körperlich viel, viel besser! Alles dank Ihnen und Ihrem kleinen Wunderknaben! Wie geht es ihm denn – und Ihrem Mann natürlich auch?"

Ohne ihre Antwort abzuwarten, rauschte er vorbei und verschwand in seinem Büro mit den Milchglasscheiben.

Mona tat einen tiefen Atemzug, nahm den Kugelschreiber wieder auf und wollte gerade weitermachen, als kurz darauf die Zwischentür des Chefzimmers erneut aufflog und der Big Boss zum Teil heraustrat. Besser gesagt, war er kaum zu sehen, denn er trug etwas vor sich her, etwas Großes und offenbar ziemlich Sperriges. Herr Rasch und das Ding, das er umklammerte, steckten beide für kurze Zeit im Türrahmen fest. Mit einem Ruck stolperte er damit ins Vorzimmer, direkt vor Mona, die nicht so recht einschätzen konnte, was Sache war – mit gewissermaßen überraschtem wie amüsiertem Blick.

„Hier", schnaufte er, „ein Geschenk ... für meine Lieblingsangestellte ... für Ihre Treue und ... ach egal! Für Sie eben!"

Mona stand auf, um das sich ihr bietende Bild in seiner komischen Gesamtheit zu erfassen.

Da stand ihr Chef, Herr Rasch, vor Kurzem noch der ungenießbarste Vorgesetzte, den man sich überhaupt nur vorstellen konnte, stolz neben einem überdimensionalen Schmusetier. Der Begriff „überdimensional“ war unzureichend. Das Ding war übertrieben riesig!

Stolz und wie eine Werbe-Fee eines Shopping-Kanals stand er in Positur daneben und hielt das monströse gelbe Tier mit einer Hand fest, die andere an der Hüfte.

Es handelte sich dabei um … natürlich: einen Plüschelefanten in Originalgröße oder größer, das konnte Mona nicht mit Bestimmtheit sagen.

„Toll, was? Das afrikanische Wunder! Was sagen Sie dazu?“

Mona stammelte ein „J…ja. Sehr ... ähm …“ und ging zwei Schritte zur Seite.

„Na, das berühmte Elefantenkind! Bitte sagen Sie mir jetzt nicht, dass Sie davon nichts wissen!“

„Doch, schon, aber ...“

Er schüttelte den Kopf. „Aber das ist ja noch nicht alles! Nein, sehen Sie doch mal, was dieser kleine Schlingel da im Rüssel trägt!“

Nun kam sich Mona wirklich wie in einer Gewinnshow oder beim Homeshopping vor. Mit dem Unterschied, dass sie nicht zu Hause war und auch nichts bestellen wollte.

Als ihre Freude auf seine doch so wohlinszenierte Überraschung ausblieb, ergriff Rasch die Initiative.

„Sehen Sie doch mal hier!“

Er beugte sich vor und rupfte einen Umschlag, ein Kuvert, von der Rüsselspitze ab, das höchstwahrscheinlich er selbst zuvor dort mit mehr als reichlich Klebeband angebracht hatte. Mit gönnerhafter Miene reichte er ihr den Umschlag, über das ganze glänzende Gesicht strahlend. Zögerlich nahm ihn Mona entgegen. Sie schaute zu ihm auf.

„Na los doch, los! Auf-ma-chen!"

Sie zog drei Dokumente heraus, bedruckt. Es waren ... Flugtickets.

Mona wollte sich die Augen reiben, aber sie hatte noch den Umschlag und die Flugscheine in den Händen. War das wirklich wahr? Ja, da stand es schwarz auf weiß. Island.

Ungläubig sah sie ihrem Boss ins Gesicht. Der strahlte immer noch wie ein Akrobat nach einem gelungenen Kunststück. „Ich habe mir erlaubt, für Sie und Ihre Familie einen kleinen Urlaub zu organisieren. Mit allem Drum und Dran! Hin und Rückflug, Unterkunft, ein tolles abgeschiedenes Haus mit allem Komfort, nur für Sie! Mietwagen ab dem Flughafen und und und ... Ein kleines Vögelchen hat mir irgendwann gezwitschert, dass Sie so gerne immer schon einmal nach Island reisen wollten. Also bitte, Sie haben hiermit ab sofort frei. Fliegen Sie dorthin, das ist ein Befehl von oberster Stelle!" Er hüstelte künstlich und schnitt sein wichtigstes Chefgesicht.

„Herr Rasch ... ist das ... ich meine ..." Mona versuchte, sich zusammenzunehmen. „Vielen Dank, aber ... kann ich das wirklich annehmen?"

Er schnaufte. „Können? Sie müssen! Jetzt freuen Sie sich doch gefälligst mal!"

Langsam hatte sie begriffen. „Ich … weiß gar nicht, was ich sagen soll!"

Er baute sich in altbekannter Manier vor ihr auf. „Sie wollen doch nicht etwa, dass ich mich aufrege? Das ist sehr schlecht für meinen ohnehin zu hohen Blutdruck!“ Lachend fügte er hinzu: „Nur ein Scherz, meine Liebe! Ich wünsche Ihnen alles Gute. Erholen Sie sich tüchtig und haben Sie tunlichst viel Spaß!“

Damit polterte er zufrieden und gelöst in sein Büro zurück.

„Vielen ... Dank!“, hauchte Mona halblaut hinter ihm her, noch immer ziemlich verwirrt. Er hatte es wohl nicht gehört.

Nachdem sie aus dem Wagen gestiegen waren, öffnete die Kollegin den großen Kofferraum ihres Kombis und half Mona beim Ausladen ihres ramponierten Fahrrads. Sie hatte sie netterweise nach der Arbeit mitgenommen.

Als Mona in ihrer Wohnung ankam, waren Jacob und Noam bereits da, sie hatten ein Überraschungsessen vorbereitet.

„Alles für dich, mein Schatz, heute kannst du dich mal zurücklehnen und wir machen das!“

Jacob verbeugte sich, ein bisschen zu tief. Er hatte ein Geschirrtuch über den Unterarm gelegt, wollte wohl einen Kellner andeuten.

Noam marschierte auf Mona zu und begleitete sie zum Sofa, dass sie sich setzen konnte. Dann holte er ihre Hausschuhe.

„Wie habe ich das denn verdient, ihr guten Kerle? Und ich dachte schon, heute ist mein Pechtag, so wie der heute früh angefangen hat.“

Noam kam zu ihr aufs Sofa gekrabbelt und setzte sich neben sie. „Was war denn heute früh?"

Sie kuschelte sich an ihn und nahm ihn in den Arm. „Ach, so schlimm war's auch nicht. Bin nur zu spät zur Arbeit gekommen, weil ich über eine Gehsteigkante gedonnert und mir den Reifen plattgefahren habe."

Jacob stellte ihr einen Teller Suppe hin und fragte: „Und der Chef? Hat er ... gemeckert?"

„Im Gegenteil! Ihr werdet's nicht glauben ... Er hat mir ein Monster von einem gelben Plüschelefanten geschenkt, also von der Größe her."

Noam und Jacob wechselten einen Blick. Noam grinste scheinheilig und zwinkerte ihm zu.

„Das war schon merkwürdig", erzählte sie weiter, „aber das Komischste kommt jetzt. Irgendwoher wusste Herr Rasch, dass ich oder wir schon immer einmal nach Island in den Urlaub fliegen wollten. Jetzt ratet mal!"

Jacob runzelte die Denkerstirn. „Er hat dir Urlaub gegeben, damit du dahinfliegen kannst?"

Noam hielt sich die Hand vor den Mund, unterdrückte das Lachen.

„Besser, ihr Lieben! Er hat mir Urlaub gegeben, ja. Aber obendrauf hat er Flugtickets für den Hin- und Rückflug, die Unterkunft, ein Haus nur für uns drei und alles drum herum spendiert! Was mag nur in ihn gefahren sein und wie konnte er überhaupt davon wissen? Ich kann es immer noch nicht fassen."

Noam sprang von der Couch und riss die Hände in die Luft. „Auf nach Island!"

Jacob blieb gelassen stehen und hakte nach. „Wir sprechen von demselben Herrn Rasch, nur so für mich zum Verständnis? Dass er sich verändert hat, wusste ich ja, aber das ...“

Mona stand ebenfalls auf, schnappte sich Noam und hielt ihn vor sich.

„Ja unglaublich, oder? Noam, du bist jetzt kurz ein großer Schmuseelefant.“

Kichernd machte er ein trompetendes Geräusch. Mona stellte sich in Pose. „Seht her! Ich bin Monas Chef und überrasche Sie mit einem riesigen Stofftier und einer Reise obendrein! Ich bin vielleicht etwas verrückt geworden, aber nun bin ich ein übermäßig großzügiger Boss! Was sagen Sie dazu, Frau Sekretärin? Damit haben Sie wohl nicht gerechnet, was? Habe ich Sie so richtig unvorbereitet erwischt? Ich hoffe doch! Viel Spaß und nehmen Sie noch heute ihren Urlaub!“

Jacob schmunzelte. „Das hat er getan? So?“

Mona stellte Noam wieder auf die Beine und setzte sich. Sie lachte. Dann holte sie die Tickets heraus und legte sie vor sich auf den Tisch.

„Naja nicht ganz, aber ich war total platt, könnt ihr euch ja vorstellen.“

Jacob nahm sie in die Hand und schaute sie sich an. „Donnerwetter! Da hat sich der gute alte Knabe aber mal nicht lumpen lassen. Sogar erster Klasse!“ Er schielte zu Noam herüber und zwinkerte seinerseits. Der musste übers ganze Gesicht grinsen.

Mona sagte, in Gedanken schon in die isländische Ferne starrend: „Ich habe mich natürlich später noch einmal bei ihm erkundigt, aber ja, er hat uns alle eingeladen. Habe mich selbstverständlich noch gebührend bei ihm bedankt, später, nachdem ich alles erst so richtig geschnallt hatte und nachdem er mir klargemacht hat, dass es sein voller Ernst war und er keinerlei Widerrede von mir hören wollte."

„Dann", verkündete Jacob fröhlich, „machen wir das! Ich rufe in der Firma an und nehme mir auch frei. Und wenn sie mich feuern, ist mir ganz egal. Dann fliegen wir spontan los, so bald wie möglich, am besten gleich morgen, wenn das geht! Was meint ihr?"

Mona schaute Jacob an und biss sich voller Vorfreude auf die Lippen, allmählich wurde die Vorstellung Realität für sie.

„Ja! Lasst uns Urlaub machen, alle drei." Sie nahm Noams Hände in ihre und beide tanzten im Kreis herum. Sie lächelte und schaute in seine großen Bernsteinaugen.

Jacob klatschte in die Hände und ging zurück in die Küche. „Na, dann wollen wir mal die Mami noch ein bisschen verwöhnen und sie in Ruhe zu Ende essen lassen. Und dann, meine liebe Familie, lasst uns langsam die Koffer packen gehen! Das wollte ich schon immer mal sagen."

So saßen die drei noch bis in den späten Abend zusammen, redeten und lachten. Mona glänzte mit ihrem Wissen über die Insel im hohen Norden, mit Erstaunlichem über die Landschaft mit ihren Vulkanen, Bergen, schwarzen Stränden und dem Meer. Über das Land und die Leute dort, mit ihrer Lebensweise und den Gepflogenheiten vor Ort.

„Angeberin!", spöttelte Jacob spaßeshalber.

Vertraut und geborgen verbrachten die drei einen unvergesslichen Abend. Voller Zuneigung genoss jeder die Gemeinschaft der anderen, in freudiger Erwartung des bevorstehenden gemeinsamen Urlaubs.

Nicht ganz zwei Tage später waren Jacob, Mona und Noam bereits im Flieger auf ihrem Direktflug von Frankfurt nach Reykjavík, der ungefähr dreieinhalb Stunden dauern sollte.

Es war noch nicht ganz Mittag. Die kleine Familie hatte es sich auf ihren komfortablen Erste-Klasse-Plätzen bequem gemacht.

Noam saß am Fenster und schaute durch die aufreißenden Wolken hinunter. Unter ihnen zogen die letzten Ausläufer der steilen und zerklüfteten Küstenlandschaft des nordwestlichen Teils von Schottland vorbei, mit unzähligen Buchten und Inseln. Rundherum und in der Ferne, groß und blau, der atlantische Ozean.

Mona schaute von ihrem Buch auf.

„Ich kann immer noch nicht so ganz fassen, dass wir gerade wirklich zusammen in den Urlaub fliegen. Und dann noch nach Island! Wie lange schon wollte ich da endlich mal hin. Ich freue mich ja so!"

Noam legte den Kopf an ihre Seite und machte die Augen zu. Jacob, der auf der anderen Seite neben ihr saß, nahm sie in den Arm und strich ihr eine Strähne aus dem Gesicht.

„Ich finde, das wurde wirklich mal Zeit. Nicht nur, dass dein Boss sich so spendabel zeigt, sondern dass wir zusammen deinen Traum in die Tat umsetzen können. Die Reise hätten wir uns schon irgendwie geleistet. Die fehlende freie Zeit war ja aber immer das große Problem dabei."

Sie legte das Buch in den Schoß und schloss ebenfalls die Augen. Sie war unheimlich glücklich. Glücklich, einen in allem so starken Partner zu haben, den besten Sohn, den sie sich vorstellen konnte, und gemeinsam mit ihnen etwas unternehmen und erleben zu dürfen, wovon sie bereits als junge Erwachsene geträumt hatte.

Ein paar Stunden später rollten sie bereits in einem geräumigen Mietwagen über die riesige Insel. Die Maschine war pünktlich auf dem Flughafen Keflavík in einiger Entfernung zur Hauptstadt gelandet, da dort der Großteil des internationalen Flugverkehrs abgewickelt wurde. In der Landessprache hieß er „Keflavíkurflugvöllur". Jacob musste sehr schmunzeln, als man ihr Flugziel vor dem Landeanflug auf Isländisch ankündigte.

Alles funktionierte reibungslos. Herr Rasch hatte wirklich perfekt vorgesorgt. Jacob fuhr auf einer autobahnähnlichen Straße mit für Nichteinheimische unaussprechlichem Namen in südöstliche Richtung dem Ziel, ihrem Ferienhaus entgegen.

Mona saß auf dem Beifahrersitz und drückte sich förmlich die Nase an der Scheibe platt. Sie war ganz schrecklich aufgeregt und saugte alles um sich herum auf, besonders die Eindrücke der abwechslungsreichen Landschaft.

Am frühen Nachmittag fuhren die drei auf einer recht einsamen schmalen Straße an einem großen Blockhaus vor, das auf einem kleinen Hügel und einer großen holzgetäfelten Terrasse thronte.

„Das muss es sein."

Jacob ließ den Wagen im Schritttempo vorbeigleiten, bis er sich ganz sicher war. Dann schlug er das Lenkrad ein und rangierte das Gefährt rückwärts auf den ausgebauten Platz davor.

„Da wären wir, ihr Lieben! Gerade einmal zwei Stunden haben wir gebraucht!"

Er stellte den Motor ab und ging in Richtung Haus. Von Nahem erkannte man, wie groß und exklusiv es tatsächlich war. Mona stieg staunend ebenfalls aus und öffnete die hintere Wagentür für Noam. Der hüpfte über den Platz und die wenigen Treppenstufen hinauf, Jacob hinterher.

Mona schaute sich um. Vereinzelt sah sie kleine Häuser in der Ferne, aber doch so nah, dass man sie noch als Häuser erkannte. Ein paar Kilometer weiter konnte sie den Rand eines größeren Ortes ausmachen, dort war man in der Lage, sich mit dem Nötigsten zu versorgen.

Der Anblick, der alles andere zu beherrschen schien, war das Meer – in nicht einmal fünf Minuten zu Fuß erreichbar. Sie konnte das gewaltige Rauschen der Wellen bis zu sich herüber hören. Hinter dem Haus stieg das Terrain sanft an, bis es sich in der Ferne immer steiler zu eindrucksvollen Bergen auftürmte. Niedrige Tannen und Kiefern waren der vorherrschende Baumbewuchs, in Grüppchen zusammenstehend, hin und wieder unterbrochen von ein paar Birken und von den allgegenwärtigen Sträuchern umsäumt. Das Wetter war freundlich, doch merkte man deutlich die nordische Frische.

Jacob kramte in seinem Mantel nach dem Schlüssel, den man am Flughafen in einem Schließfach für sie hinterlegt hatte. Er schloss die Tür auf und verschwand im Inneren. Noam sprang hinter ihm her.

Mona sog tief die frische Luft ein und hatte Tränen in den Augen. Es war unbeschreiblich schön hier. Sie beeilte sich nicht mit dem Nachkommen, stieg langsam die kleine Anhöhe zum Haus auf, dann trat auch sie ein.

Ihr fiel sofort die Größe des Innenraums auf: Alles war in Holz gearbeitet oder damit verkleidet. Auch roch es würzig nach Holz und Harz, ursprünglich und abenteuerlich, aber ganz rein und sauber. Der Hauptraum, das Wohnzimmer, lichtdurchflutet und zentral gelegen, lud direkt zum Wohlfühlen ein. Überall gab es gemütliche Ecken und Winkel. Die Schlafzimmer und das Bad waren vom Hauptraum durch Holzwände abgetrennt, die mit kleinen Fenstern unter dem flachen Dach durchsetzt waren. So wirkte es überall gleich freundlich und hell, Mona war begeistert. Eine große gemütliche Sitzgruppe in der einen, die offene Küche in der anderen Ecke, alles hatte einen besonderen und urigen Charme.

Noam und Jacob schienen gerade die Schlafzimmer in Augenschein zu nehmen, Mona konnte sie immer wieder lachen hören.

„Was macht ihr Kerle denn da?“

Jacob hatte sich auf einem großen Doppelbett auf dem Rücken liegend ausgestreckt. Noam inspizierte sein kleines Schlafzimmer um die Ecke, von einer Holztür abgegrenzt.

Mona setzte sich zu ihrem Mann auf den Bettrand. „Was sagst du?“

Jacob gähnte demonstrativ und lachte. „Ich sage, dass es hier ganz sicher wunderbar werden wird und ich mich jetzt schon fast wie zu Hause fühle.“

Er richtete sich auf und küsste sie auf die Wange.

„Ich liebe dich, mein Schatz, und freue mich so für dich.“

Jacob nahm ihr Gesicht in die Hände und sein Mund berührte ganz sanft Monas Lippen. Sie begannen sich zärtlich zu küssen, die Berührung wurde intensiver. Für einen Augenblick vergaßen sie alles um sich herum. Mona verspürte ein Kribbeln in ihrem Bauch, das sich langsam in den gesamten Körper ausbreitete. Dieses Gefühl zeigte ihr jedes Mal aufs Neue, dass ihre Liebe zu Jacob etwas ganz Besonderes war. Wenn sie für einen Menschen bestimmt war, musste und konnte es nur dieser Mann sein, da war sie sich sicher.

Sie hörte Noam im Nebenzimmer nach Jacob rufen und fühlte sich fast ertappt.

„Ich werde jetzt mal nach draußen gehen und unsere Koffer holen. Bin gleich wieder da.“

Noam spähte um die Ecke.

„Ich helfe dir, Paps. Warte!“

Später unternahmen sie noch eine kleine Wanderung, um sich mit der näheren Umgebung vertraut zu machen. Abseits der Pfade und Wege traf man keine Menschenseele, es war Ruhe und Idylle pur. In der großen Weite, Richtung Inland konnte man zwischen Wolkenschleiern den Gebirgszug und einen gewaltigen Vulkankegel erkennen. Die ursprüngliche Natur zu allen Seiten.

„Ich kann es kaum erwarten, am Strand entlangzugehen und das Meer aus der Nähe zu sehen!"

Mona schien zu leuchten, fand Jacob.

Es begann zu tröpfeln und der Wind wurde kräftiger.

„Kommt, gehen wir zurück und machen wir es uns in unserem Häuschen gemütlich, ich kann es nämlich kaum erwarten, den Kamin auszuprobieren!" Er hakte sich um Monas Ellbogen ein und nahm Noam bei der anderen Hand. „Außerdem habe ich Hunger. Ihr etwa nicht?"

Die Blockhütte hatte wirklich viel zu bieten. So auch die Küche, beziehungsweise der Kühlschrank. Abgesehen von ein paar einheimischen exotischen Spezialitäten, an die sich keiner herantraute, gab es so ziemlich alles, um lange Zeit wohlversorgt Urlaub zu machen. Auch hier hatte Herr Rasch nichts dem Zufall überlassen, oder es gehörte einfach zum Standard, seine Gäste so nett und herzlich willkommen zu heißen?

Mona staunte nicht schlecht über die Vielfalt, hatte aber schon einen Plan im Kopf, was sie zum Abendessen kochen wollte: Die guten alten Spaghetti mit Gemüse und Spezialsoße, ganz wie damals am allerersten Abend, als sie Noam zu sich geholt hatten.

Er und Jacob machten sich am Kamin zu schaffen. Jacob legte ein dickes Stück Holz nach. Kurz darauf prasselte angenehm und Wärme spendend ein kleines Feuer. Draußen pfiff der Wind um das Dach und die Terrasse.

Noam begann die Schränke zu durchforsten und kam mit einem Stapel Brettspielen zurück, den er auf den kleinen Tisch der Sitzgruppe abstellte.

„Für später?"

Mona war eben mit der Zubereitung des Klassikers fertiggeworden. Das berühmte Familienessen schmeckte allen. War genau das Richtige für den ersten Abend.

Ach ist das schön, dachte Noam, *wie die beiden sich anschauen. Ihre Beziehung und Zuneigung ist stärker denn je. Man spürt und sieht richtig, wie sehr sich Paps entwickelt hat. Er ist die Ruhe in Person. Innerlich und äußerlich stark wie ein Fels. Wie Mom langsam, aber sicher merkt, dass er wirklich bei sich angekommen und wie sehr er jetzt er selbst geworden ist. Wie fest er im Leben steht und wie gut das für sie, für alle beide ist! Ich glaube, nein, ich weiß, dass sie so weit sind ... und dass es langsam Zeit wird. Aber tun wir alles für einen tollen Abend. Sie sollen sich wohlfühlen und alles drum herum vergessen. Sie haben es so verdient, glücklich zu sein.*

Er rutschte von seinem Stuhl.

„Fertig! Ich hole die Würfel! Für ‚Mensch Ärgere Dich Nicht' braucht man doch Würfel, oder?"

Das Feuer war heruntergebrannt, die rote Glut füllte das Haus mit wohliger Wärme. Draußen trotteten ein paar Islandponys vorbei, wie ein kleines Reisegrüppchen, doch sie waren hier zu Hause. Das wenige Dämmerlicht verstärkte die gemütliche Stimmung drinnen.

„Hey, du hast gemogelt!" Mona piekte Jacob in die Seite.

„Stimmt doch gar nicht! Das war eine sechs, ich habe eine sechs gewürfelt! Noam?"

Noam kicherte. „Ja, hast du. Aber du bist sieben Felder weit vorgerückt, Paps!"

Mona lachte in sich hinein.

Wie schön es hier und mit den beiden ist! Jacob ist ja fast nicht wiederzuerkennen. Er hat sich so verändert, seit Noam bei uns ist. Wie gebeugt und voller Gram er noch vor einem halben Jahr von der Arbeit nach Hause kam, kein Vergleich. Jetzt lacht und ulkt er herum, hat ständig den Schalk im Nacken. Aber wie entschlossen und stark er mir vorkommt, schon eine ganze Weile, wenn ich mal so darüber nachdenke. Ich selbst kann gar nicht sagen, wie mir zumute ist. Ich könnte platzen vor Glück! Alles fühlt sich stärker, heller, intensiver und ... echter an.

„Siehst du, hab' ich doch richtig gesehen! Du Halunke!"

Jacob tat ganz beschämt. „Darf ich wenigstens nochmal?"

Wie das Lachen und die Unbeschwertheit seiner Frau ihn bis in die letzte Faser belebten und glücklich machten. Sie strahlte über das ganze Gesicht und aus sich selbst heraus. Wie früher, als sie sich kennen und lieben gelernt hatten.

Ich habe wirklich alles zum Glücklichsein, der Flötenspieler hatte absolut die richtigen Worte gebraucht. Auch wenn meine Anwesenheit hier auf dieser Welt nicht ewig ist, kann ich wenigstens für die Zeit, die mir bleibt, versuchen, das Beste damit anzufangen und fertigzubringen. Glück, ein Begriff für so viele Dinge, wie die Menschen es sich ausmalen ... Wenn ich es beschreiben müsste, hätte ich dieses Bild vom Jetzt und Hier im Kopf. Von uns dreien, so wie wir hier sitzen und leben, zusammen.

Noam stupste ihn an.

„Paaaps, ich dachte, du wolltest nochmal würfeln. Dann musst du aber auch würfeln!"

Monas Freude war ein Tanz, ein Glücksgefühl in ihm.

Jacob beeilte sich mit seinem Spielzug. Sonst hätte man vielleicht noch die Freudenträne in seinem Augenwinkel entdeckt. Noam zwinkerte wieder, dieser Schelm!

Den Rest des Abends, der langsam ausklang, und bevor es Schlafenszeit wurde, verbrachten die drei noch vor den leise knisternden Flammen des Kaminfeuers, das Jacob zwischenzeitlich noch einmal in Gang gebracht hatte.

Er und Noam saßen davor und unterhielten sich leise.

Mona lag hinter ihnen auf der Seite und beobachtete zwischen den beiden hindurch das glimmende Holzscheit in der Glut. Das Hell-Dunkel hatte etwas Beruhigendes und Meditatives.

Die Augenlider begannen schwerer zu werden, die Wärme zog sie schon halb in den Schlaf, aber sie wollte noch ein bisschen bei ihren beiden Männern sein. Es war so ein schöner und einmaliger Tag mit ihnen gewesen.

Durch den Halbschlaf drang ein Gesprächsfetzen der beiden an ihr Ohr.

„Was hier im zeitweiligen Leben konstant bleibt, ist die Veränderung. Materie wandelt sich, immer wieder und wieder."

Hat das gerade ... Noam gesagt?!

Mona verhielt sich weiterhin still, doch hatte sie die Ohren gespitzt.

„Und ich verändere mich auch. Und auch wieder nicht?“

Das war Jacobs Stimme gewesen.

„Ja, äußerlich schon. Aber du hast etwas Ewiges in dir, du, dich. Das gilt es zu entdecken und zu verstehen.“

Mona dachte, sie habe sich verhört.

Wie reden die denn miteinander? Das hat nichts mit Vater-und-kleiner-Sohn-Gesprächen zu tun ... Das klingt ja nach zwei ausgewachsenen Philosophen auf Augenhöhe!

Die Fensterläden klapperten leise, die Glut verlor an Hitze, es wurde höchste Zeit zum Schlafen. Bevor sie sich zur Ruhe legten, musste Mona noch etwas loswerden.

„Ich habe euch beiden eben ein bisschen zugehört. Wie ihr miteinander geredet habt ... Ich glaube, ich habe ein bisschen zu fest geschlafen in meiner kleinen ‚Mamiwelt‘, kann das sein? Ich dachte, ich höre nicht richtig! Unser ‚Junge‘ kann doch unmöglich so jung sein, wie alle dachten, oder? So habt ihr euch auch auf euren vielen Wanderungen unterhalten? Ich muss sagen, dass ich wirklich überrascht und total geplättet bin und eigentlich nichts dazu zu sagen weiß.“

Jacob verstand sie nur zu gut. „Wenn du ahntest, was wir alles zusammen erlebt und besprochen haben! Du wusstest doch aber immer, dass er sehr ... sagen wir ... ‚speziell‘ ist. Ich durfte so viel von ihm lernen. Anfangs dachte ich, dass ich ernsthaft verrückt werde. Du erinnerst dich an den Tag, als er einfach aus dem Nichts losgeplappert hat? Da musste uns doch klargeworden sein, dass wir es nicht mit einem normalen Kind zu tun hatten. Aber er hat mir, hat uns so viel gegeben. Uns geholfen, die Augen zu öffnen. Und nicht nur uns, denk‘

mal an deinen Chef! Sei nicht besorgt, er ist immer noch dein kleiner Noam, auch wenn er viel mehr als das ist."

Das war zumindest eine Antwort. Dennoch hatte Mona ein Gefühl, das sie nicht ganz einordnen konnte, eine Ahnung oder Intuition. Alles schien gleich, aber sollten sich die Dinge grundlegend ändern? Ihr Mann schien gelassen zu bleiben, vielleicht wurde es Zeit, ebenfalls aufzuwachen. Jacobs Ruhe ließ auch sie sich entspannen. Morgen war schließlich auch noch ein Tag, um wachzuwerden.

Ganz in der Frühe war Noam aufgewacht und auf den Beinen. Leise hatte er sich angezogen und sich ins Freie auf die Terrasse geschlichen. Er wollte seine Eltern nicht zu dieser Tages- oder Nachtzeit wecken, sie sollten für den heutigen Tag ausgeruht und fit sein.

Er ließ den Blick über die Hügel und Berge, die weiten Ebenen und übers Meer schweifen. Die Ponys waren wieder in der Nähe auf Wanderschaft, sie kümmerte weder die Kälte noch die Dunkelheit oder die Uhrzeit. In Kürze würde die Sonne aufgehen und einen freundlichen Tag ankündigen. Der Wind wehte vom Meer herauf, man konnte die salzige Luft schmecken.

So stand er über eine Stunde lang da, regungslos, still und unerschütterlich.

Heute werde ich es ihnen sagen.

Der Horizont glänzte im zunehmenden Morgenlicht, Vogelstimmen erhoben sich, um den Tag zu begrüßen.

Nach einem späten und ausgedehnten Frühstück machten sich Ausflugsstimmung und Abenteuerlust breit. Man wollte die Umgebung erkunden, mit dem Auto in die Stadt fahren und durch die Gegend wandern.

Die kleine Stadt, nicht weit von ihrem Blockhaus, hatte sich herausgeputzt. Auf den Straßen ging es gemütlich zu, aber es waren viele Menschen unterwegs.

„Schaut mal, da ist ja ein Geschäft! Wie klein das ist!"

Jacob lenkte den Mietwagen auf der Hauptstraße in südöstliche Richtung. Bald hatten sie die einsame Straße wieder für sich.

Eine knappe halbe Stunde später erreichten sie eines ihrer Ausflugsziele. Man konnte mit dem Wagen bis fast hinunter an den Strand fahren, aber die drei wollten viel lieber zu Fuß ans Meer gehen.

„Ein schwarzer Strand", bemerkte Jacob, „komisch, so einen hab' ich noch nie gesehen."

Mona wusste natürlich auch gleich dazu etwas zu berichten. „Ist als einer der schönsten Strände weltweit gewählt worden! Entstanden aus Lava. Kommt mit, ich will euch was Tolles zeigen!"

Sie drängelte sich in die Mitte, nahm jeweils einen „Kerl" bei der Hand und beschleunigte ihren Gang.

„He, nicht so schnell, Mom!"

Vor ihnen streckten sich hoch und steil die Felsen der Küste, ebenfalls dunkler, zu geometrischen Formen wie Säulen und Blöcken gepresster Stein. Die Muster waren atemberaubend, von einer außergewöhnlichen Regelmäßigkeit, wie von einem wild gewordenen Steinmetz in einem Anfall von übermäßiger Schaffenskraft behauen.

„Basaltsäulen“, wusste Mona, „Lava, erstarrt durch langsame Abkühlung, es bilden sich Spalten und es entstehen diese Säulen, meistens sechseckig.“

Jacob staunte. „Also an dir ist wirklich eine Wissenschaftlerin verlorengegangen, Schatz! Warum schmeißt du nicht einfach deinen Schreibtischjob und reist durch die Welt? Oh, das wäre dumm. Was würde wohl dann der gute Herr Rasch ohne dich anfangen … und ich erstmal! Vergiss, was ich gesagt habe!“

Sie nahm ihn in den Arm. „Das kann ich euch doch nicht antun, oder? Jetzt passt auf! Noch an dieser Wand hier am Wasser entlang und dann gleich könnt ihr es sehen!“

Nach einigen Schritten gab die Felswand den Blick frei. Weit im wild aufgewühlten Meer standen sie.

„Das sind ja drei riesige schwarze Felsen!“

Noam legte blinzelnd die Hand über die Augen.

„Das“, ergänzte Mona, „sind die drei berühmten Felsnadeln, eine besondere Sehenswürdigkeit. Laut einer Legende waren das drei riesige Trolle, die versteinert wurden, als sie ein Schiff an Land ziehen wollten. Die sind wirklich gewaltig, wenn man sie so mit eigenen Augen sieht, was, Jungs?“

„Ganz deiner Meinung, Schatz!“

Jacob machte ein paar Aufnahmen mit Mona und Noam zusammen vor der wildromantischen Kulisse, danach wanderten sie noch eine gute Strecke entlang der Brandung und ließen sich den Wind um die Nasen wehen.

Es war ein herrlicher Tag, der noch die eine oder andere Überraschung für sie bereithalten sollte. So konnten sie auf ihrer Tour auch ein paar tierische Einwohner der Insel beobachten, neben den scheinbar überall präsenten Islandponys kam ihnen ein frecher Fuchs ganz nahe. Vor der Küste hatten sie das große Glück, einige auftauchende Wale sehen zu dürfen. Der Nachmittag begann allerdings sehr kalt zu werden und sie waren froh, wieder im Auto und auf dem Heimweg zu sein.

„Ein lehrreicher kleiner Trip, das muss ich zugeben. Vielen Dank, liebe Mami!"

Jacob lachte, er hatte sich vorgenommen, das Abendessen zusammenzustellen. Mona winkte mit verdrehten Augen ab.

„Hier gibt's an jeder Ecke was zu sehen. Aber zu diesem einen Strandabschnitt wollte ich mit euch hin, als ich erfahren habe, dass wir zusammen herfliegen. Ich habe euch hoffentlich nicht allzu sehr gelangweilt."

Jacob stellte alles auf ein Tablett, er hatte es sich einfach gemacht, heute sollte es schlicht Brot mit Aufstrichen und kleinen Leckereien geben.

Er blickte aus dem Fenster in den dämmrigen Himmel.

„Ja ich werd' verrückt! Sind das da nicht ... Nordlichter?"

Mona sprang aus der Sitzecke auf und lief zum Panoramafenster vor der Veranda. Noam spurtete hinterher.

Am wolkenlosen Himmel schimmerte und waberte tatsächlich ein blasses Band in hellgrün über ihren Köpfen.

„Wunderschön. Dieser Tag hatte ja wirklich alles!", seufzte Mona gerührt.

Jacob stellte sich neben sie und sie griff nach seiner Hand.

Noam stand an der Terrassentür. Er sah ernst aus, ungewohnt ernst. Jacob sah es sofort, wollte aber den Moment für Mona nicht zerstören, indem er ihn unterbrach und nachfragte, was los war.

Noam und Jacob räumten die Teller und das restliche Geschirr nach dem Essen in die Küche zurück. Noam zupfte ihn am Ärmel.

„Wir müssen nochmal los, Paps. Auf einen besonderen Spaziergang, ich muss mit dir über etwas sprechen."

Jacob sah ihn verwundert an.

„Jetzt noch? Wollen wir nicht lieber alle zusammen noch ein wenig draußen die Nordlichter bestaunen gehen?"

Noam schaute ihm tief und fest in die Augen. In Jacob klomm ein Verdacht empor. Ihm wurde kalt.

„Wenn ... es ... so wichtig ist?"

Noam nickte. „Geh schon mal vor, Paps, bitte. Ich muss noch kurz mit Mom reden."

Jacob schwitzte, er ging langsam in den kleinen Vorraum, einen Windfang, in dem die Jacken hingen. Wortlos zog er seine Schuhe an.

Er konnte sich denken, was jetzt eventuell anstand. Eigentlich hatte er es gewusst, sein Gefühl war untrüglich. Schweigend und mit gemischten Gefühlen öffnete er die Haustür und setzte widerwillig einen Fuß vor den anderen, abwechselnd wurde ihm heiß und kalt.

Wie würde es Mona aufnehmen? Noam hatte zuvor mit keinem Wort angedeutet, was gleich folgen würde. Doch Jacob wusste es trotzdem. Das und viel mehr hatte er in der Zeit mit ihm zusammen begriffen. Aber seine Liebste würde es nicht so wie er selbst verstehen. Er hoffte, dass Noam die richtigen Worte für sie finden würde. Aber das würde er mit absoluter Sicherheit, daran zweifelte er nicht im Geringsten. Trotzdem wollte er sich nicht ausmalen, was drinnen gleich passieren würde. Er kniff die Augen zusammen und schaute nach oben.

Ach meine Kleine ...

Er kam sich vor wie in einer anderen Welt. Der Himmel über ihm malte mittlerweile verschiedene kräftig leuchtende Farben auf die große Leinwand, die allmählich von mehr und mehr Sternen durchsetzt wurde. Es war schneidend kalt geworden.

„Warum hat sich dein Vater denn gerade angezogen und ist rausgegangen? Jacob?"

Mona saß im Schneidersitz auf einem der bequemen Hocker in der Ecke.

„Was ist hier los?"

Noam ging mit ernstem Gesicht zu ihr. Er war sehr betrübt, denn er wusste, dass die Frau, die ihn als ihren Sohn über alles liebte, gleich Furchtbares durchmachen würde.

Zum ersten Mal sah sie ihn mit versteinerter Miene, traurigen großen Augen und gesenktem Blick.

„Was ist los, Noam?"

Sie merkte, wie sich ihr die Brust und die Kehle langsam zuschnürten.

„Ich gehe nochmal mit Paps spazieren. Wir müssen zusammen über ein paar Sachen reden."

Mona spürte, wie ihr Herz klopfte und ihr Atem sich beschleunigte.

„Noam, sag mir die Wahrheit! Ich hatte gestern schon ein komisches Gefühl, als ich euch am Kaminfeuer reden gehört habe. Ihr verschweigt mir doch etwas!"

Ihre Stimme wurde rau. Sie versuchte sich zu beherrschen und nicht laut oder hysterisch zu werden, aber der Kloß in ihrem Hals ließ sich nicht herunterschlucken.

„Ich habe dich ganz schrecklich lieb, Mom. Du bist die Allerbeste. Ich kann mir keine bessere Mutter wünschen ..."

Mona stand auf und ging zwei wackelige Schritte auf ihn zu. „Spar' dir das bitte, Noam. Hier ist etwas ganz und gar nicht in Ordnung, hab' ich recht? Was, sag mir, WAS ist hier los?"

Noam unterdrückte die aufsteigenden Tränen und ging seinerseits auf sie zu. „Du bist so stark geworden, Mom. Viel stärker als du jetzt weißt. Das musst du mir glauben. Ich bin stolz auf dich, auf euch beide."

Monas Beine gaben nach und sie fiel vor ihm auf die Knie.

„Sag' mir endlich, was du sagen willst, Herrgott noch mal!" Sie begann zu schluchzen. Innerlich ahnte sie bereits, was er sagen würde, doch wollte sie es nicht wahrhaben. Sie wollte auch ihren Gedanken und ihrem Gefühl nicht glauben.

„Du willst ...", Tränen liefen über ihre schmalen Wangen, „... du willst ... mich verlassen? Wie ...?"

Er legte beide Arme um sie, sie tat ihm unendlich leid.

„Nein, nein. Das ist nicht wahr! Das darf nicht wahr sein! Wie soll das gehen? Wie komme ich darauf? Wohin könntest du schon gehen?“ Mona kämpfte, ihr Bauch krampfte sich zusammen, sie bekam keine Luft. Aber es war ihr egal.

„Meine liebste Mutter und meine beste Freundin“, sagte Noam, „es stimmt. Ich hätte nicht gedacht, dass es so schwer sein würde, aber es wird vorbeigehen. Alles geht irgendwann vorbei. Paps ist jetzt sehr stark, weißt du, viel mehr als früher. Als er damals schon in euren schwachen Momenten vor langer Zeit die Stärke für euch beide aufbringen musste und gehabt hat. Du erinnerst dich.“

Monas Wimmern war schwer zu ertragen, Jacob hörte es bis vor die Tür. Er musste sich zwingen, nicht kehrtzumachen. Es brodelte in ihm, Tränen verschleierten sein Sichtfeld. Er wischte sich mit dem Mantelärmel durch das Gesicht, aber es half nichts. Still quälte er sich vorwärts, er konnte kaum aushalten, was er hörte.

„Hör mir bitte zu, Mom.“ Noam hielt sie fest. „Du hast den besten, intelligentesten und passendsten Menschen zum Partner. Euch beiden kann nichts passieren, weil ihr zusammen seid.“

Seinen letzten Satz hörte Mona nur zum Teil. Ihre Kraft hatte sie verlassen, ihr lief die Nase, die Ohren dröhnten vom eigenen Herzschlag und ein Fluss aus Tränen benetzte ihr Gesicht und auch Noams Pullover. Bitterlich weinend und schniefend fand sie keine Worte mehr, sie fühlte sich verlassen, hilflos und leer.

Zusammengesunken zu seinen Füßen hörte sie, als wäre er schon meilenweit fort, wie er sagte – und seine Stimme veränderte sich zu einer Naturgewalt: „Sei versichert, du wirst es verstehen. Alles. Der ganze Sinn wird sich dir offenbaren, auch wenn du mir jetzt noch nicht glaubst. Ich würde dich gerne trösten, aber das ist nicht meine Aufgabe. Sei versichert, dass ich dich nie vergessen werde, so wie du mich nicht vergessen wirst. Ich bleibe bei dir, ganz tief und fest in deinem Herzen. Wenn du dahin gehst, treffen wir uns, wann immer du willst."

Er wollte sie nicht länger quälen, es wurde Zeit. Auch er konnte den Anblick nur schwer ertragen, aber es war ein Teil vom Ganzen, das wusste er am besten.

Er drehte sich um und ging zur Tür. Bevor er draußen auf der Treppe angelangt war, drehte er sich noch einmal um. Er lächelte.

„Nein, du bist nicht allein."

Dann war er in die Nacht verschwunden.

Der Nachthimmel legte noch eine Schippe drauf, als wüsste er von dem kleinen Haus in Island. Rot, blau und grün bis ins Gelbliche loderte das kosmische Feuerwerk.

Jacob sah Noam auf ihn zukommen. Er selbst hatte sich an die fünfzig Meter von der Hütte entfernt.

„Hat sie ... ist sie sicher?" Er kämpfte. „Bist du sicher, kann sie das, ich meine, müsste ich nicht bei ihr sein? Bist du sicher, dass ich hier ... mit dir ..."

Er hatte größte Schwierigkeiten beim Sprechen, auch wollten sich keine geraden Sätze bilden lassen. Sein Kopf und alles in ihm wehrten sich gegen die Situation. Er versuchte mit erstickter Stimme halb im Scherz zu sagen: „Musste das denn unbedingt heute sein? Wolltest du unbedingt Mona den Urlaub versauen?“ Ihm taten der Hals, der Kopf und der Kiefer weh. „Hätte ... das nicht bis kurz vor Ende der Ferien warten können?“

Noam stapfte mit eingezogenen Schultern an ihm vorbei. „Es macht keinen Unterschied, ob jetzt oder später, Paps. Abschied ist immer gleich schwer. Sie hatte sowieso eine Vorahnung seit gestern. Es wäre nicht richtig, sie damit noch länger allein zu lassen. So habt ihr beiden noch Zeit füreinander und um zusammen zu sein. Zeit, die ihr benötigt. Ich weiß, dass sie dich am meisten brauchen wird und braucht, viel mehr noch als mich. So war es schon immer. Das wird ihr aber erst viel später klarwerden. Ich hoffe, dass DIR klar ist, was zu tun ist. Aber dessen bin ich mir eigentlich sehr sicher.“

Jacob versuchte, tief zu atmen. „Du meinst ... die Verantwortung?“

Noam nickte. „Ja. Ich möchte dir dazu Folgendes sagen: Jedes Individuum hat eine spezifische Aufgabe im Leben. Deine ist unter anderem, aber vornehmlich, Mom und dich schützend durch eure gemeinsame Zeit zu bringen. So wie du es immer schon getan hast. Nur hast du jetzt ein anderes, ein umfassenderes Bewusstsein. Du bist mit Abstand die stärkste Person weit und breit. Und damit meine ich auf der ganzen Erde. Mit weitreichenderem Wissen als früher, als die Mehrzahl aller suchenden Menschen. Du bist locker stark genug für zwei. Für euch zwei. Du hast die Dinge erkannt, wie sie wirklich sind, besonders dich selbst. Du hast verstanden, dass du, dein individuelles ‚Ich‘, unverlöschlich bist. Du da drinnen, in deinem jetzigen Gewand, ewig bist. Dass du und Mom, ihr beiden, keine Angst vor nichts zu haben braucht, solange ihr zueinander steht. Alles ändert sich, Momente ziehen vorbei, nichts ist von unbegrenzter Dauer. Außer eurer Seele, die bleibt.“

Jacob war noch immer in Gedanken im Blockhaus bei seiner Frau.

Es war völlig windstill. Über ihnen brodelte und funkelte es immer heller und farbenprächtiger, in einer Intensität, wie sie selten beobachtet werden konnte.

Jacob ließ es kalt, so kalt wie die Nacht, durch die sie wanderten, durch ein stilles Tal, das sich zu einer flachen Ebene öffnete, von steilen Hügeln umringt.

„Ich kann es selber nicht so ganz verstehen, Noam. Warum das alles? Warum jetzt? Warum bleibst du nicht einfach bei uns?"

Noam schüttelte den Kopf.

„Meine Aufgabe hier ist erledigt. Ich werde woanders gebraucht. Ihr werdet bleiben und seid sicher, habt die Möglichkeit, euer Leben so gewinnbringend und so glücklich wie es nur geht zu gestalten. Ein letztes Mal: Hier ist nichts von Dauer. Auch das, was gemeinhin als ‚Tod‘ bezeichnet wird und wovor man sich so fürchtet. Das ist auch nur etwas Zeitweiliges, ist auch nur ein Wandel in einen neuen Abschnitt, ein nächstes Kapitel. Alles andere wäre doch unfair. Jeder hat es in der Hand, wie und wohin er sich wandelt. Es gibt keinen Stillstand, zu keiner Zeit. Alles ist ständig in Bewegung. Wie du es aus dem Blickwinkel, der Totalen damals am Baum gesehen und verstanden hast. Abschied ist immer schwer, aber auch nicht von Dauer. So wie auch die Traurigkeit nicht von Dauer sein wird. So, das eine noch. Das Wichtigste und der Grund meines kurzen Aufenthalts bei euch beiden wundervollen Menschen ist: Eure Liebe ist stärker denn je und wird noch stärker werden. Du bist stärker denn je und wirst noch stärker werden. Mom wird, wenn du für sie da bist und bleibst, alles verstehen und ebenfalls um ein Vielfaches stärker sein. Versprochen!"

Immer tiefer bewegten sie sich weiter ins Landesinnere, in das karge Tal hinein. Der Himmel über ihnen drehte nun völlig auf. Explosionen von Farben. Die Bänder der Nordlichter kräuselten und drehten sich ineinander, verbanden und trennten sich wieder. In Schichten über- und untereinander führten sie ihr kosmisches Ballett auf. Man hätte denken können, dass die Atmosphäre glühte. Sämtliche Beobachter bekamen mit Sicherheit an diesem Abend Jahrhundertmotive vor die Linse.

Schweigend gingen sie nebeneinander her durch die Stille. Noams ruhige Energie schloss sie beide ein und übertrug sich auf Jacob. Es war ein Gefühl, als befänden sie sich unter einem unsichtbaren Schutzschild, der mit ihnen durch die Kälte wanderte und sie von allen negativen äußeren Einflüssen abschirmte.

Jacob war nun völlig gelassen und spürte um sich reine Ausgeglichenheit und ein Gleichgewicht. In seinem innersten Selbst herrschten tiefe und unerschütterliche Gefasstheit und Klarheit im Geist.

Er hatte den Stand der Dinge nun vollständig akzeptiert und wusste, dass er sich keine Sorgen mehr machen musste. Das Empfinden einer nicht mit Worten zu beschreibenden inneren Energie und eines schier unfassbaren Potenzials, welches daraus erblühte, ließ Jacob voller Zuversicht weitergehen. Unangreifbare Entschlossenheit und Stärke, wie er sie noch nie in sich wahrgenommen hatte, wurden zu so etwas wie seiner Rüstung, die er beliebig abwandeln konnte. Selbst zu einer Waffe, wenn er nur gewollt hätte.

Er wusste, dass er über alle diese kleinen Fragen und vermeintlichen Probleme, die ihm damals Nerven und Schlaf geraubt hatten, vollkommen erhaben war.

Er lächelte zu Noam herunter, der zurücklachte. Beide blieben stehen und nahmen sich bei den Händen, standen voreinander und schauten sich an.

Jacob wollte noch eines wissen, bevor es so weit war, was auch immer das sein mochte. Ganz langsam und gelöst wandte er sich an seinen Freund. „Jetzt, wo wir beide so weit gewandert sind, so viel gelacht und so viel geredet haben und ich so viel lernen durfte … Darf ich eine letzte Frage stellen?"

Noam leuchtete ihn mit seinem Bernsteinblick an und nickte geduldig.

„Ich könnte fragen, was das hier alles soll, was ist der Sinn dahinter. Da ich aber nun sicher weiß, dass ich, um alles verstehen zu können, zu klein und zu bedingt bin und du mich gelehrt hast, dass man die richtigen Fragen, spezifische Fragen stellen muss, werde ich es so formulieren: Was ist der Sinn, das Ziel MEINES Lebens?"

Noam tat so, als überlegte er, dann antwortete er: „So wie wir verbunden waren, so wie wir verbunden sind, wirst du mich nie vergessen, dich ständig an mich erinnern, jeden Moment, wirst du dankbar sein. Du tust es bereits, hast somit das Ziel schon erreicht. Wenn deine Zeit kommt, werden wir wieder zusammen sein und ewig wandern, ewig lachen, ewig reden, zeitlos, glückselig und voller Wissen sein."

Er drückte seinem Vater noch einmal liebevoll die Hand, strahlte sein schönstes Lächeln zu Jacob herauf, drehte sich um und ging auf die flache Ebene hinaus.

Jacob schaute Noam nach, wie er sich Meter um Meter von ihm entfernte. Die Nordlichter über ihnen krümmten und umschlangen sich in irrsinnigen Formen und Strukturen. Dazwischen ein fernes Aufflackern, wie von einem Blitz, blendend hell, aber gleichzeitig auch tiefblau. Nicht verästelt oder gekrümmt wie ein gewöhnlicher Blitzfunken, sondern kerzengerade und senkrecht herabstoßend.

Jacob konnte gerade so beobachten, wie der Strahl direkt über Noam herabschoss und ihn vollkommen umgab. Obwohl sich alles in Sekundenbruchteilen abspielte, erkannte Jacob doch genau, dass Noam die Hände nach oben reckte, als ihn der Lichtkegel erreicht hatte.

Strahlend golden schimmerte sein Körper. Begleitet wurde der vom Himmel herabkommende Strahl von einem gewaltigen und ohrenbetäubenden Knall, viel tiefer und voluminöser als Gewitterdonnern.

Die Kleidung an Jacobs Körper flatterte stürmisch und die Druckwelle zwang ihn ein Stück zurück. Ein zweites kurzes Aufflackern von noch überwältigenderer Helligkeit – und Noam war verschwunden.

Stille. Völlige Stille und tiefe Dunkelheit.

Jacob stand einfach da, ohne Regung und ohne Angst oder Trauer.

Als er sich von der Explosion und dem extrem hellen Leuchten erholt und seine Augen sich wieder den Sichtverhältnissen der Umgebung angepasst hatten, war an der Stelle, an der sich eben noch die kleine Gestalt des Jungen befunden hatte, nichts mehr zu sehen. Einzig und allein eine kreisförmige kleine Mulde mit dampfender, verkohlter Erde zeugte noch von dem Einschlag – und dass Jacob nicht etwa fantasiert hatte.

Der Wind erwachte wieder zu neuem und wildem Leben, als wollte er nachholen, was er verpasst hatte.

So stand Jacob als schwarze Silhouette mit wehendem Mantel vor der atemberaubenden und ursprünglichen Kulisse der nordischen Wildnis. Am Himmel tanzte noch immer unvermindert farbenprächtig die Aurora borealis des Jahrtausends.

Erde, Luft, Wasser, der Himmel, auch alle Elemente, alles Sicht- und Unsichtbare, die Umgebung, das Land und die Szene mit Jacob darin, alles begann zu beben und schien sich zuerst auszudehnen und dann wieder zusammenzuziehen.

Das Tal mit seinen Bergen, die Insel Island mit ihren Vulkanen und Gletschern, verwunschenen Plätzen, Ebenen und Ortschaften und dem riesigen Meer drum herum, die Kontinente und dann der komplette Erdball – alles fing an, sich in sich zu drehen, zu verzerren und zu kräuseln.

Aus weit entfernter Sicht zog es den um einiges kleineren Begleiter der Erde, den Mond, ebenfalls in die von ihr ausgehende Spirale.

Immer schneller und schneller rotierte sie. Alles Umgebende wurde kleiner und kleiner.

Die anderen Himmelskörper mit ihren wohlklingenden Namen wie Mars, Venus und Merkur rückten näher, flogen ebenfalls vorbei und auf diesen Punkt zu, als würden auch sie eingesogen. Die Giganten unter den Gebilden unseres Sonnensystems wie Jupiter und Saturn mit ihren zahlreichen Monden zogen vorüber. Dehnten sich wie der sich langsam verflüssigende Inhalt einer Lavalampe. Auch sie flossen zu mehreren kleineren Tropfen, sich auseinanderziehend und ihre einheitliche und ursprüngliche Form aufgebend, in der Drehbewegung des ungeheuren Sogs ineinander.

Alle Materie vermischte sich wie heißes Metall in einem Schmelztiegel. Ähnlich dem Wasser, das in einem Abfluss auf dessen Zentrum zuwirbelte.

Die ganze und vollständige Masse und Fülle wurde verschwindend klein und winzig. Zog sich weiterhin immer wieder und wieder um sich selbst drehend und rasend irgendwann völlig zusammen. Wurde letztendlich zu einem unbedeutenden Nichts. Einem winzigen Staubkörnchen.

Weit und breit kein Funke, absolut nichts. So trieb und schwebte das Staubpartikel vor sich hin, durch die schwarze Leere kosmischer Unerklärlichkeit. Wie lange und wohin es sich vor sich hintreibend bewegte, entzog sich jeglichem Zeit- und Raumverständnis, gemessen am Maßstab menschlicher Auffassungsgabe.

Wann und Wie es passierte war nicht von Belang, sondern die Tatsache, dass es von etwas wie einem Windstoß erfasst wurde. Dass es einen weiteren Teil seiner Reise antrat, war entscheidend.

Dieser Wind trug es mit sich, über nicht fassbare Distanzen hinweg und wehte es schließlich über eine große Fläche, weiter und weiter. Scheinbar ohne einem zuvor festgelegten Ziel oder System zu folgen.

Irgendwann blieb unser Staubkorn an einem Grashalm hängen. Der Tropfen Morgentau darauf wirkte verglichen mit dem Körnchen daneben geradezu gigantisch.

Um den Grashalm herum standen unzählige weitere seiner Art, mit einer Menge ebenfalls nicht zählbarer Tautropfen und Staubpartikel daran. Sie alle zusammen verschmolzen zu einer riesigen Grünfläche, voller Blumen und vereinzelter Bäume, die sich wiederum im Zentrum eines noch viel riesigeren Parks befand. Von oben betrachtet war der Park nichts weiter als ein kleines grünes Rechteck im Herzen der Großstadt, in der er lag.

Die Stadt, eine Ansammlung von Gebäuden und Straßen, auch sie war verglichen mit der Natur, die sie umgab, ebenso nur ein kleiner grauer und wenig bedeutsamer Klecks.

Warm und freundlich schien die Sonne herunter. Ihre Lichtstrahlen spielten mit dem Tautropfen auf dem Grashalm neben dem Stäubchen, das einen so aufregenden und langen Weg hinter sich gebracht hatte. Das Sonnenlicht brach sich darin und teilte sich in seine Spektralfarben auf. Die winzig kleine Stelle neben dem gepflasterten Gehweg in ihr buntes Licht tauchend, von allen übersehen.
Auf dem Weg spazierte gerade ein nettes, gepflegtes Pärchen mittleren Alters ahnungslos an dem Grashalm mit dem Stäubchen vorbei. Friedlich und glücklich, Hand in Hand. Beide nahmen sie Kurs auf den Ausgang des Stadtparks, der in der Ferne lag. Kaum erkennbar und noch augenscheinlich weit, weit weg.

Autorenportrait

Christian Schröder –
wird 1978 in Gießen geboren. Dort macht er das Fachabitur für Gestaltung. Danach hält er sich mit den unterschiedlichsten Gelegenheitsjobs über Wasser.
Zielstrebigkeit ist eher nicht so sein Ding.
Er lebt in seiner eigenen Welt. Und die besteht für ihn schon seit seiner frühesten Kindheit aus Geschichten.
Egal, ob die von seinem Großvater, J.R.R. Tolkien oder Michael Ende kommen.
Irgendwann beschließt Christian, sich für all diese Geschichten zu revanchieren. Mit einer eigenen.
Er setzt sich an seinen Laptop und schreibt sein erstes Buch „NOAM – Ein Junge, zwei Welten."

Verlagsportrait

Wir sind LOVE IS ALL YOU READ.
Der Name ist Verlagsprogramm. Bei uns dreht sich alles um die Liebe. Von der Liebe zwischen Menschen, über die Liebe zum Leben und zur Natur, bis hin zur Liebe zum Essen.
Wir wollen besondere Bücher veröffentlichen. Mit besonderen Menschen:
Unsere Autoren sind unsere Freunde. Ihre Geschichten sind unser Antrieb.
Gemeinsam wollen wir unterhalten, zum Nachdenken anregen – und etwas erschaffen, dass das Leben unserer Leser bereichert.
Tauchen Sie ein in die Welt von LOVE IS ALL YOU READ.
Wir freuen uns auf Sie!